牛轉窮苦 1

文創風 937

一曲花絳 著

目錄

序文

一曲花絳

看過很多小說，寫過很多故事，有懸疑的、談情說愛的，但在2020年夏天，突然靈光一閃，想寫一本輕鬆、溫馨，讀起來能讓心情變好的小說，於是《牛轉窮苦》誕生了。

整個寫作過程很愜意，在創作的大半年裡，我寫主角們吃美食、養狗、養兔子，以及生意上的磕絆，每一件雞毛蒜皮的小事、每一滴人情冷暖，都讓我沈浸其中。我看著主角們成長，逐漸將貧苦的日子過成幸福生活，我真心感到高興。

某些時刻，我不再是作者，而是他們身邊的一位朋友，靜靜凝視他們的生活，陪他們經歷這一切，並且心情舒暢。

希望讀這本小說的你們也是如此，閱文愉快。

第一章

今天村東頭的王漢田家在嫁女，嫁的是隔壁李家村的男兒。一大清早，天才矇矇亮，迎親的隊伍就抬著花轎、吹著嗩吶，一路敲敲打打地進了村。

鄉戶人家起得都早，基本上各家都已經圍在王漢田家門口，等著瞧新娘子秋娟了——除了村口的沈澤秋一家。

沈澤秋的娘何慧芳今年四十歲，已經守了十五年的寡，她男人在沈澤秋五歲時去山上採石頭，被落石砸死了。要說他們孤兒寡母在村裡生活，其實挺招人可憐的，但因為何慧芳潑辣、不饒人的性子，在村裡不合群，也就沒人願意同她來往。

這不，迎親的隊伍經過她家院子門口，何慧芳愣是沒有什麼好臉。她拿出一捆豬草，握著菜刀，麻利地剁碎，然後混入糟糠、加了井水，用木棍攪合攪合，就準備上火煮。

「慧芳嬸子，快看，新娘子出來了！」一個新嫁到村裡來的媳婦笑著對何慧芳喊，一邊嘖嘖地和身邊的婦女們聊著王漢田家的閨女嫁得好，李家村田地多，她婆家兄弟也旺，嫁過去肯定過好日子，是個享福的命。

「呸！」何慧芳沒好氣地朝地上吐了口唾沫，提著混好的豬食進屋，還關上了門。

新媳婦有點尷尬，被身邊王漢田的二弟妹唐小荷拽了下袖子。

唐小荷覷了何慧芳一眼，嘴一撇。「妳撩她做什麼？她脾氣怪著呢！」

新媳婦一驚，好奇心被勾起。「是嗎？小荷姊妳說說唄！」

「她男人還在的時候，和秋娟她爹說過一嘴，想讓秋娟和他們家澤秋定個娃娃親。」唐小荷壓低了聲音，三角眼一瞥，嘖了聲。「後來嘛，他家就出了事。還好親沒定，要是定下了，不是害了我家秋娟？妳說，是這個理不？」

古話說，嫁漢嫁漢，穿衣吃飯，新媳婦對此也表示贊同，加上對何慧芳方才的態度不滿，便也跟著撇了撇嘴。「他們家，現在可夠窮的！」

「哼，可不是？澤秋怕是要打一輩子光棍咯！」

話音剛落，何慧芳就推開門，往院子裡潑了一盆髒水，正在院前嘀咕的新媳婦和唐小荷嚇了一跳，回頭一瞧，何慧芳黑著臉，又把門狠狠一關，好像她們欠了她八百貫似的。

「欸，何慧芳，妳發哪門子邪火！」唐小荷也不是省油的燈，當下怒氣沖沖地擼起袖子，就要衝到沈澤秋家的院子裡去，和何慧芳這婆子好好掰扯一通。

「算了！」這下輪到新媳婦打圓場了，她用胳膊肘撞撞唐小荷。「秋娟大喜的日子，咱不興發火，漢田嬸看著妳呢！」

王漢田家三兄弟，王漢田是老大，媳婦劉春華是個強勢厲害的，唐小荷還真有點怵她大嫂子，當即訕訕笑著圓場。「也是……」

屋裡，沈澤秋正在整理東西，他準備好了兩個籮筐，左邊那個裡面放了一些顏色、花紋都不一樣的粗布、麻布、棉布，還有些白紗和針頭、線腦啥的；另一個裡面墊了乾草，還放了半框鋸屑，裡面有些自家做的麥芽糖塊。他是個走鄉串戶的貨郎，把擔子裡的東西賣出去，收銅板也收雞蛋。雖然每天要走很遠的山路，遇上個下雨颳風的天氣還會淋成落湯雞，但收益總比種田好些。

他家就他和娘親兩個人相依為命，勞動力不足，一到農忙時節根本忙不過來，所以，從沈澤秋十二、三歲開始，他就說服了何慧芳，把家裡的幾畝薄田給了大伯、二伯家種，每年收三、五百斤的糧食做租糧也就是了。不過，家裡還是留了半畝水田和兩畝旱地，種點水稻、玉米什麼的，加上收到的租糧，扣除向官府繳納的田稅，也勉強夠他們娘倆的口糧。

如今沈澤秋長到二十歲，生得眉目勻稱、高高壯壯，除了皮膚曬得有幾分黝黑外，何慧芳打從心裡覺得，她這個好兒子，不僅比村裡那些後生要精神，就是比起鎮上的少爺們，也要好上幾分！模樣爽利不說，說話處事也在行，更重要的是，對她很孝順。

別看何慧芳剛才吹鼻子瞪眼的，強勢潑辣得很，但面對兒子時，那股扎人的勁頭立刻沒有了。她給沈澤秋包了幾個玉米麵餅、一壺涼開水和一捧門前棗樹上的棗子，一起放進他的籮筐裡。

「澤秋，你心裡別多想，今年娘一定給你找個好媳婦！」

沈澤秋把東西收整好了，直起腰倒了一碗水喝，眼睛又黑又亮。他喝著水，衝他娘笑了笑。「娘，不急。」家裡的情況沈澤秋清楚得很，現在娶個媳婦可不容易，彩禮錢、新家具啥的一樣都不能少，少說也要費十幾兩銀子，但他們家這情況，存了這麼多年也才幾兩銀子的積蓄，要娶媳婦，真是不可能。

沈澤秋挑著籮筐出去了，過了會，娶親嫁女的熱鬧勁也過了。

何慧芳餵了豬和雞，把門窗鎖好後，提著一個小竹筐也出去了。竹筐裡放著一筐雞蛋，這都是沈澤秋走村穿巷換回來的，沈澤秋會拿去賣給鎮裡頭的酒樓，這樣價格比較便宜，不划算，何慧芳就會在自己不忙的時候，親自拿去集市上賣，這樣價錢好，她數著錢時嘴都合不攏。

隨著天漸漸熱起來，何慧芳出了一身汗，到了集市上人也不多，她掃興地撇了撇嘴，找了個樹蔭，墊了一團稻草，就坐下來。

她現在滿腦子裡，想的還是給他們家澤秋娶媳婦的事情。等澤秋娶了媳婦，媳婦再生兩個大胖孫子，她光是想想就美得合不攏嘴！想著想著，她不禁愁了，他們家窮啊，現在上哪兒說親去？村裡的媒婆一聽他們家要說親，門都不願上，還私底下嚼舌根子，說這不是坑別人家閨女嗎？何慧芳聽到後跳著腳和那個長舌婦吵了一架。他們家澤秋是個會疼人的，哪家閨女嫁給澤秋，那就是享福的命！

「聽說了嗎？西街王婆家裡來了個姑娘，說是她姪女兒。」

「姪女兒？居然是親的啊？我看她都快病死了，王婆都捨不得給她找郎中看病呢！」

「她嬸子，妳還不知道那王婆是個什麼人嗎？鐵公雞啊！她現在不僅不給她姪女兒瞧病，還四處張羅著給她姪女說親呢！」

樹上的鳥兒嘰嘰喳喳，何慧芳想事想出神，冷不防聽見有人要給姪女說親，那耳朵一下就豎起來了。

「都這樣子了還說親啊？」

「可不是？王婆放出話來啦，不要彩禮、頭面錢，只要幾斤酒肉、一身衣裳，人就帶走吧！養到十六、七的姑娘，什麼都不要了。」

何慧芳一聽，高興得簡直要跳起來，還有這種好事情？她急忙順了順頭髮，笑盈盈地問旁邊閒話的婦人。「這幾位嫂子，妳們說的可真？」

其中一個年紀較大、滿臉痲子的正繡著鞋墊，眼睛一瞠，道：「怎麼不真？不信妳去看看，就往前走，巷子左拐，喊一聲王婆子，人就出來了！」

何慧芳連連點頭，笑得眼睛都瞧不見了，哪還有心思賣雞蛋，提起籃子就往前去了。居然還有娶媳婦不要彩禮的，她這次收穫可大了！

「王家嬸子！王家嬸子哎！」何慧芳站在巷子口喊了幾聲，果然見一個四、五十歲、瘦得像根豆苗、滿臉苦相的婦人出來。

王婆瞅著她，不冷不熱道：「做什麼的？」眼前這人穿得灰頭土腦，衣裳上面補丁加補丁，一看就是鄉下來的。他們這裡是鎮，比起這些鄉下泥腿子不知好過多少，她自然有些輕視。

要換做平時，何慧芳天不怕、地不怕，老早一堆話給這王婆好看了，不過眼下她一門心思惦記著不要彩禮錢的媳婦，因此笑得仍然和氣，把來意直接說明。

喔，原來是來相看安寧那丫頭的！王婆一張苦瓜臉登時抹了蜜一樣，露出一絲半冷半熱的笑。「那妳進來吧！」安寧是她大伯的閨女，原是住在城裡，家裡頭生意本來做得頗好，沒承想今年受了災，一家老小都沒了，安寧拖著一身病被老夥計帶來了這裡。家裡平白多了一個人，就要多住一間房、多吃一口飯，王婆別提多煩了！「咱們家姑娘養得可好了，樣樣都會，還會寫字、撥算盤呢！」王婆一邊敷衍地誇著，一邊往院子裡喊了一聲。「安寧，妳沈家嬸子來看妳了！」

何慧芳將一籃子雞蛋放下，搓了搓手，有些緊張地坐在凳子上，就等著那叫安寧的丫頭出來。還會認字、算帳呢，雖然鄉下人家知道這些個沒用，不過聽起來還挺好的，以後在村裡也能吹牛，說出去多有面子啊！

過了一會，旁邊的房門開了，從裡頭走出一個穿素色衣裳的姑娘。

起初何慧芳以為自己沒看清楚，不禁用手揉了揉自己的眼睛，再看之後，臉色倏然就變了。這姑娘走路一步三喘不說，臉上還佈滿了傷疤，傷疤甚至還在滲血呢，瞧上去就瘆人得很。他們家再窮，這種嫁過來沒幾天就要嚥氣的媳婦，說什麼都不能要！何慧芳臉色一變就要走。

王婆眼疾手快，馬上抓住了她的袖子，壓低聲音說：「沈家嬸子，我們姑娘看起來體弱，但都是能養好的，不是傳染病，妳放心！」

放心？她放心個屁！何慧芳已經是極力忍耐才沒有當場翻臉了。

安寧遠遠地站在前面，一雙漆黑的眼睛看著地面，呼吸勻了又勻，才喘平了氣，對何慧芳說：「沈家嬸子好，我叫安寧，平安的安，寧靜的寧。」

這一聲嬸子，叫得何慧芳心裡極舒坦。這姑娘文文靜靜的模樣，確實一瞧就和他們村裡那些人不同，這副乖巧懂事的樣子，和澤秋的性格應是合得來。她是個刀子嘴、豆腐心的，就算要走，也要給人家姑娘一個好臉色，伸手還不打笑臉人呢！

「安寧，好名字，真好聽。」何慧芳又坐下來，對安寧招了招手。

王婆說她不是傳染病，何慧芳是信的，不然這婆子也不會留她在家裡。

安寧慢慢地走近，弱得像是一根柳枝，風急一些，就要被吹跑了。

就這樣了，王婆也沒給請大夫！何慧芳看了安寧一眼，問道：「妳是生了什麼病？」安寧的眼睛很有靈氣，水汪汪的，被她看著就很舒服。

「從小就這樣了，吃了很多藥，也看過很多大夫，都治不好。倒是卜卦的人說，如果遇見有緣人，興許就會好了。」

「嗯。」何慧芳心裡覺得越發可惜了，根本沒把那個什麼遇見有緣人的說法聽進心裡去，聽這意思，這姑娘的病是打從娘胎裡帶來的，根本治不好唄！她又問：「臉上的傷怎麼弄的？」

安寧水汪汪的眼睛閃了閃。「路上不小心跌下山谷，被樹枝劃傷的。」

何慧芳打量著她臉上深深的傷疤，再嘆一句可惜，不僅是根病秧子，還毀了容。她於心不忍，但還是咬著牙起身，從籃子裡拿了兩個雞蛋給安寧。「可憐的丫頭，這兩個雞蛋是嬸子我的心意，妳留著補補身子。」說完，她頭也不回的走了。之所以不敢回頭，是因為她忘不了安寧那雙水靈靈的眼睛，多和善又可人憐的姑娘，她怕一回頭就忍不住想把人領回去！傷了容貌不打緊，就是身子太弱了。

何慧芳無奈地搖了搖頭，重新回到原位賣她的雞蛋去了。早些時辰這集市上還有幾個人，何慧芳去看了一趟安寧，再回來賣時，街面上大致沒人了。

她看了看火紅的太陽，唉，一個銅子沒掙，還倒貼了兩個蛋，今天不順，運氣不好。雞蛋不能久存，尤其像現在這種夏天，容易壞，何慧芳坐了一會兒後，說什麼也坐不住了，準備去找家酒樓把蛋賣了，少掙就少掙吧，也沒辦法。

就在她準備起身的那一剎，前面突然來了一輛馬車，上面下來個採買的男人，要將何慧芳的雞蛋全部買走，且價格比平日還要高些，二十文錢一個呢！

何慧芳連連說好，一打聽才知道，這是鎮上員外家的兒媳婦生了一對雙生子，現在要買雞蛋回去給產婦補身子，還要煮一大鍋紅蛋，給鄉鄰們挨個發，沾沾喜氣呢！

「呦，這可是老天降下福氣，將來小公子必定要高中狀元，發大財、做大官啊！」

採買的男人一聽這吉祥話，一高興，多給了何慧芳一百文錢，用紅紙包好的，說這錢是沾了福氣的喜錢。接著，採買的男子嘆道：「我家夫人嫁過來時體弱多病，老爺本來擔心不好生養，可妳瞧現在，不僅順順利利地產下小少爺，還是對雙生子呢！有時候啊，人這運道，可真說不準……」

說者無意，聽者有心，何慧芳一琢磨，又想起安寧來。沒錯，她身體是弱，但要是嫁給了澤秋，說不準就像員外家那位一樣，一下子就好了呢？

越想越琢磨，何慧芳就越興奮，說到底她看安寧就是合眼緣，那孩子一瞧就特別乖巧，況且王婆也說了，不要彩禮錢，要不……就試一試？

試試就試試！何慧芳就不是個拖泥帶水的人，當機立斷，拿著空籃子就往王婆家去。

這廂，何慧芳一走，王婆就在家指桑罵槐地罵開了。先是冷著臉澆花，罵那些花就知道喝水，半個果兒都不會結；餵雞的時候又嘀嘀咕咕，說這些個瘟雞是光吃不會下蛋的，簡直要害死她了。

安寧坐在屋子裡聽著，眼眶不禁紅了。父親還在的時候，每年都會寄銀子給二叔一家，沒承想父親一去世，二叔、二嬸就是這樣一副惡人嘴臉。越想，她的心就越涼，更加覺得前途渺茫，沒有什麼生路了。

何慧芳就在這個時候進了院子。

王婆從廂房裡冒出頭，沒好氣地看著她。「妳又來做啥？」

何慧芳撇撇嘴，就這待客的水準，虧她還是鎮上的人呢，簡直就是個潑婦！可見安寧那丫頭，沒少在她手底下受窩囊氣。想到這裡，何慧芳也不客氣了，用手搧了搧風。「我想再瞧瞧安寧那丫頭。」

說實話，這些日子來相看安寧的人有不少，好人家一看她病懨懨的身子骨和毀容的臉，二話不說就走了；那些牙婆倒是願意要人，不過自家男人卻不願意，他是個死腦筋，說什麼畢竟是自家親姪女，賣了他沒臉下去見大哥跟大嫂。

王婆還正擔心最後安寧會死在自己家裡，那多晦氣！一看何慧芳來了第二次，哪還捨得叫她跑了？當即去將自家在茶館裡吹牛聊天的男人喊了回來，一起商量好了條件。

何慧芳也直言不諱，把自家這個情況老實說了。

王婆一家人表示不打緊，也不奢望沈家給多少彩禮，婆家出二兩銀子加兩缸酒、十斤肉，意思意思也就算了，以後安寧就是沈家的人。

一聽這條件，何慧芳簡直要跳起來，這是拿她當猴耍啊！說好不要彩禮的，這下平白又加二兩銀子？她提著空籃子就要走人！

王婆趕緊把她攔回來，她也算看清楚了，這個鄉下婦人不是個省油的燈。

那銀子就免了吧。

條件都說好了，何慧芳就又去房裡看安寧。

其實安寧方才隔著門，已經將他們說的話都聽清楚了，現在見何慧芳進來，臉不僅有些發紅，低著頭喚了聲。「何嬸子。」

何慧芳笑咪咪地走過去，越看越滿意。「我兒今年二十，叫沈澤秋。」

安寧聽見了，連耳朵也紅了。「我今年十七。」

「那他比妳大，他是哥哥，今後就由他照顧妳了。」何慧芳笑得合不攏嘴，眼尖地瞄見安寧胳膊上有瘀青，立即拉過她的手，將袖子往上一擼，這還得了，上面好幾團瘀青，一看就是被人掐的！「她還打妳?!」

安寧不說話，只眼淚汪汪的。

看她這委屈的模樣，何慧芳什麼都明白了。「王婆，妳過來！」安寧現在就是自己家的人了，何慧芳向來是個護犢子，又不吃虧的，她兒媳婦被欺負了，天下沒有這個道理！「這是不是妳掐的？下次妳再掐她，老娘我砍了妳的手！信不信？」

王婆沒料到何慧芳變臉這麼快，一愣神後，冷著臉衝她道：「她現在吃我的、喝我的、用我的，妳還管不了這麼多！要管，也等過門以後吧！」

還等到過門以後？何慧芳越想越糾結，安寧現在的身子本來就虛弱，要是再在王婆家繼續住，還不知道要被折磨成什麼樣子呢！左右現在不是忙的月分，不如把安寧接回去，自己照顧一段時間，養養身子再結親。

何慧芳哼哼幾聲，白眼一翻。「妳不養，成！我先把安寧接過去住陣子，我自己的兒媳婦我自己養！」

王婆求之不得，安寧在家一日就多一份口糧，所以也不顧及何慧芳只是個第一天認識的陌生人，找了鎮上的鄉賢做了見證，又跟著去平日沈澤秋進貨的布坊問清楚沈家村是有這麼一戶人家後，也就放心地叫何慧芳把人帶了回去。

不過臨走前，王婆說他們家要給安寧準備嫁衣和幾套被面做嫁妝，因沈家不給彩禮，這些嫁妝沈家得補貼一些。

何慧芳白眼一翻，佩服王婆這精明的嘴臉，不過想了想，為了安寧，就把早上賣雞蛋的錢拿出一大半來給了王婆。

安寧也沒什麼可收拾的東西，只有兩套換洗衣裳，收拾一下，就一個小包裹。

她家原先是在城裡做生意的，見過的人多，看何慧芳雖然性子急，但樣樣都為她好，尤其是雞蛋，這在鄉戶是很金貴的東西，何慧芳卻一下給了自己兩個，可以見得，是個很好的長輩。

她們走出去不遠，何慧芳發現安寧就喘起粗氣來，忙去雇了一輛馬車，一路說說笑笑地回沈家村。路上，何慧芳湊近看了安寧臉上的傷口，她發現傷口其實不深，就是滲出的血水散開了沒有結痂，看起來才比較瘮人。

她想到隔壁村的老鄉醫那裡好像有治療外傷的秘方，明天她就去問問看，不管留疤不留疤，至少先讓傷口結痂，不繼續爛下去才好。

誰能想，她早上還為澤秋的婚事上火呢，這去了趟鎮裡，就領回這麼個和順的大姑娘。

何慧芳越想越美，恨不得立刻把沈澤秋叫回來，看看他這未來的好媳婦！

馬車在院門口停下，何慧芳開了院門，發現院子裡亂糟糟的，關在雞舍裡的兩隻老母雞不知什麼時候跑了出來，把院子糟蹋得亂七八糟。

「來，安寧，貼著牆腳走。」何慧芳反手拴上門，拿起一柄破掃帚把雞往籠子裡趕，面上有些不好意思。「別踩到雞糞。」

安寧穿的是原先在城裡的衣裳和繡花鞋，雖然洗得發白了，但瞧上去料子就很好，更襯得她人亭亭玉立的，何慧芳還真捨不得她髒了衣裳和鞋。

說起來也是惱人，何慧芳雖然是鄉戶人家，卻比一般人愛乾淨許多，灶房、院子、堂屋，哪處不收拾得乾乾淨淨、亮亮堂堂？偏偏今日安寧第一次來，這兩隻雞就給她難堪！

「沒事，嬸子，我幫您。」安寧笑了笑，面上沒有半點嫌棄，拿起牆角的竹竿，就和何慧芳配合起來，一左一右，很快便把雞趕回雞舍裡去了。

何慧芳心裡美滋滋的，她啊，果真是沒看錯人，瞧這姑娘的隨和氣。

見何慧芳拿起簸箕和掃把掃地上的雞糞，安寧就去水缸裡舀了幾瓢水沖地，剛才還一片狼藉的院子，一下子就乾淨了。

安寧身子有些虛，做完這些後又有些喘不過氣來。

何慧芳不禁拍了一下大腿，她剛才忘了這事，忙對安寧道：「快進屋裡來歇著，嬸子給妳沖糖水喝！」

糖可是金貴的東西，鄉戶人家一年到頭也難得嚐到甜味，尤其白糖更是難得。家裡存的一斤，還是有回何慧芳暈倒了，沈澤秋拿了十斤米和別人換來的，因為他聽說暈倒的人要喝白糖水。不過，何慧芳也只喝過兩回，剩下的都收了起來。

她進到灶房，從冬籃裡取了熱水，用一個粗瓷大碗裝好，然後足足舀了兩勺白糖在碗裡頭，攪一攪後端出來遞給安寧。「快喝，妳嚐嚐甜不甜。」

安寧雙手接過粗瓷碗，在何慧芳殷切的目光下喝了一口，笑了。「嬸子，這糖水可甜了，好喝。」

何慧芳笑得合不攏嘴，這姑娘說話她怎就那麼愛聽呢？這姑娘和她有緣分啊！「明兒嬸子再沖給妳喝啊！」

安寧搖搖頭。「這麼好的東西，哪有天天喝的？嬸子，您也嚐嚐。」說著，她就舉著碗往何慧芳那邊湊。

何慧芳雖然推辭沒有喝，但心裡比喝了還甜！這姑娘還知道謙讓呢，不像村裡的其他媳婦、小孩，得了好東西跟餓死鬼似的護食。她越瞧越滿意，慶幸自己有眼光。

兩個人說了一會的話，太陽就落了山，何慧芳得去灶房裡頭做飯了。按理安寧第一次來，是該煮點葷腥吃，可惜今天太晚了，肉鋪早就收了攤子，家裡的兩隻老母雞要留著下蛋用，又殺不得。

何慧芳在灶房裡轉了轉，見碗櫃裡還扣著半碗豬油渣，這個和新鮮辣椒下油鍋一炒，再拌上水嫩的豆腐，絕對香得人流口水。地上還有半顆老南瓜，做熟了軟糯香甜，也很饞人。

她立刻在灶房生火忙活起來，安寧說要幫忙，也被何慧芳扶著肩膀摁了回去，哪有人家姑娘第一天來，就使喚人家忙前忙後的？她可做不出來。

「妳是客人，坐著就成。」何慧芳說一不二的個性出來了。「安寧，妳放心，妳來了咱家，孀子我就不會再把妳送回去。」

安寧點點頭，乖巧地坐了下來，眼眶有些發紅。

何慧芳忙了一陣，她手腳很麻利，兩道菜不一會兒就做好了。

從灶房裡飄出來的香氣，就連堂屋裡的安寧都聞見了。

南瓜的香甜、豬油渣的油爆氣味，還有嫩豆腐的鮮嫩，勾得人垂涎欲滴。

何慧芳把菜擺好，給安寧盛了一大碗白米飯。「吃吧！」

安寧規規矩矩的坐著，垂下臉，低聲說：「等一等澤秋哥吧。」話還沒說完，她耳朵就又紅了。

往日裡何慧芳都會等沈澤秋回來再一塊兒吃飯，不過他回來的時辰沒有一定，有時早、有時晚的，她可不能拖著安寧一塊兒餓肚子，當即邊往安寧碗裡挾菜邊道：「咱不等了，他不知幾時回，孀子給他留了飯菜，妳安心吃。」說完，她就又樂呵上了。還沒成親呢，安寧就知道心疼人了！

安寧被何慧芳瞧得有些不好意思，趕緊低頭扒了一口米飯。

要說今日也是奇了，沈澤秋一般日落前就會往家走，這樣到家裡多半是戌時，夏日天黑得晚，回到村子附近也就剛天黑。可今日生意好，籮筐裡的東西賣掉大半，他一耽擱，就回來晚了，還好夜裡月色好，亮亮的，也能看清楚路。

沈澤秋挑著籮筐，剛到村口，就看見何慧芳提著一盞油燈，在樹下等他。

「娘。」沈澤秋加快腳步走過去。

「兒啊，你可算回來了！」何慧芳用袖子擦著沈澤秋腦門上的汗珠，滿臉的喜色藏都藏不住，嘴角都快咧到耳後根了。「娘有話和你說。」

沈澤秋好奇地看了他娘一眼，什麼事不在家說，非要站在村口講？「娘，妳說吧。」

何慧芳便把今日的事一五一十說清楚了。安寧的性子她不擔心，澤秋肯定喜歡，就是這姑娘臉上的疤，她有點摸不準，畢竟哪個大小夥子不希望自己媳婦漂漂亮亮的？她白日沒有多想，現在還真怕澤秋拒絕，那她可就難做了。

「娘，不打緊，傷了容貌也不是人家姑娘的錯，過生活要緊的是性子合得來，家和萬事興。」

沈澤秋倒看得開，說的也都是老實話。他的條件自己清楚，有姑娘願意跟，他就已經很知足了，只要夫妻兩人齊心協力，總能把生活過得好的。

何慧芳眼眶一熱，滿意地拍了拍兒子的肩膀。

母子兩個一起往家裡趕，開始時沈澤秋還很鎮定，越到家門口他的心就跳得越厲害，有點不好意思起來。

大小夥子、大閨女都有這麼一遭，何慧芳是過來人了，便笑咪咪地寬慰兒子。「別慫啊，待會兒見了人可別半天不吭聲，咱是男人，要大方些，別冷落人家姑娘。」

沈澤秋說：「知道了。」

安寧坐在堂屋裡頭，正閒著無事搓著玉米粒，聽見院門一響便知道人回來了。她想起身去迎接又怯得厲害，一猶豫，何慧芳就進來了。

沈澤秋用水洗了把臉，理了理衣裳，這才挑著籮筐走進來，低聲道：「是安家妹子吧？」

「是。澤秋哥你回來啦？」安寧抬眼望了一下，又有些害羞地垂下頭，手輕輕捂著臉上的傷疤。這疤很難看。

不過，沈澤秋倒是一點嫌棄都沒有。

何慧芳把灶上留著的菜飯端上來，他一邊吃，一邊惦記著何慧芳的囑咐，哪怕臉燒得厲害，也主動挑起話頭和安寧聊天。

問她是哪裡人？在這裡習不習慣？兩個人說著說著，竟也能聊起來了。

安寧對眼前身材高大、膚色黝黑的青年，油然而生一股好感，他很平易近人，心裡的忐忑不安也逐漸消了下去。

吃完飯，沈澤秋把碗筷拿到灶房裡去，何慧芳乘機把他拽到一邊問：「怎樣？」

沈澤秋咧開嘴一笑。「很好。」

說完，母子倆都樂呵了一陣。

何慧芳笑著點了點兒子的頭。「瞅你這傻樣！」

沈澤秋也說不上來為什麼，見到安寧的第一眼，他就覺得很好。雖然安寧臉上的疤縱橫交錯，看起來傷口很深，可那雙水汪汪的眼睛卻好看得不得了，他一下子就怦然心動了，好像是前世注定的緣分一樣。

「娘，安寧臉上的傷，還要找個大夫瞧，傷口還沒結痂。」

何慧芳一邊往灶裡添柴禾，一邊嘆了聲。「娘也是這麼想的，這傷咱們得幫她治。隔壁李家村有個老郷醫，聽說很厲害，你明天歇一日，和我一起帶安寧去瞧瞧。」

「好，聽娘的。」

第二天一早，天才矇矇亮，沈澤秋家的灶房上就冒起了炊煙，一股油麵蔥香味順著風飄了很遠。何慧芳咬著牙盛出幾勺逢年過節才吃的白麵，用水調好了，加了些鹽巴和碧綠小蔥花，煎了一碟子白麵蔥花餅擺在桌上，旁邊還有一大碗冒著熱氣的南瓜粥。

可惜家裡的雞蛋都賣掉了，不然還能煮一個給安寧補補。何慧芳搖了搖頭，拿著碎玉米粒去餵雞。

「咕咕咕、咕咕咕……」家裡這兩隻老母雞最近正在抱窩，挺長一段時間光吃食不下蛋，何慧芳已經嘔氣了好一陣子。「咦？」她撒了一把玉米，兩隻母雞立刻邁著腿奔過來啄食，她眼尖，一眼就望見雞窩裡臥著個又圓又大的雞蛋，何慧芳伸手拿出來，還溫著呢！她頓時喜上眉梢，今兒真是運氣好！趁著灶上的火還熱，她趕緊把雞蛋給煨熟了。

堂屋裡頭，沈澤秋和安寧也一起擺好碗筷，盛好了粥。

「娘，先吃早飯吧。」

「哎，來了！」何慧芳捧著雞蛋，喜孜孜地進屋，扭頭獻寶似地對安寧說：「妳看，清早撿的，新鮮著呢，快吃吧！」

安寧摸著雞蛋，臉紅撲撲的，大眼睛忽閃忽閃，看著就讓人憐惜。

「嬸子，還是您吃吧，您是長輩。」

這話何慧芳聽著心裡就熱呼，端起碗喝了一大口南瓜粥，擦了擦嘴角道：「丫頭，別和妳嬸子我客氣，吃就是了！」

安寧握著雞蛋，心裡暖暖的，像沈家嬸子這樣心善又好的人，實在打著燈籠都難找。她生活在城裡的時候，見過的人不少，可像嬸子這樣直爽又熱心腸的，一個都沒見過。

在飯桌上推來辭去的就沒有意思了，因此，安寧也沒有再客氣，她把雞蛋往桌子上一磕，麻利地剝開殼，然後均勻地分成三份，一一放到三人的粥碗裡。

「嬸子、澤秋哥，你們也吃。」她聲音很輕，說起話來柔柔的，可昨晚那種怯怯的感覺卻消失了。她覺得，她和這家人又親近了很多。

「好好好！」何慧芳吃了一口雞蛋，蛋黃香味濃郁，味道很好，她笑得開懷。「一家人，就是有福同享。」

沈澤秋點頭稱是，安寧在一旁笑得眉眼彎彎。

因安寧的身子比較虛，去李家村要走很長一截的山路，何慧芳擔心安寧走不動，特意讓沈澤秋去村裡借了輛手推的板車。車借回來後，何慧芳去扯了兩捆稻草鋪上，鋪得軟軟的，才叫安寧坐在上頭。

安寧戴著頂大斗笠，臉上圍著一塊絹帕，背影纖細柔弱，一條又粗又長的辮子垂在腦後。

迎著晨間清朗的微風，三個人往村口去。

人還沒走遠，村裡眼尖的人就瞧見了他們。

唐小荷端著一盆子衣服往河邊去，剛走到村口的大榕樹下，就看見幾個新媳婦、老婆子湊在一塊兒嘀嘀咕咕的。唐小荷的嘴碎和湊熱鬧的勁在村裡是出了名的，她唯恐自己落下了什麼消息不知道，當下衣裳也不洗了，抱著個木盆就湊了過去。「聊啥呢？」

那幾個人中有個叫吳鳳英的，做新媳婦時就和何慧芳不對盤，十幾、二十年來，兩個人歲歲都要吵架，路上遇見了都恨不得撕碎對方的臉。沈澤秋他爹出事那年，這個吳鳳英陰陽怪氣地嘟囔了幾句，說什麼「惡毒婆娘剋死親夫」、「寡婦門前是非多」，結果何慧芳一聽，跳起來就給了她兩耳光，還是周圍的人把她給拉開。

兩個人之間的仇，也算徹底結下了。

「哼，小荷，妳還不知道啊？有人家裡請回來個病秧子呢！」吳鳳英又瘦又矮，枯柴一樣的手裡拿著一隻繡到一半的鞋墊，她吐了口唾沫，一邊紮鞋墊，一邊嘀咕道：「也不知道傳染人不？害死自己就算了，可別連累了咱！」

有人覺得她說話有些過了，出面打圓場。「吳嬸子，咱不能亂猜。」

「亂猜？我可是為了大家好！」吳鳳英眼睛一瞪，大眼珠子不滿地白了那人一眼，用針撓了撓發癢的頭皮。「前兩天，俺家桂生不是從縣裡回來了嘛，他說啊，在縣城裡頭聽說了，以前鬧瘟疫，那就是一傳十、十傳百鬧的，村裡只要來了一個有瘟病的，不出幾天，整個村的人都沒得跑！得了瘟疫的人，那可死得慘喲，全身上下長瘡流膿，爛得沒有一塊好地兒……」

沈桂生是吳鳳英的大兒子，也是沈家村最有出息的後生之一，人家現在在清源縣做幫工呢！聽吳鳳英說，就連縣城裡的老掌櫃都誇他能吃苦，是個能幹人。要知道，他們鄉戶人家，生來就在地裡刨食，面朝黃土背朝天的祖祖輩輩皆是如此，沈桂生能去縣裡找到活路，還能年年捎回來銀子，這就是本事！

所以一聽是沈桂生說的話，大家就覺得那准錯不了。

吳鳳英說得繪聲繪色，唐小荷聽得雞皮疙瘩都起來了，忍不住撓了撓手。「吳嬸子，快別說了，怪瘆人的！」

「我的娘唉，真這麼玄乎？」

「何慧芳不會真領回個有病的吧？」

「……是啊，剛才看他們出門，那人還戴著斗笠低著頭，全身上下捂得嚴嚴實實的，看起來就很可疑。」

所謂三人成虎，有吳鳳英起頭，其他人心裡也都犯起了嘀咕，大家臉色各異，有的甚至想要去請村長，如果真有瘟病，那沈家村可容不下她！

「得，等何慧芳回來，咱看看去！」

「對！必須去瞅瞅，這大意不得……」

八月的天，正是熱的時候，還好去李家村的路上有一大片樹林，樹蔭重重，涼風擦身而過，倒是爽快。

沈澤秋在前面拉車，手臂上的肌肉繃得又緊又圓，一顆顆汗珠雨滴似地順著鬢角滾下來，他用手背擦了擦汗，聽見身後安寧輕聲的說話——

「澤秋哥，歇會吧。」

「好。」沈澤秋把車拉到路邊，拿出水囊喝了一大口。

安寧抱膝坐在板車上，掏出一塊繡了蘭花的手帕遞給沈澤秋。「擦擦汗。」那帕子還帶著一股姑娘身上特有的皂角香，沈澤秋臉一紅，道了聲好，但手握著帕子也捨不得擦，就攥在手心裡。

兩個人對視一眼，又飛快地挪開視線。

再往前走上一里路，拐過一個山坡，就是李家村了。

他們三人到的時候，李家村的老鄉醫白鬍子正準備去友人家喝酒，要是再晚到一點，可就趕不上了。

何慧芳先把包好的一塊布給白鬍子，面上笑盈盈的。「這料子好，花樣也好看，做坎肩最合適了！」

白鬍子承了何慧芳的情，長長的鬍子抖了抖。「進來吧。」

據說這白鬍子年輕的時候很有造化，縣太爺都找他瞧病，少時走南闖北，到老了才落葉歸根。

他讓安寧摘掉臉上遮傷的帕子，讓她站在亮處，他仔細地瞧了幾眼，又閉著眼睛摸脈，皺紋橫生的臉耷拉下來，下巴上的鬍子一抖又一抖。

「怎麼早不來？」白鬍子斜睨了何慧芳及沈澤秋一眼。

哎喲，這一聲可把何慧芳嚇到了，聽白鬍子的意思，安寧這傷不好醫治？不早來？她還怨老天怎麼不叫自己早些遇見安寧呢！

還是沈澤秋沈著一些，他走到安寧身邊站好，對白鬍子作了一揖。「老先生，現在還有什麼法子嗎？」

白鬍子急著去吃酒，也不多說，回屋裡拿出一罐藥膏，塞到沈澤秋手裡。「一日抹三次，傷口能結痂癒合，至於留不留疤，就看造化了。」

回沈家村的路上，何慧芳還怕安寧心裡難過，溫聲安慰了她幾句。

安寧倒反過來安慰她。「沒事兒嬸子，留不留疤我都認。」傷口能癒合就已經很知足了。

沈澤秋在前頭拉車，眼神堅定地望著前面的山路，不管留不留疤，安寧都是他的媳婦，他會疼她的。「安家妹子，就算留下疤，妳也好看。」

安寧害羞一笑，還沒答話，倒是何慧芳先捶了沈澤秋一把。

「呸呸呸，快呸三下！你這呆瓜，瞎說啥話吶！」

風吹起安寧的烏髮，她發自內心地笑起來。瞧著沈澤秋弓腰拉車的背影，她不禁有些心疼，反正也快到村口了，走兩步也沒事的，忙道：「澤秋哥，你停下吧，我下車走走。」

何慧芳聞言，還是要安寧坐車。

安寧搖搖頭，堅持下了車。走了一小段路，她竟然一點粗氣也不喘，平日裡那種全身無力、溺在水中喘不過氣來的感覺也減輕了很多。

難道，小時候那算卦的師父說的是真的，遇見了有緣人，她體弱的毛病自然就會好了？不過這個念頭也只是一閃而過。

沈澤秋走在最前頭，突然停下腳步，對她們做了個「噓」的手勢。原來啊，在不遠的野地裡頭，有一隻趴著不動的山雞。這東西的肉很香，不過也機靈得很，深山裡頭才會有，很少會出現在有人跡的地方。

嗨，你說說這好運道！何慧芳一喜，撿起一塊石頭塞到沈澤秋手裡。能不能吃到山雞肉，就看澤秋的了！

沈澤秋把石頭攥在手裡，屏住呼吸，放輕腳步慢慢地朝那隻山雞走過去。安寧和何慧芳在後頭看著，也是大氣都不敢出，生怕發出點動靜，這飛來的雞就跑了。

沈澤秋走近一點，才看清楚山雞身上有傷，一邊翅膀有血跡，估計是和什麼野獸打過架，現在趴在一堆雜草上，正呼哧呼哧的低鳴，難怪見了人都跑不動。沈澤秋把石頭一扔，一把揪起山雞的脖子。「抓到了！」隨便扯了些雜草當作繩子，把這頓送上門的美味給捆了個結實。「娘、安寧，咱晚上吃雞！」沈澤秋高興地提著山雞走了回來，這山雞羽毛油亮，提在手裡沈甸甸，還挺肥的。

何慧芳笑得合不攏嘴，早上家裡抱窩的母雞破天荒的開始下蛋，中午在回家路上又撿回這隻三、四斤的大山雞，今兒一天都是喜事、好事啊！

她接過沈澤秋手裡的山雞，把雞放在板車上，扭頭對安寧喜孜孜地道：「走，咱回家，今晚上你倆都有大雞腿吃！」

安寧眼睛亮汪汪的，乖巧地應了一聲。

緊接著，三人懷著喜悅的心情，加快腳步進了村。

安寧心裡還詫異著，她這身子恢復得真不賴，走了這麼長一截路，居然還能跟上何慧芳和沈澤秋的步伐。

此時正是快吃晌午飯的時辰，村子東南口有棵百年老榕樹，樹冠茂密，足足幾十丈，樹下擺著幾塊大石板，無論春夏，村裡的人都喜歡聚集在這兒閒聊天。

這不，好幾個媳婦、婆子正聚在樹蔭下，有的擇著青菜，有的納鞋墊，嘀嘀咕咕地說著家長里短。

吳鳳英坐在最中心，一邊擇豆角，一邊說他們家桂生在縣城裡頭的見聞，翻來覆去都是那麼幾樁，不過，大人及孩子們還是聽得津津有味，因為他們走最遠的不過是去附近鎮子轉轉，趕集或者買東西，能去清源縣城一趟的，根本寥寥無幾。

「小的們，都跟我來！」

禾寶是吳鳳英的大孫子，今年五歲，是村裡的孩子王，什麼上房揭瓦、爬樹偷果、欺負別人家的孩子等事，對他來說可是家常便飯，村裡十個孩子至少有八個都被他惹哭過。

今天他拿著根燒火棍，帶著三、五個和他一樣皮的孩子到處瞎跑，這不，剛走到榕樹附近，禾寶就眼尖地看到了沈澤秋他們。吳鳳英在家可沒少給孩子灌輸「何慧芳是我們家死對頭」的想法，因此禾寶一看，立刻就往那邊跑去，幾個小孩子藏在半截土牆後面，揚手就灑下一堆沙子。

「呸！哪家的討債鬼？你給我下來！」何慧芳走在最前面，吃了滿嘴灰塵，當下就指著禾寶罵。

禾寶非但不怕，還趴在牆頭對何慧芳吐舌頭。「略略略～～」然後對準她不斷地吐口水，哈哈哈地張著嘴笑。

刺耳的笑聲刺激得何慧芳腦仁疼。「下來！今天看我不撕爛你的嘴！」何慧芳指著牆頭上的小崽子，作勢就要往前衝。何慧芳在村裡沒有人敢惹，不僅有張利嘴，更是豁得出去，管你三七二十一，她被惹紅眼了就會上手撕，撕不痛快不算完。

可這禾寶到底是個孩子，大人動手總是理虧，安寧正欲拉何慧芳的胳膊，沈澤秋推著板車趕上來了，叫住了何慧芳。

「娘，算了。」

禾寶得意地翻了個白眼，他在村裡惹事一點都不怕，因為他是小孩子，大人最多凶他幾句，若凶得狠了，還有他奶給他撐腰呢！所以，他又摸了一把沙子，啪沙沙地砸下去。

沈澤秋放下板車，攔在何慧芳還有安寧的前面，兩條濃眉擰起來，盯著騎在土牆上混不吝的熊孩子。

他們離大榕樹不遠，這邊的動靜吳鳳英那邊都能看到，事實上，吳鳳英也緊緊盯著，只要何慧芳或者沈澤秋敢欺負他們家禾寶一下，她絕對上去鬧個沒完！對了，還有旁邊那個女病秧子，蒙著塊帕子沒臉見人的模樣，等一下鬧起來，她就一把扯了那塊遮羞布，好好看看究竟是個麻子臉還是毀了容的醜八怪！

不過，何慧芳被暫時勸住了，吳鳳英也沒理由發作。

旁邊有人小聲勸解。「鳳英，把你們家禾寶叫回來吧。」

吳鳳英嗤笑一聲，翻了個白眼，大聲道：「小孩子鬧著玩，別管！沒事兒，吃了幾十年飯的人了，還能和一個孩子計較？」

見吳鳳英這個態度，旁人也就不好再說了。

「妳幹啥蒙著臉？」禾寶用燒火棍指著安寧，吸了吸鼻涕。「摘下來給俺看看！」

安寧蹙起眉，也覺得這孩子很討厭。

沈澤秋往前走了兩步，嚇得禾寶以為他要揍自己，趕緊把燒火棍護在身前。

「禾寶，你娘是不是給你生弟弟了？」

「是，關你屁事！」禾寶小小年紀，已經和吳鳳英學了滿口髒話。

「你娘生了你弟，就不喜歡你了。」沈澤秋語氣堅定。眼見禾寶瞪大眼睛要反駁，他繼續說：「你奶大中午的帶你出來玩，就是因為不想給你吃綠豆糕，我剛瞅見了，你娘跟你弟在家裡躲著吃綠豆糕呢，可香了！」

禾寶脹紅了臉。「俺不信！」

沈澤秋抹了抹手心的汗，板著臉，一臉正經的表情。「不信問你奶去，問她是不是在家藏了很多好吃的不給你？再不信去翻翻家裡的米缸和櫃子，我都看見了。你難道沒發現，自從生了你弟後，你娘都不怎抱你了嗎？她肯定不喜歡你了。你奶也是、你爺也是、你爹也是，現在都只喜歡你弟弟，不喜歡你了！」

家裡生了么兒，做老大的肯定會被忽略一些，沈澤秋拿話一激，禾寶一下子就炸了。

「啊啊啊……騙人！奶奶——」禾寶簡直要崩潰了，撒丫子就從土牆上跳下來。

何慧芳也在一旁接腔。「剛路過瞅見他們不只吃綠豆糕呢，還有香噴噴的核桃酥，現在應當都吃完了……」

禾寶頓時邁著腿就往榕樹下跑，半路上還摔了個狗吃屎。

吳鳳英見狀嚇了一跳，忙過去扶她這寶貝乖孫，不想禾寶卻仰頭就對準她的臉吐口水！

「奶壞！我也要吃綠豆糕跟核桃酥！」

吳鳳英抹了滿手唾沫。「呀！你幹啥啊禾寶？咱家哪有那些好吃食！」

「不管！我要吃、我要吃！奶妳是老巫怪！滿臉皺紋、乾巴巴的老巫怪……」

禾寶張口就罵，從嘴裡吐出來的詞兒氣得吳鳳英對準他的屁股就是幾巴掌。

瞧這熱鬧的場面，旁邊的媳婦、婆子們都笑了起來，禾寶形容得還真精準。

不遠處的何慧芳雙手一插腰，下巴一抬，陰陽怪氣地說了句。「小孩子童言無忌，半截身子都入土的人了，計較個啥？哎喲喲！」

吳鳳英差點沒給氣死，下手揍得更狠了。「憨娃！別人拱火你也信！」

「妳是老巫怪、騙子！嗚嗚哇，上次吃雞蛋妳就只給俺弟……」

「胡說八道！」

「嗚嗚嗚嗚……啊啊啊……俺都從門縫裡看到了！」

何慧芳冷眼瞅著他們祖孫倆，眉毛一挑，心裡的惡氣一下子全出光了。還是他們澤秋有能耐，三言兩語就收拾了這個熊孩子和那缺德婆娘。

「走，咱回家燉雞湯去！」何慧芳轉身牽起安寧的手，拉著她往家門口去。

沈澤秋則先去還板車。

第二章

等沈澤秋回到家裡時，何慧芳已經在灶房裡生上了火，準備燒一鍋熱水待會兒好燙雞毛。

何慧芳惦記著安寧身子弱，叫安寧去床上躺會兒養養神，但安寧覺得今天精神很好，就沒去，拿了一個菜籃子，搬了張矮腳凳，坐在堂屋門口擇豆角。

午飯是來不及燉湯了，何慧芳準備熬一鍋粥，再炒一盤豆角湊合一頓，晚上再吃好的。

見到沈澤秋回來了，安寧的眼睛亮了亮，衝他一笑。「澤秋哥。」

沈澤秋眼神一閃，倒有些反常，不敢瞧安寧的眼睛。他用水沖了一把臉後，撓著頭走到安寧旁邊，順手拿起幾根豆角和她一塊兒擇。

「安家妹子，我剛才騙了禾寶，也是……不得已。」沈澤秋知道騙人不對，可過日子的時候，總會遇見一些身不由己的事情，比如今天，難不成真上去揪住禾寶揍一頓？那不正中了這小鬼頭的圈套？

「澤秋哥，你做的對。」安寧明白了沈澤秋的意思。「對家人、朋友，咱實誠是應該的，可遇上不講理的壞人、惡人，還一味老實就憨了。面對惡人咱就該這麼對付，你今兒做得很好。」安寧說的誠心實意，誇沈澤秋的時候眼睛亮晶晶的。

沈澤秋的臉一下子就紅了。安寧的想法和自己果然是一致的，人有親疏好壞之分，與之相處時本就該用不同的態度。秉持單一的態度，那是老古板和不懂變通，伸著臉給惡人打，那更是少根筋的憨貨。

「安家妹子……妳也特別好，真的。」沈澤秋的口舌向來伶俐，可今天不知怎的，竟有些結巴。心裡一緊張，舌頭就更不靈活了。「我的意思是，妳很好……通情達理……」

安寧噗哧一下笑出聲。「澤秋哥，以後就叫我安寧吧。」

「欸，安寧。」沈澤秋道。很平常的一句話，但他心裡卻很溫暖。

「欸。」

家裡的雞和豬一天要餵三回，今兒早上趕著出門，餵得比較倉促，兩隻母雞此時已經餓得上躥下跳。沈澤秋和安寧擇完豆角後，用簸箕掃起地上的豆角渣倒入雞舍裡，又搬出豬草剁、煮，等他忙完了，何慧芳這邊已經做好了午飯，安寧也把堂屋打掃得乾乾淨淨。

「嘶——」

「疼嗎？疼就和嬸子說。」

「現在不疼了，還涼絲絲的，可舒服了。」

「那就好，鄉親們都說白鬍子是神醫呢！」

吃完了午飯，何慧芳就忙給安寧塗了今天拿的膏藥。安寧的皮膚白得像牛乳，猙獰的傷口在她的臉頰上，就像白粥裡的鍋灰、宣紙上的墨垢，瞧得人直嘆可惜。何慧芳不禁眼眶發熱，這丫頭可受了不少苦啊！

沈澤秋在院子裡殺了雞，用開水燙掉毛，簡單處理後放在砧板上，就等晚些時候何慧芳露一手了。

然後，他把籮筐從自己屋裡拿出來整理。針頭、線腦這些小玩意裝在一個竹編的小簸箕裡，價錢低、利潤少，但好在薄利多銷。主要還是賣布掙錢，現在的行情是一般的棉布、麻布二十文一尺，沈澤秋去鎮上拿貨十五文一尺，他掙五文錢的差價。

附近十里八鄉的差不多有幾十個村子，沈澤秋輪著去，一般掙三、四十文錢一天，扣除天氣差、去城裡進貨結帳等等日子不算，一個月就掙八、九百文錢，如果行情好，也能有一兩銀子。雖然掙得不多，但沈澤秋樂意，這樣累也是累他一個人，他娘就不用下地，不用頂著火熱的日頭除草、鬆土。

而且，他也不打算一輩子做個走村穿巷的貨郎，現在年輕幹得動，以後年紀大了腿腳不利時，又該怎麼辦？沈澤秋想的是，多存點本錢，以後買頭驢，趕著去附近集市上擺攤，那樣累是累點，風險也大，不過賺的錢也多，說不定還能存下去鎮上開一間鋪子的錢呢！

不過，現在的貨郎越來越多，生意變得不好做了。

「呀，澤秋哥，這幾塊布都破洞了！」安寧也幫忙整理，突然驚訝地低喊道。

沈澤秋抓了抓頭髮，那幾塊是去年的存貨，紅底碎花，他覺得很好看，但一直沒人買，年紀大的嫌花稍，年紀小的覺得俗氣，存放的時間久了，不知啥時竟破了洞。

「這怎辦？」何慧芳走過來，拿起布在安寧身上比劃。「給安寧做身衣裳吧！」

安寧搖搖頭。「孀子，給您做吧。」

「不行，這花色孀子我穿不得，穿上就是老黃瓜刷綠漆，裝嫩吶！」

安寧和沈澤秋都憋不住笑了。

沈澤秋從籮筐裡拿出一塊深色的。「娘和安寧每人都做一身吧，穿新衣，迎新氣象。」

「行！乾脆咱們仨一人一身……明兒我就去鎮上找裁縫！」何慧芳心一橫，澤秋都要娶親了，不做身新衣裳實在說不過去。

「孀子，不用找裁縫，我就會。」安寧在家時和娘親學過裁剪衣裳，量尺寸、打樣子、做盤扣，她樣樣都會，而且，她還和裁縫鋪的老師傅學過畫花樣子，如果給她紙筆，她還能把衣裳樣子栩栩如生地畫出來呢！

何慧芳驚訝極了。「安寧還這麼能幹？咱家可真是撿到寶嘍！」

安寧被打趣得臉一紅，有些不好意思。

「來，咱說做就做！」何慧芳找來一件舊衣裳給安寧看。「就照這個裁吧！」

「孀子，您和澤秋哥先換上讓我瞧瞧，有不合身的地方，我好改。再說了，你們還沒告訴我要啥款式呢？」

他們在鄉下做衣裳，多半是自己照著舊衣裳裁，但這樣做出來的成品往往不好看，臃腫又不清爽。現在官家發佈了新政，稅賦降低，百姓們手裡頭有了餘錢後，也開始講究美醜，所以講究些的人家，會拿上布找鎮裡頭的裁縫幫忙裁剪，那會好看很多。

但要說款式嘛，年年歲歲就那麼幾樣，沒啥新意。

所以，何慧芳一聽安寧的話，頓時有些吃驚。「妳還會裁不同花樣嗎？」

安寧有些害羞，但不妄自菲薄。「嬸子，我會好多種呢！其實這不難，就是改細節和裁剪方式，很簡單，很簡單。」

很簡單？何慧芳可一點都不覺得簡單。何慧芳喜孜孜地回到屋裡找裁衣需要的剪刀、尺子。

安寧在屋子裡轉了轉，裁剪衣裳時至少需要一塊一公尺長、兩尺寬的平整檯面，可堂屋裡吃飯的桌子太小了，布料根本攤不開。

「安寧，我有法子。」沈澤秋一聽，想到自家柴房裡還有塊破門板，倒還算光滑平整，立刻去扛了出來，用井水沖掉上面的灰塵。

「澤秋哥，你真有辦法！」安寧伸手準備和沈澤秋一起將擦乾的門板抬到堂屋裡。

沈澤秋搖搖頭。「我一個人抬得動，妳身子弱，歇著吧。」他還惦記著安寧身子弱的事情，打定主意以後絕不讓安寧幹重活。

沈澤秋不提，安寧都快忘了這事，自從到了這兒後，她心慌喘不過氣的毛病就好了大半，差不多和平常人一樣了。看來，那老道士算得很準，沈澤秋就是她的有緣人。

安寧臉紅了一點，搭了把手。「沒事。」

他們把門板放在飯桌上架好，有一邊不太平整，沈澤秋還出去揀了一塊碎瓦壓著，然後搖了搖桌子，雖然有些晃動，但也夠用了。

「東西找來了。」何慧芳捧著個小簸箕出來，裡面是剪刀、針線、尺子和抵手。

安寧連忙雙手接來，笑問道：「嬸子，您想要啥款式？」

何慧芳驚訝地張開嘴。「妳真能做啊？」

安寧把那塊深色的布拿起來往何慧芳身上比。「您放心吧，嬸子。」

女子無論美醜、年齡，就沒有不喜歡好看衣裳的，何慧芳也是一樣，她二十多歲就守了寡，一門心思拉拔沈澤秋，這麼多年了還真沒有好好的做過新衣裳，更遑論挑選款式了。

她扯了扯衣裳下襬。「一把年紀了，講究什麼呀？妳看著做就成。」

安寧想了想，點點頭。「成。」

現在城裡女子的衣裳主要有兩種，一種是上身穿小袖短襦，下著高腰襦裙；二是從宮裡傳出來的半臂對襟裙裝。但這些都過於複雜，在鄉下做農活時不方便，一般鄉下女子都是內搭窄袖繫扣長裡衣，外罩一件坎肩，下身穿褲裝，這樣做活計時才俐落。

安寧從前在家時做的多是襦裙，繫扣裡衣和坎肩很少做，但做事情講究個因地制宜，她看了看舊衣裳的裁剪方式後，心裡也有了盤算。

「嬸子，我給您用這塊深色的料子做件裡衣，再用那塊花布鑲邊，這樣搭配起來肯定亮眼。」

何慧芳有些猶豫。「成嗎？」

「娘，試試吧，咱也穿點紅的喜慶喜慶。」沈澤秋覺得挺好的，搭腔道。

「行，你啊也辛苦了。」何慧芳摸了摸今日還嫌棄的紅花布。其實，她也喜歡穿紅著豔，可年紀到了，她又有些不好意思，但澤秋和安寧都說好，那就嘗試一下吧。

給何慧芳定下款式後，安寧又拿起一塊藍色的料子給沈澤秋比劃，最後決定給他做件左襟缺胯衫，這樣款式好看，要做活計時也方便，把下襬紮起來就行。

安寧定好款式，就把布放在門板上攤開，一下子用尺子量尺寸，一下子又在他們身上比劃，再用燒的炭灰打線。

何慧芳瞧了一會，嘖嘖稱奇，安寧懂得這麼多，她可太厲害、太有本事了！趕明兒得去祭拜一下澤秋他爹，也告訴他一聲，家裡要娶回這麼個寶貝兒媳婦啦！

待量好了尺寸，何慧芳就到灶房裡處理那隻大山雞去了，她洗了兩塊薑和一些桂葉、八角，又抓了一把紅棗，家裡還剩下幾顆桂圓，也一起扔進去，放在鐵鍋裡跟剁好的雞塊一起熬。嘖嘖，這一鍋雞湯可營養呢！待會兒盛出兩碗給澤秋他大伯、二伯送去，剩下的也夠自己一家吃兩頓。撿來的大山雞，吃起來不心疼，就是香！

沈澤秋在堂屋裡給安寧幫把手，他對安寧的手藝很好奇，會裁剪衣裳在村裡就和木匠、石匠一樣，這就是手藝人吶，和他們這些光會賣力氣的人不一樣！

「澤秋哥，幫我把布扯齊了……往這邊挪一點……」

窗外的蟬鳴聲陣陣，涼爽的風從山澗吹來，穿堂而過，吹起安寧鬢邊的碎髮。

沈澤秋認真地幫安寧打下手，就連汗滴到眉毛上都不知道。

灶房裡，雞湯開始咕嘟咕嘟冒泡，一陣陣誘人的香味飄出來，光聞就令人胃口大開。鄉戶人難得吃葷腥，這種肉被燉得軟爛、油脂香氣充分、汁水又豐富的美味，最是饞人。

何慧芳舔了舔唇，傾身掀開了蓋子，聞著香噴噴的雞湯，她嚥了嚥口水，取了個碗，用勺子把浮在湯面上的油水舀出來，這樣雞湯的口感會更好，舀出來的油水還可以留著煮雞湯掛麵吃呢！

天色漸漸暗沈，夕陽西下，從地裡回來的人扛著鋤頭、提著籮筐，在路過沈澤秋家門口時，個個都聳動鼻子、嚥著口水，往他們家籬笆院裡看。

「澤秋家今兒燉雞啊？真香！」

「別開玩笑了，就他家？一年到頭鍋裡都見不著個葷腥！」

「就是啊！別是對門漢田家在燉雞喔！」

王漢田叼著個旱煙杆，吧嗒吧嗒地抽，也不理會別人的追問，回頭就進了屋。

倒是他媳婦劉春華不陰不陽地答了句。「人家裡來了客，燉隻雞咋了？」燉雞就燉唄，個個來問她做啥？劉春華一扭身，也進了屋。

安寧裁完了衣裳，揉揉腰，和沈澤秋一起各喝了一大碗水。裁剪完衣裳，接下來就是縫製了。

沈澤秋和安寧又一塊兒合作把門板從飯桌上撤下來，沈澤秋沒把門板放回柴房，既然這東西有用，他想了想，便斜著放在自己的床後面。

就在這時候，吳鳳英牽著禾寶，氣勢洶洶地往他們家來了，一路走一路罵，禾寶跟在她屁股後面哇哇哭。

「喪天良挨千刀的！拱我家禾寶砸家裡的米缸！大家來評評理，有這麼做人的嗎？豬狗都不如！何慧芳，妳給老娘出來！今天妳不說清楚，我和妳沒完！」

吳鳳英說起來就氣，好好的一缸米，禾寶不知啥時候給砸碎了！一開始沒人發現，等吳鳳英在灶房煮飯時才看見碎了滿地，可惜了她的半缸米，全在地上滾了一圈，這筆帳就要記在他們家身上！

她一路罵罵咧咧，很快的身後就跟過來一堆湊熱鬧的村民，大家交頭接耳，就等著看熱鬧。

何慧芳用抹布擦了擦手，一把拉開門。「怎樣？妳家米缸碎了，關我何慧芳啥事？」

吳鳳英呸了一口。「妳和妳那好兒子不挑唆，我家禾寶會砸米缸？妳好黑的心腸啊，還有沒有點心！」

「喲呵，你們家禾寶這麼聽話，我說砸就砸啊？那他怎不聽妳的光聽我說？合著妳說的不是人話，人家娃娃聽不懂唄！」

「妳啥意思？妳不認還罵人？何慧芳妳積點口德，妳這樣要下地獄我告訴妳！」

「妳還真是聽不懂人話！吳鳳英，妳可別在這狗叫了，讓人看笑話！妳家米缸是妳家禾寶砸的，和我沒一點干係！如果妳今天要找茬吵架，好，我何慧芳奉陪到底！惹著我了，罵得妳狗血淋頭，別氣死去見閻王爺就成！」

吳鳳英眼睛一瞪，氣得滿臉通紅。

「有些人啊，就是自找的，沒點自知之明！管不好小的，還腆著臉出來討罵！哎喲，剛才還說下地獄呢，這種無緣無故說冤枉話的人不知道要下哪層啊？」

吳鳳英自知吵不過，一抬頭又看見沈澤秋出來了。

沈澤秋瞅著吳鳳英擰眉道：「幹啥？」

吳鳳英立刻有些蔫，沈澤秋孝順是出了名的，惹火了，到時他們娘倆對付自己一個。何況何慧英這張嘴實在是，死人都能被她氣活了！

「走！哭什麼哭！」吳鳳英凶了禾寶一句，不情不願地扯著他走了。哼，走著瞧，她一定要給這何慧芳好看！

何慧芳看著吳鳳英的背影嘖了聲，這個吳鳳英真是記吃不記打，這些年自己吵架，什麼時候輸過？

「安寧，妳不用怕，萬事有我和娘在呢。」沈澤秋回到堂屋裡，看見安寧正踮著腳往外看，一雙眼睛眨呀眨的，眨得他心疼。

「嗯，我曉得。」安寧露出一抹微笑。不管前面的路多曲折、多難走，只要有人陪在身邊，就有了鎧甲，她便什麼都不怕。

沈澤秋抓了抓頭髮，也笑了起來。他是男人，今後他會撐起這個家的。

「澤秋、安寧，我出去一趟，給你大伯、二伯也送一碗去。」

何慧芳回到灶房脫下圍裙，拿了不大不小兩個瓷碗，各裝了大半碗雞湯，然後又劃了一鐽子雞肉在裡頭，一手端著一碗便出了家門。

沈澤秋他爹這一支共有兄弟三人，有個姊姊嫁到了外村，大伯沈有福和二伯沈有祿住在村南邊，只有沈澤秋的父親沈有壽住在東邊。年輕的時候三位妯娌間少不了磕磕碰碰，但一家人嘛，吵吵鬧鬧的，何慧芳也不真的記恨。

畢竟，沈澤秋長大了，以後很多事情還要靠著堂兄弟之間團結，免得被外人欺負。

「大嫂、二嫂，今天家裡燉雞，我舀了點給你們嚐嚐！」

何慧芳進了大伯的院門，大嫂唐菊萍跟二嫂吳小娟都拿碗出來接了湯，臉上笑容滿面的。這年頭能吃點葷腥可不容易呀，這碗雞肉湯剛好可以給孩子們補補身子。

大伯沈有福走出來，看了看雞湯，眉頭皺起來。「慧芳啊，今兒是有啥喜事嗎？雞留著生蛋不美？」

何慧芳把兩位嫂子還回來的空碗疊好。「大哥，這雞呀是山雞，在野地裡頭撿回來的！」

「什麼？怎運氣這麼好？」兩位嫂嫂頓時來了興趣，活了幾十年，還沒聽說過野地裡白撿一隻大山雞的好事呢！她們趕緊追問，一邊羨慕，要是自己也能撿一隻回來就好了。

沈有福的眉頭舒展開了，吧嗒地抽了口旱煙。「這種好事難遇喲，要積福行善的大好人才有這種福報呢！」

大嫂唐菊萍吮了吮手指頭沾上的雞湯，看了看何慧芳。「慧芳，妳是不是還有事沒說？」

這句話算是問到點子上了！何慧芳扯了扯衣角，笑得牙齒都露在外面。「澤秋啊，說上親了，是鎮上的姑娘！就是家裡遭了災，家人都沒了，姑娘臉上受了點傷，不過沒事，已經找隔壁村白鬍子瞧過了。」何慧芳沒藏著掖著，畢竟今後要做一家人，這些事情遲早都要說出來的。

二嫂吳小娟靠過來了些。「是真的嗎？別是那種專門騙彩禮的騙子唷！」

沈家這位二嫂說話向來掃興，大伯、大嫂連帶何慧芳都忍不住瞥了她一眼。

不過，話不中聽，但都是好心，何慧芳也就不計較了。「人家裡不要彩禮！現在姑娘就在我家呢，相處兩日了，是個好脾氣的。我來呢，就是想說，這事就定下了，明兒下午『叫茶』！」

何謂「叫茶」？這是清源縣這片的一個風俗，在鄉下比較流行，就是在男女親事訂下後，挑個日子婆婆會把未來的兒媳婦接到家裡來，再請村裡的女眷來家裡喝茶，喝茶的客人會帶些糕餅、花生、瓜子、水果等物做茶點，未來的媳婦也會做些糕餅、點心作為回贈。就是讓未來的新媳婦提前和大家熟悉，村裡人也幫忙「考察」一下的意思。不過，現在象徵意義已經大過考察了，畢竟要是沒相看好，誰又會訂親呢？

大嫂跟二嫂都點點頭，這事女眷和孩子都會參加，到時候人不少呢，有得忙。

「行，明兒一早我餵過雞鴨就去妳那院找妳去。」

「對對對，大喜事呢！」

何慧芳拿著空碗喜孜孜地回了家，堂屋裡安寧已經擺好碗筷，除了香噴噴的雞湯，還有何慧芳熬的一大鍋南瓜粥，加一盤燒茄子，另有一碟辣子拌乾蘿蔔。

「安寧，吃個雞腿。」何慧芳先挾了隻雞腿給安寧，又挾起另一隻給沈澤秋。「你也吃。」

安寧和沈澤秋剛想說話，何慧芳就一筷子挾了隻雞翅。「讓你們吃就吃！我吃這個也不虧，吃吧吃吧！」

沈澤秋知道他娘的脾氣，真打定主意是勸不動的，便朝安寧點點頭道：「吃吧。」

「嗯。」安寧心裡暖暖的，以前在家的時候雞腿是她和阿弟一人一隻，那場景和現在一模一樣。她挾了兩塊全是肉的，放在何慧芳碗裡。「嬸子，您多吃幾塊。」

何慧芳樂呵呵地應了一聲。

吃了飯後，何慧芳去灶房洗碗、燒水，安寧也要跟著去，但被何慧芳勸了出來，她瞅著安寧白淨淨的模樣，就不想叫她染上鍋灰，何況這孩子今天也累著了。

安寧拗不過，她習慣飯後活動活動消食，便在院子裡走了兩圈。院子靠近院牆的地方開了一片三丈長、一丈寬的地，何慧芳種了些辣椒、青菜和小蔥等常食的蔬菜，安寧每一樣都認得，可竹竿上纏繞的這片半黃不綠的是啥？

沈澤秋摸了摸葉子。「是絲瓜，也不知怎的葉子就枯了，種不活了。」

「我給它澆點水，興許能活呢。」安寧去舀了半勺水，沿著絲瓜根澆了。

過了會，安寧回到堂屋裡，繼續做衣裳，裁剪好的布料必須一針一線的縫，針腳需要又細又密才耐穿呢！

忙完了的何慧芳也過來幫忙。「安寧，妳縫的這是什麼針法？」

「嬸子，這叫做扣眼縫，和鎖邊縫一樣的作用，但是更好看，效果也更好。」

何慧芳拿著安寧縫的那塊布料在燈下打量，只見針腳勻稱細密，真是個心靈手巧的姑娘。「真好看！」

「嬸子，您可別老誇我了。」安寧有些害羞了，埋頭繼續鎖邊，這些裁剪好的布料都要鎖一遍，免得以後穿久了、洗多了爛邊。

何慧芳心裡很欣慰，能遇見安寧實在是自家的福分。

「安寧，今晚別做了，嬸子跟妳說件事。」何慧芳拉著安寧的手，把明天下午「叫茶」的事說了。

安寧低下頭，輕輕地道：「都聽嬸子的。」

翌日一早，趁著暑氣還沒起來，沈澤秋挑著貨擔出去了，何慧芳和安寧也在家忙活起來。她們準備了一些糯米粉，用水調和好了後切成一顆顆黃豆大小的丁，裹上一些白糖後下油鍋炸，吃起來酥脆還帶甜味呢！

何慧芳又去找了小半桶沙子，把沙子放在鍋裡炒熱之後，將生花生和瓜子放在裡面一起炒，這樣炒出來的炒貨既酥脆還不容易糊鍋。

家裡還有新鮮的棗子，何慧芳數了數，瓜子、花生、棗子、糯米丁，還有家裡剩下的麥芽糖塊，一共五樣。喜事都講究好事成雙，這還差一樣做什麼好呢？

「嬸子，我會做南瓜糍粑。」安寧道：「把南瓜蒸熟了跟糯米粉和在一塊，加點糖，揪成小塊蒸或者煎都好吃，撒上一層芝麻就更香了。」

何慧芳連連說好，這南瓜糍粑她可聽都沒聽說過呢！等安寧煎出一盤，挾了一塊給她嚐的時候，何慧芳吃得連連點頭，這油煎出來的糍粑外殼酥脆、內裡軟糯，味道真香！不僅是味道好，樣子也好看，這東西拿出去招待人，體面！

過了會，沈家大嫂、二嫂來了。

「安寧，這是大伯娘、二伯娘。」

安寧有些害羞，但也沒出錯，大方地叫了人。

來之前沈家大嫂和二嫂就在一起嘀咕過，他們家澤秋又高又俊，性格又好，放在十里八鄉的後生裡也是數一數二的，但就可惜在家裡窮，還是根獨苗，沒有親兄弟相互幫襯，這才一直沒說上親。那個姑娘是鎮上的人，怎麼會嫁到鄉下來呢？因此兩個人都隱隱地猜測，莫不是還有什麼隱情何慧芳沒說吧？

可等她們見到安寧的人，這所有的猜測就都煙消雲散了。姑娘文文靜靜的，說話、做事都很體面，除了臉上有傷外，挑不出一點錯。

安寧還在灶房裡頭做南瓜餅，何慧芳和兩個嫂子已忙前忙後地收拾起院子來，還從兩位嫂子家借來幾張桌子、板凳擺在房前屋後，等會兒堂屋裡坐不下，院裡也要擺上兩桌呢！

何慧芳擦了擦額上滲出的汗，給嫂子倒了兩碗涼茶。「別的我不擔心，就怕有些嘴上不積德的，拿安寧的傷尋開心，這個可傷人。」

沈家大嫂唐菊萍喝了一大口涼茶，擦了擦嘴。「慧芳妳放心，誰要是嘴賤，咱倆幫妳一起罵。敢在這時候搗亂的，咱們三個活撕了她！」

大嫂唐菊萍平日裡不愛和人吵架，但發作起來那句句也是往人心口捅刀的；而二嫂吳小娟那嘴沒個把門，說話也常能把人噎死。何慧芳自己就更不用說了，有她倆幫忙，更是啥也不怵！

一家人把家裡整理得亮亮堂堂，中午何慧芳又留兩位嫂子吃了頓午飯，午後睡了會覺，等日頭斜了些，村裡人就提著竹籃子，帶著小孩往沈澤秋家來了。

叫茶開始了。

按照親疏遠近不同，有備兩種茶點和四種的，親戚們則是備六種，一般都是花生、瓜子或油炸的一些炸物，也有人拿紅薯乾或者蒸的小芋頭。

其實拿啥吃的都不講究，主要是熱鬧。

但看到吳鳳英拿來的東西後，大家都暗自笑話起來。吳鳳英家有兩個兒子加上她男人，一共三個壯勞力呢，日子過得比村裡大部分人都輕鬆，怎麼做人卻這般小氣？吳鳳英準備了兩樣茶點，一籃子在山上採的余甘果，那玩意又酸又苦；另外一籃子還是野果，叫做刺梨，這東西不僅酸，還難吃。拿這些東西來叫茶，真不知道是磕磣自己還是瞧不起何慧芳？

果然，何慧芳站在院子門口招呼客人，一見吳鳳英就拉下了臉，這人臉皮快趕上城牆嘍，要是吳鳳英家叫茶，她是打死都不會去的，這個吳鳳英倒好，不請自來！

何慧芳沒接吳鳳英的籃子，站在她身邊的唐菊萍笑著接了過去，也算沒給吳鳳英難堪。

禾寶拽著他奶的手，低著頭一起走進院子，一進來他的眼神就四處亂瞟，好多好吃的啊！他饞得流口水。

人都差不多到齊了，房前屋後都坐滿人，何慧芳和嫂子們穿梭在人群裡給大家倒茶。禾寶抓著瓜子、花生就往荷包裡塞，還和一個男娃為了搶糖塊而打起來，嗚裡哇啦吵個不停。

何慧芳拍了拍手，喜慶日子她懶得計較了。「今兒家裡叫茶，多謝大傢伙兒捧場啦！姑娘呢叫做安寧，是個文靜懂事的好姑娘，臉上受了些傷還沒好，大夫說不能吹風，所以拿帕子遮著呢！」

話音剛落，大嫂唐菊萍接過話茬。「安寧傷了臉，女孩子家心裡難過，咱不興戳人傷口哈，待會兒也別纏著人家問東問西的。」

「不會有人這麼沒眼力的，要真有，我就用掃把轟這種掃興玩意兒出去！哈哈哈……」二嫂吳小娟也接過了話。

人家都這麼直說了，村裡的人雖然好奇，但也都跟著搭腔。

「是啊，咱誰都不提！」

「姑娘自己心裡也不痛快呢！」

吳鳳英癟了癟嘴，她一早上知道何慧芳家下午「叫茶」，立刻就在心裡盤算著要怎麼借這機會整一整何慧芳，正想借這個機會拿那病秧子的臉做文章呢，沒承想還沒開腔，就被這三個妯娌截住了話頭。她看了看附和的人，又想了想沈家三位能噎死人的嘴，這回心裡有了點譜，沒有哪壺不開提哪壺，上趕著討罵。

安寧拿著自己做的南瓜餅出來了，臉上蒙著一塊絹帕，說話、做事果真是討人喜歡的模樣。

「這東西好吃咧！安寧妳怎麼做的？」

「慧芳啊，這下妳要高興得睡不著覺了吧？」

「喲，這姑娘真不賴！」

眾人都誇安寧好，吳鳳英就不樂意了，她兒媳婦叫茶的時候，怎麼沒見她們這樣拍馬屁？一群牆頭草！

吳鳳英嗑著瓜子，斜眼瞅了瞅安寧，拔高音量。「前兩日我瞅妳病得都下不了地呢，現在病好了？什麼病啊？會傳染人不？」

不提這茬便罷，一說大傢伙兒也想起來了，前天好多人都看見了，何慧芳帶著安寧坐板車去隔壁村找人瞧病，安寧病孱孱的樣子，的確像個病入膏肓的，而且吳鳳英那時候說什麼來著？說安寧有瘟病？

何慧芳皮笑肉不笑地呵了聲，就知道這個吳鳳英狗嘴裡吐不出象牙！「妳放啥臭狗屁咧？一天天嘴裡就沒點好事！安寧的身子好著呢，妳少紅口白牙的咒人！」都說伸手不打笑臉人，但何慧芳才不管這麼多，管妳臉臭的香的，心思歹毒她照打不誤！

大傢伙兒都呆住了，不由自主地打量著安寧，這一下午姑娘走來走去，又倒茶、又喊人的，確實也不像個身子孱弱的，可那天是怎回事呢？

何慧芳咳嗽幾聲，當然不會把遇見安寧時她走兩步就喘不過氣的事說出來，反正安寧現在是好了。「那天安寧剛來，我心疼她走山路腳疼，才叫澤秋去借板車。」

看看，這未來的婆媳關係多好！大家一尋思，是這個道理。反正現在安寧身子骨健健康康的，於是大家打趣了吳鳳英幾句後，又轉了話題。

吳鳳英那個氣呀！眼神像劍似地直往安寧身上戳，看了很久，但安寧連咳嗽都沒咳一聲，她這才洩了氣，原來安寧不是病秧子。

但今天吳鳳英的倔勁也上了頭，不給何慧芳使點絆子，她就是渾身不舒坦。

見大家都在誇安寧的南瓜餅做得好，吃起來很香，吳鳳英的心裡就有了主意。香是吧？她摻一把沙子在餅裡，吃一口一顆沙子，嚼一下崩次牙，看妳們還誇不！

借著去解手的機會，吳鳳英緊貼灶房後面的小窗，繃得手指都快抽搐了，才把一撮沙子灑在了剛煎出來的餅上面。回到院子裡後，自認為報復得手的吳鳳英咧開嘴直笑，她就等著瞧安寧出洋相！

過了會兒，不知誰問了句。「鳳英啊，妳家禾寶呢？」

吳鳳英呸地吐出瓜子皮。「出去耍了吧？」禾寶是個屁股上長了釘子坐不住的，一天到晚在外頭野，吳鳳英早已經習慣。

安寧做的南瓜餅好吃，可來的女眷和孩子也多，基本上一人嚐一口就沒了，禾寶根本沒吃夠。他膽子大，人又賊，於是趁著大人不注意溜進廚房，現在正端著一盤子南瓜餅躲在院牆外狼吞虎嚥呢！

不料一條比禾寶還壯實的大黑狗嗅著香味走了過來，口水順著牠的獠牙淌了一地，呼哧呼哧的呼吸聲近在禾寶耳邊，禾寶頓時毛骨悚然，一扭頭就看見張凶神惡煞般的狗臉，嚇得他一蹦三尺高，哭喊著就往院子裡躥。

「奶！救命，有狗！」接著被門檻一絆，舉著一碟子餅就撲到了站起來接他的吳鳳英身上。

吳鳳英哎喲一聲，被禾寶這小愣頭青撲得人仰馬翻，手肘都磕青了一塊。

裝餅的盤子瞬間碎成了好幾塊，好好的餅也到灰塵裡滾了一圈。

何慧芳心疼，這米啊、油啊、糖的不要花錢？這小崽子真是沒半點教養，也不知大人怎麼教的！

莊稼人都明白食物多金貴，有人趕緊把餅子撿起來。

「鳳英啊，妳家禾寶平日也沒缺食少穿吧？怎麼餓到這地步？」

「哎喲，多好的餅，全被糟蹋了！」

吳鳳英被身邊的議論聲臊得抬不起臉來，越瞅禾寶越來氣，扒下他的褲子啪啪就是幾下。「我讓你眼皮子淺、叫你手賤！哭什麼哭？嚎什麼嚎……」

吵吵嚷嚷的叫茶就這麼過去了，安寧在沈家村算正式的露了臉。

晚飯前大家各回各家，何慧芳和安寧把家裡收拾乾淨後，已經是戌時，太陽慢慢落山，白日裡的燥熱也被涼爽的夜風所吹散。

沈澤秋還沒回來，何慧芳點了盞燈，拿出白鬍子給的膏藥給安寧抹，安寧摘下面巾，何慧芳眼睛一亮。「結痂了！」她怕是自己眼花，又提著燈湊近了去看。「真結痂了！安寧啊，白鬍子真是神呢！」何慧芳心裡美滋滋的，盤算著茶也叫了，安寧的身子和臉上的傷也都好了，何不趁熱打鐵，乾脆把婚期定下？辦完了婚事，一家人就踏踏實實、和和美美的過日子。

可左等右等，都戌時末了，這澤秋怎還沒回來呢？何慧芳伸直脖子往村口看了好幾次，月光朗朗，把鄉間小路照得清清楚楚，一眼可以望見很遠，但就是沒有沈澤秋的身影。

屋裡的安寧也坐立難安，她放下縫到一半的衣裳，提著一盞燈走出去。「嬸子，咱去村口接一下澤秋哥吧？」

「行。」何慧芳心裡忐忑，這會兒也坐不住了。

二人虛掩好院門，便一起往村口去。

沈家村是個大村落，有好幾百口人，附近還有幾個村寨，一起坐落在桃花江支流的低緩河畔附近，這水源充沛，土地也很肥沃，連綿起伏的小山丘裡只有野兔和黃鼠狼出沒，好多年都沒出現過大型野獸。

可今兒不知道為什麼，何慧芳就是很不安，她想起剛成親時澤秋他爹說起過的一個故事，據說沈家村很多年前，有個賣柴禾的男人晚歸，被兩隻足足五百斤重的大野豬給咬死了，村民找到那個男人的時候，他一隻腿、半邊臉都沒了！野豬愛吃人的內臟，還在那男人肚子上掏了好大一個洞，老遠就能聞到血腥味。

何慧芳越想越怵得慌，領著安寧出了村。前面就是黑黢黢的柏樹林，月光照不進去，林子裡死氣沈沈。

「澤秋啊——」

「澤秋哥！」

一陣山風吹過，吧嗒，斷了一截枯木，驚飛一片烏鴉。這種鳥在鄉戶人心中喪氣得很，粗嘎的叫聲聽得何慧芳和安寧雞皮疙瘩都起來了。要是澤秋再不回，何慧芳都準備回村叫人搜山了。

「嬸子，是澤秋哥！您聽見了嗎？他在回應咱呢！」安寧驚喜地往林間看了看，欣喜地揮了揮手。「澤秋哥，我和嬸子來接你了！」

何慧芳豎起耳朵聽，愣是一點動靜都沒聽見，而身邊的安寧又喊了聲，過了會，果真見一個身影從林子裡出來了。

沈澤秋穿著短褂，挑著貨擔，一邊用汗巾擦汗，一邊走近了，嚥了下口水對她倆道：

「路上遇見了一隻大野豬，還好我跑得快。」他臉上有一小塊傷口，就是跑的時候摔了一跤，蹭的。

何慧芳拍著胸脯默唸了好幾聲菩薩保佑。

沈澤秋今天回來晚，是因為他白天去了兩個村子，在第一個村遇見了一個和他一樣賣東西的貨郎，人家也賣布，而且賣得還比他的便宜。沈澤秋後來才打聽到，這是石角村的兄弟倆，兩個人都做貨郎，每天都出攤，一個往東、一個往西，估計是進貨量大，鎮上布坊給他們的進貨價比自己的便宜一些。

沈澤秋沒辦法，只好又挑著貨擔去了個偏僻的村寨，忙碌了一天，才賣出去三尺最便宜的棉布，換回來的五個雞蛋也碎了倆。

如今這生意可是越來越難了。沈澤秋抓了抓頭髮，有些苦惱，覺得這樣下去不是辦法，但到底該怎麼應對，他還沒有想好。

何慧芳去灶房給沈澤秋熱飯了。

安寧站在水井邊，給洗了把臉的沈澤秋遞過去一條棉帕。

她晚上沒有戴面巾，臉上的傷口結痂成了一條條猙獰的血痂，可在沈澤秋看來，卻一點都不恐怖，他只是心疼她，從山坡往下滾的時候，她肯定害怕極了。

「澤秋哥，我有個想法。」安寧又長又黑的頭髮編成一條粗粗的辮子垂在腦後，她很認真地對沈澤秋說：「以後我可以像鎮上的裁縫一樣，幫大家裁衣裳嗎？」

安寧聽說鎮上的裁縫只會幾個款式，一套衣裳只包裁剪、不包縫製，收十五文一套的工錢，她會很多種款式，可以只收十文錢一套，如果是在澤秋哥這裡買的布，她還可以更便宜些呢！

這確實是個好辦法，前提是，安寧裁剪的衣裳能像鎮上裁縫裁剪的一樣好。

沈澤秋看著安寧水汪汪的大眼睛，一點都不懷疑安寧的手藝。「這樣妳會很累。」

安寧笑了起來，沈澤秋這才發現她臉上還有酒窩，可好看了。

「沒事的，澤秋哥，都是為了這個家。」

按照安寧的思路，沈澤秋又合算了一下，他在外面賣布，安寧在家開裁剪鋪子，確實是個好主意，到時候娘可以幫忙打下手和做家事，如果生意好，那半畝水田和兩畝旱地也可以不種了。

「行，以後妳也教我裁剪衣裳吧。」沈澤秋的臉頰有些微紅，篤定道。

「澤秋哥，你學這幹啥？」

「技多不壓身，再說，我會裁衣裳了，以後和客人介紹料子、去進貨啥的，心裡能有個底。」

「好。」

晚上的星星很好看，在漆黑的夜空中一閃一閃，就像一粒粒的珍珠鑲嵌在上面。

安寧和沈澤秋打了水澆地，走到那株半死不活的絲瓜旁邊時，沈澤秋的眼睛亮了亮。

「安寧，它好像長出新葉子了？」

「真的嗎？」安寧蹲下來，很快找到了新抽出的那片嫩葉，她彎起唇角笑得開心，一邊幫絲瓜苗澆水，一邊喃喃自語。「好好活下去吧。」

沈澤秋說話、做事是一句話一個坑，只要是認定和說好的事情，他是不會輕易改變的，所以，吃過了晚飯，趁著月色，他去找了大堂兄沈澤玉，大哥是家族裡唯一上過兩年私塾的讀書人，家裡或許有紙和筆。

沈澤玉還沒睡，舉著燈出來見是澤秋，還有些驚訝。「啥事？」

「大哥，有紙和筆墨不？我拿雞蛋和你換！」沈澤秋喜上眉梢的，從懷裡摸出一個雞蛋來。

沈澤玉鬆了口氣。其實孤兒寡母在村裡生活並不容易，沈澤秋小的時候經常被村裡的皮孩子欺負，總是被揍得鼻青臉腫，到了晚上他就會來找哥哥們，三房兄弟加起來七個人，就一起找人算帳去。如今一晃眼，就連二房最小的沈澤平都十五了，沈澤玉前幾年已經成親，大概有五、六年沒被沈澤秋半夜叫門了。

「應該有，我去找找。」沈澤玉回屋翻找了一會兒後，找出一沓黃麻紙、一根有些禿的毛筆和半塊墨。「雞蛋拿回去。」沈澤玉不願意收。

沈澤秋卻執意把雞蛋塞到了他大哥手裡，親兄弟明算帳，不是因為疏遠，而是為了長久和睦的做兄弟。人情往來，講究的就是個有來有往嘛，沈澤秋明白。

回到家裡，剛開院門，何慧芳就走了過來，埋怨了沈澤秋一句。「幹啥去了？半夜了不知道要睡覺呀？」

沈澤秋便把晚間和安寧說好的計劃告訴了何慧芳。

何慧芳抱臂聽著兒子繪聲繪色的說，表情始終很淡漠。喲，這小倆口計劃得還挺好的，可比她這老婆子強多了。

「娘，您心裡不舒坦？」

何慧芳心裡當然不舒坦了，養了二十年的兒子終於長大成人，如今還沒成親，就已經和準媳婦兒一條心了，她一下子覺得自己就是個外人，兒孫有了兒孫福，自己成了最沒用的。

何慧芳眼眶一熱，撇過頭去。「沒，娘高興還來不及。回屋睡覺去吧。」

沈澤秋應了一聲，回屋熄了燈。

這一晚上，何慧芳翻來覆去沒有睡好，她從沈澤秋呱呱墜地，一直想到他蹣跚學步、再到長大成人，一幕幕都近在昨日，何慧芳用手背擦了擦眼睛。

「澤秋他爹，你放心，孩子長大了，就快成親了。孩子成家是好事，家和萬事興，你放心吧，我不會做那種挑三揀四的惡婆婆，夫妻同心好啊……」

第二天一早，沈澤秋吃了早飯又要出去賣貨了，臨走前他把昨晚借來的紙筆給了安寧，這也是昨晚說好了的，安寧可以把自己會的款式都畫在上面。

安寧收好了紙筆，水汪汪的眼睛看著澤秋直笑，她今天要回鎮上了。「澤秋哥，路上小心。」

沈澤秋點點頭，這次娘送安寧回鎮上王婆家，是要和他們一起商量個婚期，下次見面，應該就是在婚禮上了。辦了婚禮，安寧就是自己的人。沈澤秋黑漆漆的眼睛像寶石一樣有光彩。「安寧，妳也一路順風。」

趁著日頭還沒起，何慧芳和安寧也出發了。桃花鎮離沈家村有三十多里路，走下來也費不少功夫，不過走出柏樹林後就有個小渡口，這兒常能遇見去桃花鎮的馬車，車錢是一個人兩文錢，何慧芳平時從來不坐。

「安寧，在樹下歇會兒，嬸子我上前面看看有沒有順路的馬車。」

「嬸子，咱慢慢走著去吧，我身子好多了，可以走得動。」

何慧芳笑了笑，拍了拍安寧白嫩的手。「咱坐車，嬸子捨不得妳累著。」

安寧抿了抿唇，眼睛裡蒙上一層霧氣。如果不是因為害羞，她真想現在就喊何慧芳一聲娘。

去到桃花鎮已經是半晌午了，何慧芳先帶著安寧去點心鋪子買了幾塊糕餅，這才提著家裡種的花生、南瓜、番薯和小青菜敲響了王婆家的門。

王婆拉開大門，看見何慧芳時心裡還一陣緊張，生怕何慧芳是來找她算帳的，畢竟安寧走的時候，走一步喘兩口氣，臉上傷口又滲血、又紅腫的，一瞧就是個來日無多的命。

咦？這倒是奇了怪了，怎麼三、四天沒見，安寧像換了個人一般？

「她二嬸，今兒我來是想問問，安寧的身子也好多了，妳看看，是不是該給孩子們看個好日子，乾脆把婚事辦了吧？」何慧芳笑咪咪的。「上次妳不是說要給安寧準備喜服嗎？備好了嗎？拿出來給我瞧瞧。」

瞧喜服？什麼喜服？王婆一拍大腿，她就沒想到安寧真有造化挨到辦婚事這一日，所以啊，何慧芳給的做喜服、備被面的錢，全都給自己男人拿去喝茶、看戲花沒了！這下怎辦？

王婆眼睛咕嚕咕嚕一轉，給何慧芳和安寧倒了杯茶後，溜出家門找自家男人去了。

回家的路上，兩個人你推我擋的推卸責任，安寧的叔叔怪王婆昏了頭，王婆就哭罵他是窩囊廢物，兩口子一路吵，在進門看到何慧芳後都閉口不言，蔫了。

何慧芳坐在堂屋裡，氣定神閒地喝一口粗茶，對安寧說：「嬸子我和妳二叔、二嬸聊些事，妳先進屋吧。」

「好。」安寧回房間裡掩上了門，其實她一瞧二叔和二嬸的樣子，就知道他們承諾的喜服和被面多半是沒影了。

何慧芳自然也瞧出來了，這兩口子還真沒半點做長輩的樣子，這吃相也太難看了！

「說吧？」何慧芳蹺起二郎腿。「安寧的喜服和嫁妝呢？」

安寧的二叔叫安許昌，讀過幾年書，還是個童生呢！他乾咳了幾聲，拉長音道：「男婚女嫁，女方家裡備嫁妝，男方家裡給彩禮，這是老祖宗留下來的規矩，既然沈家的彩禮我們給免了，那麼這嫁妝，自然、自然也可以免了。」

「放屁──」何慧芳憋著一口氣，聽安許昌把這長串文謅謅的話說完後，也拉長音回敬道。「什麼彩禮？你要不要臉？明明是我拿錢來給你家做面子，現在呢？面子被你自己給造沒了，就別怪我不給你面子了！」

安許昌的臉瞬間脹得通紅，呼天喊地的。「豈有此理！妳簡直是個潑婦，有辱斯文！」

「呵！親家，你才看出來？」何慧芳腰一插，笑了。

一旁的王婆也擼起袖子，正準備好好和這個何慧芳說道說道，就見何慧芳狠狠拍了幾下桌子，臉上滿是不屑。

「得了，也是指望不上你們了！我領安寧出去，買一身現成的，再去找個先生給看看日子，你們要是沒意見，就這麼定了吧！」

何慧芳很爽快的做了讓步，是王婆和安許昌都沒想到的，當然連聲說好了。

安寧在屋裡紅了眼眶，如果不是遇見了嬸子和澤秋哥，她這一生估計就毀了。

「安寧，出來吧，嬸子帶妳上街去。」

臨走前，何慧芳一把拿起她買的糕點，帶著安寧一起出了安二叔家的大門。這糕餅金貴著呢，與其留給那兩口子，還不如自個兒嚐鮮。

何慧芳買的是豆沙餡的酥餅，麵餅層層酥脆，豆沙餡又香又糯，吃著可香嘞！一共有四塊，每塊只有一個雞蛋大小，何慧芳小心翼翼地解開油紙包，捧出一塊給安寧。

「快嚐嚐好吃不？」

安寧啃了一小口，甜甜的滋味在舌尖瀰漫開，好吃極了。「嬸子，您也吃。」

何慧芳點點頭。「行，今天老婆子我也享享福！」

還剩下兩塊酥餅，安寧讓何慧芳拿回家和沈澤秋分，何慧芳想了想，安寧接下來住在王婆家估計不會很好過，因此固執地掏出一塊帕子，又給安寧包了一塊。「我給澤秋留一塊，剩下一塊給妳明兒留著吃，聽話。妳二叔、二嬸就那個性子了，親戚有時也緣淺，別太往心裡去。」

安寧鼻子一酸。「嬸子，我曉得。」

鎮上的布坊有現成的喜服賣，但價格很貴，都要一、兩百文錢，安寧搖了搖何慧芳的胳膊道：「嬸子，給我買布就成，我自己做吧。」

去買喜服前剛找人看過日子，七日後的九月初五就是良辰吉日，時間很緊，何慧芳怕安寧趕不出活來。

安寧很篤定地說：「嬸子，我行的。這些喜服賣得這麼貴，做工也很一般，我自己做的穿著更歡喜。」

何慧芳便依了安寧，扯了做喜服的料子，又買了做被面、床單的布料，她把這些都給了安寧自己做。至於沈澤秋的喜服，自然只能買現成的了。

臨走前，何慧芳有些捨不得安寧，拉著她的手囑咐，如果有事就找人來遞消息，後來還是不放心，又偷偷給了安寧一吊錢，讓她貼身藏好，萬一有個啥事，直接雇車來村裡。

安寧又想笑、又想哭的。「行，您放心吧，嬸子。」

帶著一堆喜服、紅紙、紅蠟燭、紅燈籠，何慧芳這才依依不捨地往家裡去。

第三章

辦喜事可不是一件輕鬆的活，按照慣例，房子都是要請泥瓦匠來重新粉刷一遍的，家裡還要幫新人打新家具。可這婚事辦得急，而且家裡也拿不出那麼多銀子，所以呢，何慧芳重新想辦法把家裡歸置了一下。

沈澤秋家的院子進門是片空地，左手邊是塊種了些小蔬菜的菜地，右邊有棵樹，樹下有個水井，再往前就是一間堂屋，左右各一間正房，分別是沈澤秋和何慧芳的臥房，這三間房在右邊凸出來一間矮房子，那就是灶房了。

茅廁、豬圈還有雜物間都在房子後面，一條水溝貼著後半截院牆，會一直流到河裡去。

何慧芳想了想，帶著幾個姪兒把家裡用不著的破爛東西都往雜物間裡放，再把自己睡的大床和沈澤秋屋裡的小床交換，那床還是她和澤秋他爹成親時候打的，是好木頭，用了這麼多年了還很結實。

婚床有了，現在就差梳妝檯和衣櫃，何慧芳有些發愁。好在大伯家剛淘汰出來一張大方桌，叫人修修補補還能湊合用。可這衣櫃實在犯難，只好把自己屋裡的兩個櫃子騰出一個來，放進婚房裡。

現在都流行那種雙開門的高木櫃，像何慧芳用的這種笨重的大箱子已經很過時了，可沒法，家裡只有這個條件。何慧芳嘆了口氣，等日子好起來，就馬上給安寧跟澤秋都補上。剩下的就是把家裡內外徹底打掃一遍，貼紅雙喜、掛紅燈籠、買鞭炮和喜糖、喜餅啥的，村裡辦喜宴都是吃流水席，何慧芳還要到處張羅去借碗筷、桌子跟板凳。雞鴨魚肉、豆腐青菜也樣樣都要準備好，何慧芳還和村裡幾個女眷商量好了，讓她們九月初四晚上就來家裡幫忙準備喜宴。

這七日裡沈澤秋也沒有出去賣貨，跟著在家籌備自己的婚事。

時間在忙碌中過得很快，九月初五到了，大清早的天都還沒亮，沈澤秋就穿上紅彤彤的喜服，和身後一幫吹吹打打的鼓樂手一起往桃花鎮走去。

王漢田吧嗒吧嗒地抽著旱煙，看著接親的隊伍慢慢走遠，他磕了磕煙灰。小半個月前，人人都以為沈澤秋家窮，是一輩子娶不上妻、打光棍的命，可半個月以後，他還就娶上了媳婦兒。

平心而論，他挺喜歡澤秋那孩子的，可惜，家裡窮、人丁也稀薄，不像是個有福的，秋娟嫁到李家村才是正確的選擇啊！

「哇喔，新娘子來咯！」

「快看新娘子！」

小孩們喜歡熱鬧，花轎還沒到村口就圍了一圈看熱鬧的孩童。新娘子對這些孩子而言是個神秘的存在，也是全天下最好看的人。

沈澤玉走一段路就點一掛炮仗，噼哩啪啦的響，圖的就是喜慶熱鬧。炮仗響完後，孩子們就紮堆地去撿沒炸響的。

禾寶也撅著屁股在裡面，他瞄準一個小炮仗，還沒來得及伸手撿起來，就被一個大點的孩子捷足先登了。

那孩子叫毛毛，今年九歲，毛毛的父親和沈澤秋的父親是堂兄弟，論起親緣關係來和沈澤秋也算堂兄弟。

「你欺負人！」禾寶不幹了，坐在地上耍賴。「明明是我先看見的！」

毛毛沒理他，把炮仗塞到口袋裡就走。

禾寶怎麼能依？立即蹬著腿大哭。「醜八怪！我奶說了你們一家都是醜八怪、薄福鬼！」

毛毛一把就把禾寶給推翻了。「胡說八道，小心我揍死你！」

「你敢……」

「你試試！」

沈澤玉往地上灑了把喜糖，剛才還圍觀吵架的孩子們哄一下就散了，追著搶糖吃。

天剛剛擦黑，喜宴終於要開始了。安寧遮著紅蓋頭，在震耳欲聾的炮仗聲、道喜聲裡下了轎子，院門前放著一個火盆，跨過火盆寓意著以前的霉運煙消雲散，新人新氣象。

拜過天地後，安寧被攙入喜房，她斜靠著床柱，聽著外面的熱鬧勁，唇角勾起微笑。

何慧芳特意強調不准鬧喜房，怕安寧不喜歡這些聒噪，但「聽牆腳」還是免不了，村裡半大的孩子們悄悄躲在新房的窗戶下。

「安寧，妳餓嗎？我帶了喜餅給妳吃。」

「謝謝你，澤秋哥，你真好。」

「喔喔喔——」牆角下的孩子們哄鬧起來，一個個又蹦又跳。「新郎和新娘子在偷吃餅咧！」

安寧的臉一下子紅透了。

沈澤秋循聲開門出去，把這幫小子都轟走了。

真好，他有媳婦了。

沈澤秋關好門，插上門栓，和坐在喜床上的安寧相視一笑。

第二天一早，沈澤秋是被安寧搖醒的。

安寧趴在澤秋的懷裡，從被子裡冒出半個腦袋，一雙水靈靈的眼眸含情帶怯。「澤秋哥，該起床了。」

沈澤秋惺忪的睡眼在看見安寧後一下子就清醒了，他伸手摸了摸她的頭髮。「天還沒亮呢，再睡會兒吧，妳不累啊？」

安寧又羞又惱地瞪了沈澤秋一眼。

「呃……我想說的是，妳不睏啊？昨天睡得那麼晚……」話沒說完，沈澤秋就閉了嘴，他好像越描越黑了。

才剛到卯時，日頭還沒起，窗外有些灰濛濛的。

安寧披了件衣裳起了身，坐在鏡子前梳頭髮，邊梳邊對沈澤秋說：「你再睡會兒吧，家裡的地要澆水，雞和豬都要餵，還要做早飯呢。」這些事情不能讓娘一個人做，她年紀大了。

「這不還有我嗎？大家一起來。」沈澤秋打了個呵欠，也鑽出了被窩，順手拿了件短褂套在身上，然後疊起了被子。

安寧從鏡子裡望見了這一幕，手上動作一頓，咬了咬唇，小聲道：「澤秋哥，待會兒我換一床褥子。」

這對新人心照不宣的紅了臉，一個低聲的說好，一個繼續強裝鎮定地梳頭髮。

何慧芳沒想到他們起得這麼早，昨晚她一夜都沒睡好，心裡歡喜得睡不著覺，好不容易瞇了一會兒，聽見遠處傳來幾聲狗吠，她就醒了，醒來後天還黑漆漆的，何慧芳洗漱好，就去到沈有壽的牌位前點了一炷香，絮絮叨叨說了很多話。

「不多睡會兒啊？」

安寧笑了笑，喊了一聲。「娘，我去做早飯，您想吃啥？」

何慧芳招手讓安寧到自己身邊來。「辦喜宴剩下了不少菜，娘用竹籃裝好了掛在井裡呢，待會兒煮一鍋粥、熱點菜吃就行。」

說完她又對沈澤秋招手，直到他倆都站到自己面前，何慧芳才語重心長地說出自己想了一夜的話。

「娘呢，昨晚想了很多，咱們家和村裡的其他人不一樣，他們都是種田種地過活，可咱家只有澤秋一個壯勞力，想靠種地過上好日子難吶！既然安寧會裁衣裳，澤秋也一直做貨郎，你們也有自己的盤算，娘也就全心全意的支持你們。煮飯、餵豬、餵雞這些，娘做慣了，白日裡做做家事、澆地也不累，安寧就專心自己的事吧，家裡不用妳操心。」

安寧的鼻子有些發酸，差點要掉下淚來；沈澤秋一時之間也有些說不出話來。

「就這麼定啦！一個個傻站著幹啥？你們以為我是白幹的啊？我還等著你們去鎮上開鋪子，我去享清福呢！」何慧芳擺了擺手，去灶房裡做早飯去了。

她的話既然撂出來了，自然不是作假，但安寧覺得還是不能讓娘承擔那麼多事，所以趁著時辰還早，和沈澤秋打了一桶井水，澆自家院子裡那一條菜地，輪到那株小絲瓜苗的時候，安寧眼睛一亮，絲瓜苗長出了很多的新葉子，藤蔓也長了很多，順著小竹竿繞了好幾圈，一點都不像前些日子乾枯的模樣！

「過些日子或許就能開花結果了。」沈澤秋也覺得很神奇。

在吃早飯前，安寧按照規矩給何慧芳敬了茶，何慧芳給安寧包了一個紅包。如今家裡何慧芳當家，安寧拿著紅包有些猶豫，家裡的錢不都該娘收著嗎？

何慧芳點了點安寧的腦門。「傻丫頭，妳自己收好，留作體己錢。」

吃罷早飯，沈澤秋和何慧芳去家裡留著的兩畝旱地幹活去了，安寧待在家裡做衣裳，這衣裳已做了一半，衣裳做出來是好是壞，關係著今後的生意，安寧做起來便更小心了。

第一日風平浪靜，到第二日還是只有何慧芳和沈澤秋一塊兒去地裡時，村裡的閒言碎語就起來了。

唐小荷洗完衣裳路過大槐樹底下，剛好看見何慧芳和沈澤秋拿著鋤頭、戴著斗笠去下地的背影，她把木盆靠在胯上，嘖嘖兩聲。「澤秋的媳婦金貴著呢，不愧是鎮裡的姑娘，讓婆婆下地，自己躲在屋裡耍這種事也做得出來！」唐小荷的婆婆可厲害了，嫁過來這幾年她過得是膽戰心驚，也就前兩年分家了她才好過一點。原以為依照何慧芳不饒人的脾氣，她家媳婦定是個受磋磨的命，誰知道竟被兒媳婦哄得團團轉。

旁邊有人搭腔。「可不是？過門兩天了吧，洗衣裳、砍柴啥的，也沒見人出來過。喲呵，真是個千金小姐咯！」

本來對安寧印象還不錯的人，也嘴碎的開始議論紛紛。

王漢田的媳婦兒劉春華也不冷不熱地搭了腔。「我瞅早上餵雞、做飯啥的，也是慧芳做咧！」他們家就在對門，村裡籬笆院牆又不高，有時候能看見對面院子裡的動靜。

劉春華是個不愛說話的性子，但昨天他們家秋娟趁著夜色回來了一趟，那胳膊上黑的、紫的，就沒有一塊好地方。原來秋娟嫁的男人李元竟然愛打人，三句話不對盤抬腳就踹！

秋娟哭哭啼啼的哭訴「他說結婚時給了咱家十兩銀子的彩禮錢，我們家拿了錢，是把我賣給老李家，今後是打是罵，都由著他說了算」。

村裡人嫁女，十兩銀子的彩禮算很高了，劉春華打算把這筆錢攢下來，將來留著給兒子娶媳婦呢，因此她抱著苦命的女兒哭了一場後，又連夜讓王漢田將人送回李家。沒辦法，新嫁女成親不到一個月就往娘家跑，這說出去多沒面子！再說，拿了人家的錢，這腰桿也實在挺不直。劉春華安慰自己，新婚夫妻都有個磕磕碰碰的，這都是正常的事。

可看見沈澤秋跟何慧芳對安寧的呵護勁，她心裡就竄火起來，憑啥同樣是新婦，她倆的際遇天差地別呢？還能是啥？何慧芳傻，沈澤秋呆，安寧是個會哄人的唄！

有唐小荷和劉春華一唱一和，吳鳳英也很快加進來。「妳們還不曉得吧？我們家桂生說啊——」

有人打斷了她的話。「桂生前兩日不是回縣城去啦？」

何慧芳白了那人一眼。「他走之前說的！他說石角村有兄弟兩個也做貨郎，價錢比澤秋賣得還實惠，澤秋這生意多半是難做了！」

「唷，那可怎辦？不能做貨郎，家裡的老娘、屋裡頭那嬌貴的媳婦，難道都指望澤秋一個人種地養活？」

「嘖嘖，澤秋也是個命苦的，模樣、人才樣樣都好，就是命不好！」吳鳳英冷冷地哼哼幾聲。「前世造孽了唄！」

村裡的閒言碎語就像是下雪時的雪花，飄啊飄的就到了何慧芳的耳朵裡。何慧芳的大嫂及二嫂知道她是個有主意的人，響鼓不需重捶，也就稍微提醒了幾句，說安寧從鎮上嫁到鄉下來，也要入鄉隨俗的，她不能這樣寵著。

但何慧芳沒吭聲，沈澤秋和安寧的計劃現在還沒成功，不是往外說的時候。回自家院子的時候，她也琢磨出味來了，村裡這夥長舌婦為啥說得這麼狂？還不就是笑話她，笑話她何慧芳要強了一輩子，如今卻被一個新媳婦欺負了去。

哼，是她們不知道她這寶貝兒媳婦有多好，一群沒眼色的東西！

「安寧，歇會兒吧，大伯娘給了一個老南瓜，咱晚上吃南瓜，再炒一碟青豆可好？」

安寧放下快收尾的衣裳，揉了揉有些發疲的胳膊和脖子，連聲說好。

現在正是酉時，去地裡勞作的村民都三三兩兩的回來了，沈澤秋家就在路邊，自然都要往他們家門前過。

何慧芳從灶房裡扯出一張舊板凳，一邊擇菜，一邊拉高聲音說話。

「有些人啊，就是見不得別人過得好，自己坐在屎盆子上，就覺得人人都有尿騷味！可笑，先把自己收拾乾淨吧，少操心別人的家事！」

對門的劉春華一聽，臉色倏然一變，莫不是那晚上秋娟偷偷回來，被這死婆子瞅見了？她生怕被何慧芳抖落出去，只好縮在屋子裡大氣也不敢吭。

而唐小荷和吳鳳英聽見了，也都以為何慧芳說的是自己，一個被婆婆磋磨，一個被兒子嫌棄，這不都坐在屎盆子上？

呸，她那張嘴開過光吧？比刀子還歹毒！

何慧芳就這麼坐在院子裡陰陽怪氣地罵了個痛快。

到了晚上，吃過飯後，安寧又立刻回屋趕活計去了。還差最後幾粒盤扣，縫上就好了。

何慧芳在灶房裡頭燒熱水，沈澤秋在水井邊洗一個鐵壺。

安寧說了，新做好的衣裳皺巴巴的，要用鐵壺灌滿熱水，熨一熨就清透了，穿上身才好看。

「娘、澤秋哥，衣裳做好了。」

安寧接過裝滿開水的鐵壺，用一塊舊布隔熱，把新裁剪的衣裳都熨得平平整整的。

這衣裳一邊做安寧就一邊給何慧芳和沈澤秋試過，他倆都不是第一次看見這身衣裳，可真的穿上身時，何慧芳和沈澤秋都驚訝了，這可比鎮上的裁縫做的好多了！

何慧芳把新衣裳摸了又摸，她多少年沒穿過這麼稱心如意的新衣裳了？

「安寧，妳明天歸寧，咱們仨都穿新衣裳去，也叫村裡人瞅瞅，我們家安寧多心靈手巧！」就讓她們眼饞去吧！

第二日一早，餵過家裡的雞和豬，又給菜澆了一遍水，何慧芳才回到房裡，小心翼翼地從櫃子裡拿出那套安寧親手做的新衣裳。

一家人穿戴好，提著些花生、山核桃之類的土產，還有一塊布、一包糖就往鎮上去。

這時候日頭已經出來了，村民們三三兩兩地坐在榕樹下吹牛聊天，不知道誰最先「咦」了聲，指了指前面。

只見何慧芳穿著一件深色及膝的窄袖衣，袖口和下襬包了一層紅色的邊，十分亮眼卻又一點都不花哨，上身還穿著件黑色的坎肩，居然還像模像樣地繡了幾針雲紋，加上何慧芳梳得整齊的髮髻，和那挺直的腰板，整個人就好像脫胎換骨一樣。

再說沈澤秋，那變化就更大了，穿的不是那一身洗得發白的短褂，而是一身藍色的缺胯衫，襯得他人精神了百倍，別說，還真是挺好看的。而安寧因為時間不夠，自己做了件素色的裳子，清亮的頭髮綰成一個婦人髻，文文靜靜的，也很有味道。

「嘖！」吳鳳英撇嘴，這三人是在哪裡挖了座金窩窩？這衣裳、這款式，做下來得花不少錢吧？就他們家的收入，當真是不想過日子了！

有人忍不住就問了。「慧芳啊，妳這衣裳在哪兒做的？」

何慧芳今兒早上磨磨蹭蹭的，就是特意等到人多了才往槐樹下過，她撣了撣衣裳，下巴一揚。「好看不？咱家安寧做的！」

「喲，真的假的？」大家都圍攏過來看，一看可不得了，遠了只瞧清楚款式，近看下來這針腳勻稱、繡活兒精緻，十里八鄉都找不出女紅這麼好的人了！

「廢話，哄妳幹啥？還能有假了？當然是真的！」何慧芳高昂著頭，臉上的笑容就沒有消下去過，她可是好久沒在人前這麼得意了！

「這盤扣也是安寧做的？」有人摸了摸何慧芳衣襟上的扣子，只見淡綠的布被縫製成豆角寬，然後不知怎麼捲的，就製成了樹葉的模樣，真是活靈活現，好看極了！

何慧芳也很喜歡那對盤扣，非常自豪地點頭。「這也是安寧做的！」

吳鳳英把臉別過去，一點都不想睬這邊的動靜。她雖然很愛吹噓她們家桂生在縣城裡做活計，但桂生和她並不親，連帶著兒媳婦也不太尊重她這個婆婆，所以啊，她見到何慧芳穿著兒媳婦親手做的衣裳，心裡一下子就不痛快了。神氣個啥呀！

「我們家安寧啊，就是能幹、手巧！」何慧芳心裡美極了，炫耀夠了，這才繼續和沈澤秋、安寧往前走。

安寧和沈澤秋倒不著急，這身衣裳就是要多在人前展示呢！

他們一路走，在渡口坐上馬車，趕到桃花鎮的時候，正是吃晌午飯的時間。王婆這回總算有點良心，沒忘記自家還有個姪女今日歸寧，雖然沒有備好酒、好菜，只兩道素菜、一個豆腐湯，外加油渣炒豆角，但也算過得去了。

簡單地吃了晌午飯，坐下喝了幾口茶後，何慧芳留下回門禮，就帶著小倆口告辭了。今天來桃花鎮，除了吃歸寧宴，還有一樁重要的事要做呢！

他們一是要去鎮上的布坊進貨，二是要去裁縫鋪子打探價格。

「安寧，澤秋去進貨，咱倆去裁縫鋪子吧！」

何慧芳分配好了，安寧和沈澤秋都點點頭。

布坊和裁縫鋪子挨得很近，桃花鎮有一條街是專門經營布疋生意的，街門口懸著一塊木匾額，匾額在風吹日曬下褪了色，隱約看得清上面有「花街布行」四個行楷大字。

匾額下左右各一尊石獅子，腳下的青石板路歪歪斜斜，扭頭往街道深處看，能見支出來的布幌廣告，人不多不少，偶爾還有婦人牽著小孩經過。

這兒的鋪子都是前面做鋪面，後頭是住家和倉庫，巷子的前半截是裁縫鋪子多，後半截便是布坊多些了。

何慧芳和安寧靠著石頭獅子，站在匾額下的陰影裡歇了一會兒，何慧芳瞅著路上的行人，要是有朝一日，澤秋和安寧真的能在鎮上開鋪子，那該多好？她作夢都能樂醒了！

「娘，咱們進去吧。」

安寧扯了扯臉上的面紗，覺得傷口有些發癢。這些日子臉上的血痂開始掉了，掉痂後留下一層淡粉色的印記，現在只有幾條深點的傷口還沒落痂，碰一碰就會發癢，不過她忍住沒有去抓。

「走吧。」何慧芳也歇夠了，和安寧一起進了第一家裁縫鋪子。這家鋪子是一對夫妻在經營，既賣布，也做衣裳，門口還擺著一個貨架，上面有剪刀、針線、尺子和抵手等做針線活需要的工具。

何慧芳摸了摸店裡掛著的一套做好的衣裳，問多少錢，店家出價一百八十文，她差點沒閃到舌頭。「多少？」

店家娘子笑盈盈地上前，目光在何慧芳和安寧二人身上梭巡一下。「我可以便宜些，妳出價多少？」

何慧芳放下手，端起了架勢。「我不喜歡這些料子。如果我拿料子來裁剪，收多少錢？」

「款式簡單的女子上衣收十二文錢，褲子八文錢，若是裁剪一套，收二十文，免費送您扣子。」店家娘子笑著說。

幹他們這行的都會往高了喊價，如果顧客殺價，一套簡單的女裳大概能低到十五、六文錢。

「若複雜些呢？」何慧芳又問。

店家娘子微微一笑，打量起她身上的衣裳來。「若是像您身上這樣的，恐怕要三十文不止。」何慧芳穿著的衣裳款式和自家的有些相似，但很多細節不一樣，袖子和肩膀等地方特別的清透，不鼓鼓囊囊，她是行家自然看得出，這是高手才能裁剪出來的好貨。「不知道您身上這件，是在哪家裁剪的？」

何慧芳一愣神，差點以為是店家娘子看出她來打探「軍情」了。

「款式很好看，做工也好。」店家娘子想仔細看看這衣裳到底是怎麼裁剪的。她剛要上手摸，何慧芳就躲開了。

何慧芳隨口編了句瞎話。「城裡親戚送的。」

店家娘子頓時舒了口氣，難怪了，原來是城裡的手藝。

從第一家裁縫鋪子裡出來後，何慧芳心裡美滋滋的，就連店家都誇安寧的衣裳做得好，看來這門生意啊，有戲！

她們又在其他的裁縫鋪子裡逛了很久，摸清楚了鎮上這些鋪子的價錢，安寧又在第一家買了一些家裡沒有的工具，比如粗細不同的針、更精細的尺子。

沈澤秋進了差不多一百尺、十來種花樣的布料，現在有石角村的雙胞胎兄弟做競爭對手，他必須採購多一些的花樣，不過進貨價還是談不下來，這也意味著沈澤秋為了保證自己的利潤，必須比那兄弟倆賣得貴些。

至於到底怎麼應對，他想晚上回家後和安寧商量看看。

回到沈家村的時候已經是日暮，沈澤秋把布扛在肩上，安寧和何慧芳各提著一個包袱走在前面。

山間土路被夕陽映照成淡淡的紅色，輕柔的風徐徐吹過，帶來一陣陣舒爽。

「安寧，明兒我就出攤了。」沈澤秋原本想多陪安寧幾天的，但家裡現在的情況不樂觀，他必須勤勞些，才能撐起這個家。

安寧仰頭看著他的眼睛，她能讀懂沈澤秋的眼神，兩個人的想法總是這麼的一致。

「好，我明天在家畫花樣子，已經畫得差不多了，後天就能拿出去給別人看了。」

安寧眉眼含笑，在她的身後是紅彤彤的、像個大石榴的太陽，而她站在夕陽前，這麼的好看。

小夫妻兩個總是有說不完的話，何慧芳就故意加快腳步往前走，好拉開些距離，免得他們有些話不好意思說。誰沒年輕過？大家都是這樣過來的。

剛走到村口，何慧芳就見榕樹下圍攏了很多人，大家不斷地往自家那個方向張望，然後不停的議論紛紛，何慧芳還以為是自家怎麼了，趕緊加快腳步走過去。

「說啥咧？天都黑了還不歸家啊？」何慧芳問道。

「慧芳啊，妳不知道，今天下午秋娟回來啦！」有人搭了腔。

何慧芳聳了聳肩膀。「這有啥稀奇？李家村這麼近，也就大半個時辰的腳程。」

搭話的人努了努嘴。「妳去瞅瞅就曉得了！」

正說著話，走在後面的沈澤秋和安寧也追了上來，何慧芳招呼了他倆一聲。「走，咱回家！」

走過大槐樹不遠就到家門口了，三人抬眼一瞧，都看見對門王漢田家門口圍滿了人，好像是李家村的，何慧芳定睛一看，最年輕的那個不就是秋娟嫁的男人嗎？

「秋娟！」

那男人比沈澤秋矮一個頭，身材比較壯實，一張國字臉，此刻臉色憋得通紅，半晌了才驚雷似地放一嗓子，不知道的還以為他是來尋仇的呢！

「跟俺回家！」

除了李家村的人，旁邊還有不少沈家村的人，有些是王漢田的本家親戚，都站在院子裡，而那些純粹瞧熱鬧的則在院子外蹲的蹲、站的站，有些都快蹲到自家院子門口了。

女人嗚嗚嗚的哭聲隱約地從對門的屋子裡傳來，雖然不知道發生了啥事，但何慧芳也能囫圇猜出一個大概。還能是啥？定是在夫家受委屈了唄！

何慧芳把院門打開，讓沈澤秋和安寧先把東西拿進去。

沈澤秋知道他娘的性子，有時候好打抱不平，他覺得還是自己陪著一起站在外面好。

「你也進去！」何慧芳不領他的情。他怎不知道避嫌呢？秋娟和他是提過一嘴要做娃娃親的人，這要是被安寧瞅見了，安寧該多心了！

沈澤秋還真不知道何慧芳為啥不讓他出來，他根本沒想起這茬。他點點頭，行，他先到灶房燒火煮飯去。

屋子裡安寧已經點好了燈，兩個人一個擇菜，一個燒火、淘米，手上動作不停，嘴裡也一直說著話，時不時的笑一笑。

這邊是春風沐面、怡然自得，外面王漢田家就是另一番場景了。

李元覺得自己能來接秋娟回家，就已經給足了她面子，再矯情兮兮，他可憋不住火了。

王漢田坐在堂屋裡吧嗒吧嗒地抽旱煙，隔壁屋秋娟哭得直抽。

劉春華心酸地抹了把眼淚，用手推了下秋娟的肩膀。「走吧，和李元回家吧。」

話音甫落，秋娟哇地一聲大哭，回哪個家？這裡就不是她的家了嗎？

日頭徹底落山了，村莊裡黑壓壓一片，秋娟一把拿起桌上的包袱，胡亂擦了幾把眼淚後走出來。

院子門口，何慧芳插著腰，看見秋娟和李家的人出來了，心裡也是一酸。雖然她和劉春華不對盤，但鄉里鄉親的，她要幫腔罵死這個只會打老婆的窩囊廢！

可秋娟低著頭，誰也不看。

李元拽了一把她的胳膊，沈著張臉，就和其他的李家人一起把她帶回去了。

劉春華甚至沒有出院門，王漢田更是連個人影都沒見到！

啥？自家閨女被欺負成這模樣了，娘家人竟連一個屁都不放？何慧芳心裡堵著一口氣，氣得直跺腳，趁著人還沒走遠，她罵了幾句。「軟腳的慫漢！光知道窩裡橫，沒出息的東西！」

晚飯何慧芳氣得都沒吃好。

安寧給她挾了幾筷子菜，柔聲問：「娘您怎麼了？有啥心事啊？」

何慧芳搖了搖頭，拿起碗喝了一大口稀粥。「沒啥，就是看見有人受氣，娘心裡跟著也不舒坦。」王漢田和劉春華那兩口子，也是對大慫貨，把好好的閨女給害了。沒有娘家人撐腰，秋娟日後又怎麼在李家挺直腰桿做人？

吃罷了飯，安寧和沈澤秋在屋裡整理今天新進的料子。中秋後天氣就轉涼了，九月正是做秋衣的時候，所以沈澤秋新進的料子大部分都是厚布，而且今年棉花漲價，這布的價格也隨之水漲船高，往年厚的棉料，普通的是十六、七文錢一公尺，今年漲到了二十文錢，至於那些印花的、或者有暗紋的就更貴了。考慮到村民們的承受力，沈澤秋進的大部分都是素色棉布。

也不知道那對兄弟賣多少錢一公尺？

安寧和沈澤秋商量了一下，覺得還是要和那兄弟倆定一樣的價格才行，村民們買東西都是誰實惠就光顧誰家，才不管你進貨價是多少呢！

如今之計，一是薄利多銷，二是想辦法壓低進貨價。當然，要是安寧的裁剪生意能做起來，那就太好了。

安寧也明白這個道理，因此點了盞燈，坐在木凳子上俯案描畫。

不多久月亮升起了，透過半敞開的窗戶照在安寧的身上。

沈澤秋洗漱好了走進來，從背後抱住安寧，和她一起看天上的月亮。

安寧的耳朵都紅了。「澤秋哥，你是不是要睡了？我吵到你了？」

沈澤秋搖搖頭，把安寧手中的筆擱下。「我怕妳累。」

「不累的。」安寧扭過臉看他。「你明兒要早起，去睡吧。」

沈澤秋不動，他不知道該怎麼說，最後鼓起勇氣在安寧的下巴旁邊啄了一口。二十來歲的青年，正是血氣方剛的時候，食髓知味後，更離不開安寧了。

安寧的腦子裡轟然綻開一朵絢麗的煙花，她的臉更紅了，害羞地低下了頭。

旁邊的沈澤秋也沒好上多少，他直起腰關上了窗戶，吹熄了燈，屋子裡一下子陷入黑暗中。「睡……睡吧。」

安寧扶著沈澤秋的手，小夫妻倆都很沒出息的紅了臉。

清早，匆匆喝了幾口粥後，沈澤秋就挑起貨擔出去了。

安寧繼續在家裡把樣子畫好。

何慧芳餵過家裡的雞和豬，做完了家務事，洗乾淨手，回屋換上了新衣裳後，高高興興地準備出家門。

「安寧，我出去轉轉！」何慧芳打了聲招呼，拿上一雙納到一半的鞋墊出了院門。

「哎，好！」安寧揉了揉發瘦的手腕應了。

這也是昨晚商量好的，既然價格跟款式都摸清楚了，工具也都備全了，那在家開裁縫鋪的事遲早都要說出去，讓大伙兒知道知道，何慧芳今天就是出去做活招牌的。

「我們家安寧的手藝！做得好吧？就連鎮上的裁縫都誇，說比城裡的都好看呢！

「是城裡流行的款式呢！

「以後做衣裳，找我們家安寧，比鎮上的價格便宜，還更好看！

「保管穿出來亮亮堂堂，有精神！」

何慧芳從村東頭走到村西頭，邊納鞋墊邊走，說了足足一下午的話，回家後迫不及待地灌了半盅涼開水，擦了擦嘴，回屋把衣裳換下了。

雖然人人都誇，但沒人說要做一套，畢竟村裡人一年到頭也就做上一、兩身，萬一裁毀了，那可怎辦呢？

不過安寧和何慧芳也不擔心，畢竟花樣子都還沒拿出去給人瞅呢！

到了晚上，沈澤秋回到家裡，安寧的花樣本剛畫完攤開讓風吹乾墨漬，現在剛完成。

「澤秋，快過來瞅瞅，安寧畫得活靈活現喲！」何慧芳急忙招呼沈澤秋過來看。

他放下擔子，三兩步疾步走進來。

花樣本攤開在桌上，黃麻紙已經被裁剪成兩片瓦大小的一沓，用粗線縫成一本，翻開來看，裡面有十來種的衣裳樣式，年輕姑娘穿的襦裙、老太太穿的坎肩，還有男子的衣裳等，安寧不僅畫了正面，還畫了背面，最後一頁則是各種盤扣的造型。

她筆觸柔順，將衣裳的細節全都畫了出來，沈澤秋覺得，這簡直就是神了。而且安寧還在花樣本封面寫了三個字，沈澤秋不認得字，小時候何慧芳想送他去私塾讀書的，奈何家裡出了事，自然也就耽擱了。

「安寧，妳還識字呢，真好！」

安寧笑了笑。「澤秋哥你想學不？我教你。」

「好！」沈澤秋直樂，他可真有造化，遇上安寧這樣好的媳婦。

今天沈澤秋運氣還不錯，打聽到了那兄弟倆的價格，素色厚布他們賣二十二文一公尺，沈澤秋一咬牙，跟他們賣了一樣的價格。換季時做新衣的人多，今天賣了十公尺布出去，不過因為利潤低，只掙了二十文錢。

可沈澤秋和安寧都覺得這是個好兆頭，明天把花樣本帶上，看看效果怎麼樣。

第二日清晨，沈澤秋拿上花樣本，挑起貨擔，迎著朝陽出發了。

何慧芳和安寧為他今天的生意捏把汗，但能做的準備都做好了，接下來就順其自然吧。

門前的石階上晾著些南瓜子，是何慧芳從那日沈大伯家給的老南瓜裡挖出來的，見南瓜子顆粒飽滿，何慧芳特意晾乾了，想種在院裡的菜地上。

安寧拿著把小鋤頭，和何慧芳一起趁著時辰早，涼快，給院牆下的一小塊地鬆土。

如今安寧已經不用戴著面巾了，臉頰上的痂掉了八成，就是掉了痂後肌底還有些粉，和正常膚色不一樣，也不知道以後能不能養好？何慧芳盤算著過幾天藥膏用完了，要再去白鬍子那裡一趟。

南瓜這東西命硬好養活，鬆了土，挖一個小坑，撒上三五粒種子，把土培上後澆些水，三五日後就會抽出嫩芽來。不過他們這都是紅壤，不肥沃，南瓜種出來產量不太高。

等忙完這些，時辰已經不早了，陽光灑在院子裡，蒸騰起一片暑氣。

「安寧，過來坐，等汗歇了咱燒些熱水擦擦身。」

何慧芳從堂屋裡扯出一張長木凳放在樹下，手裡攥著兩把大蒲扇。

安寧接過一把，也坐了下來，蒲扇搧起陣陣涼風，她舒服地瞇了瞇眼，忽又嘆了聲。

「這麼熱的天，澤秋哥在外頭肯定很熱。」

「唉！」何慧芳也心疼啊，這種苦日子沈澤秋已經挨了好幾年。「日子會好起來的。」

這句話何慧芳是在安慰安寧，也像在對自己說。

安寧不想惹得何慧芳傷感，就沒順著這個話茬往下說了。雖然秋天已經到了，但「秋老虎」還是很厲害的，今晚給澤秋哥熬一些涼茶，明天好帶出去喝才好。

這邊正想著事情呢，籬笆院牆外沈家大嫂唐菊萍的身影匆匆出現。

「慧芳啊！慧芳！」唐菊萍直接推開了虛掩的院門進來。

安寧急忙問候了句。「大伯娘好。」

唐菊萍扯起一抹笑，點了點頭，快步走進來。「別忙活了，我不喝茶。今天來找妳們啊，有事。」

「啥事呀？」何慧芳搖著扇子。

安寧剛想進屋給沈家大嫂倒茶，聞言也頓住了腳步。

「還有啥？毛毛家的事唄！」唐菊萍無奈地嘆了口氣。

何慧芳一下子就明白了。「怎麼了？他爹的病又重了？」

「就這個把月的事了。」沈家大嫂搖頭，招呼她們出來。「走吧，去我家商量，大家都到了。」

安寧和何慧芳把門關好，就一起往村南邊去。毛毛家的事情安寧多少知道些，他是個苦命娃，祖輩都不在了，唯一剩下的爹也得了肺病，父子兩個種著幾畝薄田勉強混口飯，遇上青黃不接的時候，就要靠親戚們接濟了。

到了沈家大伯的院子裡，大家都到了。

沈家大房有三兒兩女，都已經成親了。兒子沈澤玉、沈澤鋼、沈澤石都沒分家，還是和長輩一起過，女兒沈梅春、沈梅夏嫁到外村，今兒沒回。

二房沈有祿有三兒一女，沈澤文、沈澤武是雙胞胎兄弟，下面有個妹妹沈梅冬，最後是三家裡的老么沈澤平。

毛毛站在堂屋的梁柱邊上，扯著衣角，抽抽搭搭的，臉都哭花了。

人到齊了，沈有福磕了磕煙灰。「毛毛他爹病又重了，大夫說要買藥煎著吃，他家窮拿不出錢來，毛毛是兩代單傳，如今就咱們這支親了，我的意思是，咱們湊些錢，讓毛毛拿去給他爹抓藥。」

大家心裡門兒清，這抓藥抓的只是個心安罷了，總不能眼睜睜瞧著人病死，一點事都不做吧？毛毛日後長大成人了，會悔恨一輩子的。

沈家這些小輩們雖然沒分家，但除了沈澤平外都成了家，有的還有了娃，莊戶人手頭攢點銀子不容易，就算家裡男人同意，媳婦也各有各的盤算，因此一時間下頭竊竊私語，互相打起商量。

沈有福噎噎地抽著煙，沒吭聲了。

「我出兩百文錢。」何慧芳率先站起來說，她走過去摸了摸毛毛的頭。「嬸娘家也是拔鍋起灶，一乾二淨的，別嫌少。」

毛毛打了個哭嗝，揪著何慧芳的衣襟，哭得說不出話來。

二房的沈家二嫂吳小娟見狀，悄悄用手肘撞了撞自家男人。「咱也出二百文。」

沈有祿瞪了她一眼，背過身去瞅自己的幾個兒子。三房那個情況出二百文是仁至義盡，他們跟著出二百文像啥樣子？

最後父子幾個商量好了，沈有祿道：「我們出三百文。」

最後大房也出了三百文，一共湊了八百文錢，夠毛毛回去抓幾帖藥了。各家又都拿了些玉米麵、紅薯、南瓜啥的，又去看了看毛毛的爹。人躺在床上，呼吸聲粗重得像是在拉風箱，眼看已經時日無多了。

安寧和何慧芳走在回家的路上，何慧芳擇了根柳枝在手上。毛毛的爹要是沒了，這孩子跟誰呢？多半還是要他們這一支養了。

到了家裡，何慧芳用柳枝抽了抽自己，又輕輕抽了抽安寧，嘴裡絮絮叨叨。「祖先保佑，晦氣走開。」這是個風俗，去探望過病重的人，都興用柳枝抽打身體趕走晦氣。

晚飯何慧芳蒸了一鍋紅薯，炒了一盤嫩紅薯葉子，還熬了一大鍋稀粥。何慧芳仍舊覺得安寧身子弱，不想餓著她，就招呼她坐下吃飯，不等澤秋一起吃了。

安寧探身往院門外看了好幾次，總感覺沈澤秋就快回來了。「娘，咱們再等等吧，澤秋哥應該快回來了。」

還真是神了，今兒天還沒黑透，沈澤秋挑著擔子就回到家裡！何慧芳一拍腦門，還真有心有靈犀這回事咧，安寧說澤秋要回來了，他還真的就回來了！

「今兒行情怎樣？」何慧芳沒等沈澤秋把氣喘勻了，迫不及待地就問出了口。

安寧給沈澤秋倒了一大碗涼開水，遞給他。「慢些喝。」

沈澤秋走了很遠的路剛到家，身體很熱，若這時候喝下太多的涼水會傷胃，所以他喝一口就喘幾口氣。

見他光喝水不說話，把何慧芳看得直跺腳。

「到底啥情況啊？」何慧芳拿著大蒲扇，在沈澤秋面前搧風。

喝完了水、擦乾了汗，沈澤秋終於咧開嘴，露出個大笑，聲音爽朗。「成了！」

安寧和何慧芳都驚喜地望著他，等著他繼續往下說。

「畫眉村有個姑娘，說要過來做襦裙，明兒就來量尺寸！」

哎喲！何慧芳開心得差點蹦起來。她就說嘛，就安寧這手藝，准能開門紅！

安寧揉了揉沈澤秋的肩膀，兩個人都喜不自勝。

說起沈澤秋今日的遭遇，那還真是夠曲折的，因為今天啊，石角村那兄弟兩個降價了！厚的素色棉布，人家只賣二十文錢一公尺，明擺著是要用低價來擠兌沈澤秋，沈澤秋的進價可就是二十文一公尺。

沈澤秋放下水碗，一家三口邊吃晚飯，邊聽沈澤秋說起今日發生的事情來。

早上沈澤秋擔著貨，特意翻過一座山，去了座路遠又難走的小村子。村莊前環繞著一條小河，後頭是幾座連綿的小山包，因這些山從高處看像隻畫眉鳥，而這個村寨安於其中，故得名畫眉村。

沈澤秋來這兒就是不想和石角村的兄弟倆遇見，可無巧不成書，雙胞胎兄弟中的大哥唐友良也擔著貨到了。同行是冤家，兩個人遠遠撞見後，一個去了村東，一個往村西。

沈澤秋一路吆喝，有幾個村民坐在橋邊樹下歇息，攔住問他價格，得知沈澤秋賣二十二文錢一公尺後咋舌不已。

「喲，你賣得怎這麼貴？另一個後生仔才賣二十文一公尺呢！」

「做生意要厚道嘛！」

沈澤秋坐在橋邊歇了歇腳，心裡明白過來，那雙胞胎兄弟不僅和自己搶生意，還想透過壓價把自己擠兌出這個行當。也不能說人家奸滑，畢竟做生意皆為利來，誰都不希望對手興旺。

那幾個村民還在碎言碎語，大意是嫌棄沈澤秋是奸商，賣得忒貴。

沈澤秋又挑著擔子在村裡逛了逛，放在貨擔中的花樣本都沒機會掏出來。算了，再去其他村看看吧。沈澤秋在心裡糾結著，他不敢也不能降價，要是他也拚命的壓價，按照進價出貨，賺不到錢，一家子吃喝的嚼穀從哪兒來？

火紅的太陽高懸，刺目的陽光炙烤著大地。風好像靜止了，大地熱氣騰騰像個大蒸籠。

此時他已經擔著貨走出了畫眉村，正在一棵大樹底下短暫的休息。沈澤秋拿出水囊灌了幾口涼水，心裡有些亂。去一個石角村兄弟還沒到過的村寨，他或許能按照二十二文的價賣一些布出去，可等買布的村民知曉有人只賣二十文錢，自己就在他們面前失了信譽。

一旦他失了信譽，往後的日子會更不好過。

炎熱的天氣要把大地烤化了，沈澤秋覺得一味的逃避也不是個辦法，他抓了抓腦袋，掐了一截草稈在嘴裡叼著。不知名的小蟲在草叢中蹦來跳去，沈澤秋盯著牠們瞧了一會，精神放鬆一點後，忽然想到了一個主意，可以試試。

他吐出嘴裡的草稈，挑起擔子，轉身又回了畫眉村。

「各位父老鄉親，俺們家裁縫鋪子新開張，裁一套衣裳只要十文錢，比鎮上便宜一半，花樣子都畫出來咧，各位來瞅瞅看看了啊！鎮上新織的厚棉布，若是在俺家裁衣裳，只要十八文一公尺了！童叟無欺，大爺、嬸子們都過來瞅瞅了啊！」

每個村子都有個熱鬧、村民們紮堆聊天嘮嗑的去處，畫眉村也不例外，村裡小河邊的大樹下，用石頭砌了個高臺，此處蔭涼開闊，不少人都在這兒坐著閒聊。

沈澤秋一過來吆喝，立刻引起了樹下村民們的注意。沈澤秋笑呵呵地走過去，把安寧畫的那冊花樣本掏了出來，放在石頭上，翻開來給大夥兒看。

有人驚訝地嘖嘖稱奇。「這畫得可好了，像真的一樣呢！」

花樣本對於村民們來說是個稀罕東西，鎮上裁縫鋪子裡也有花樣本，但只是用筆粗劣地描繪出大致的款式，比起沈澤秋這本精緻又細膩的花樣本，簡直粗糙得不能看。

「款式也新咧，和鎮上的不一樣！」

「瞧這襦裙，這盤扣像不像隻蝴蝶？」

村民們討論得很激烈，氣氛很火熱，沈澤秋用帨巾擦了把汗，心情一下就亮堂了。

可村民們討論歸討論，還是沒有人開口說要做上一套。倒是有幾個人掏錢買了沈澤秋的布，因為沒在沈澤秋這兒做衣裳，他收二十文錢一公尺，等於一分錢沒賺。

沈澤秋眼裡的光暗淡下去，瞅著天色還早，想著乾脆再跑一個村子。他歇了一會兒，啃了幾口從家中帶出來的玉米麵煎餅做午飯吃，喝了幾口涼水後正準備起身出村走人，不遠處來了個五十多歲的大嬸子。

「你是沈家村的後生嗎？」大嬸子面善，笑著問。

沈澤秋點頭應了。

大嬸子笑起來。「俺家姪女就嫁到你們村咧！」

附近的村子通婚再平常不過了，互相攀扯這些就是為了拉近彼此的關係。沈澤秋回以笑容，道：「那可真巧，嬸子是要我捎啥東西回去嗎？」

大嬸子搖搖頭，指了指沈澤秋的擔子。「沒，俺剛才聽見你說家裡新開了裁縫鋪子？」

沈澤秋點點頭，拿出花樣本給這位大嬸子瞅。

她看了看，眼睛一亮，說她家閨女想做，明兒就去沈家村量尺寸。

沈澤秋後來又去鄰近的一個村子賣出去些針頭線腦，因急著想把這個好消息告訴安寧，這才早早的回來了。

今兒雖然才掙了十來文錢，但因為安寧的裁縫鋪子開門大吉，一家三口都很高興。

吃過了晚飯，何慧芳還在想，是畫眉村的哪戶人家要做衣裳？她不知認不認得？忽然，她「呀」了聲，問沈澤秋，那個大嬸子嘴巴邊是不是有粒大黑痣？

沈澤秋瞇起眼睛一想，點了頭。

「那就對上了！那大嬸，大家都叫她趙大嬸子，她們家姑娘巧兒今年二十了，還沒說上親，因為身形很肥，她的衣裳並不好做喲！」何慧芳還聽說趙大嬸子家的姑娘為了說親，去鎮上做過衣裳，做出來的太難看，被趙大嬸子抱怨了一頓，結果那裁縫沒忍住，罵了句「人不好看，穿啥都難看」，趙大嬸子氣得跳腳，和人罵了一下午，差點打起來。

聽何慧芳把話說完後，沈澤秋不禁有些擔心。

不過安寧倒是頗為冷靜，一針一線密密地扎在鞋底上。「沒事的，等人來了再說。」

沈澤秋眼睛亮亮的。「安寧，教我認字吧。」

「好……我想想，咱們先從數字學起吧。」

家裡的紙墨已經剩下不多了，安寧回屋拿了張黃麻紙，在上面寫了「一」到「十」，共十個字。她一個一個地指給沈澤秋看，告訴他讀音和筆劃。

沈澤秋從灶房裡找了幾塊燒黑的木炭，就著明晃晃的月光，一筆一劃的跟著寫起來。

「這是一……」他在地上劃了一道橫線。「這是二……這是三……」沈澤秋寫到「四」的時候疑惑地仰起頭。「為啥四就變了？怎不劃四條道了？」

安寧翹起嘴角，笑出了聲，她用手撐著下巴，眼睛水汪汪的。「那寫到一百怎辦？劃一百道嗎？」

「也對，造字的人真聰明！」沈澤秋用木炭在地上歪歪扭扭地寫下一個「四」字。「我們家安寧也聰明！」

夜漸漸深了，蟋蟀在草叢裡滋滋地叫著，偶有涼風吹得樹葉簌簌發響。

沈澤秋攬著安寧，一家人沈入香甜的夢中。

第四章

第二天沈澤秋照例出攤了，安寧和何慧芳打掃乾淨屋子，澆水時看見那株小絲瓜苗已經很茂盛了，正想找根細竹竿給絲瓜苗搭座小架子時，院門就被叩響了。

「是沈澤秋家嗎？」門外趙大嬸子真的領她的閨女巧兒到了。

「是呢！妳們是來裁衣裳的吧？」何慧芳把人往院子裡迎。

安寧聞聲也出來了，一眼就看見了站在趙大嬸子身後的巧兒。

昨日趙大嬸子已經選好了料子，是一塊綠底碎花的棉麻布。

趙大嬸子家裡比較富裕，前頭四個兒子才得了巧兒一個閨女，寶貝得不行。

可惜的是，巧兒從生下來就比別人重，從小到大都是如此，到了說親的年紀，更是說了好幾次親都沒成。

巧兒也從原先的喜歡做衣裳，到厭惡做衣裳，反正她穿啥都不好看。

趙大嬸子喝了口水，把巧兒喊到安寧身邊，說想做件花樣子冊上那樣的對襟襦裙。

安寧想了想，發現巧兒骨架比較大，手臂也粗，花樣子上寬鬆的對襟襦裙反而會把她襯得更魁梧，倒不如做半袖束腰襦裙更顯瘦。

「趙大嬸子，我有個想法，您先聽聽看。」安寧溫柔地笑了笑，走到巧兒的身邊。「這塊綠色碎花的料子可以做件半袖的上襦，用藍色包邊，襦裳的領子開得下些，會襯得脖子很修長。至於下身則配顏色更淺的淡藍百褶裙，腰束用深色的暗紋料子，這樣又清新還顯得苗條呢！」

趙大嬸子和巧兒都聽呆了，忍不住按照安寧說的款式想了想，是很不錯。

這邊何慧芳也把上回安寧做的衣裳拿出來，給她們娘倆看。

趙大嬸子心裡也很滿意，就是……「昨兒我只要了塊綠花料子，這布不夠啊……」

興致一直不太高的巧兒這時急忙扯了扯她娘的衣袖。「就按這位小娘子說的做吧！」

旁邊的何慧芳笑著說：「咱們賣布的人家，家裡還會沒點囤貨嗎？」說著就去屋裡捧出幾種料子，讓她們選。

巧兒不假思索地按照安寧剛才說的配色，挑了塊湖藍色料子做百褶裙，又挑了一小塊織了暗紋的黑布做腰封。

至於包邊的料子，安寧免費送了一小塊深藍色的零頭給她們。

一公尺湖藍色的布是薄料子，十五文錢；腰封的料子很貴，她們要了一尺收十文錢；加上裁剪的工錢十文錢。安寧一共收了三十五文錢，趙大嬸子爽快的同意了。

安寧拿出自己用零頭布做好的軟尺，對巧兒招手。「我幫妳量尺寸吧。」這是她接手的第一樁生意呢，她的心情不禁有些微微激動。

上回用完了收起來的破門板，今日再次有了用武之地。

巧兒往常做衣裳，裁縫都是按照舊衣裳的尺碼比對著直接裁剪，像安寧這樣用一把軟尺又量衣長、又量腰圍的，還是第一次。

安寧湊近了瞧，發現巧兒除了體型高胖些，五官還算清秀，皮膚也比較白，她笑著安慰道：「妳放心吧，我會盡力裁得好看的。」

「嗯。」巧兒扯了下自己衣裳的下襬，還是很緊張。

量好尺寸後，安寧把料子平鋪在門板上，用尺子和炭灰定好了點，接著舉起剪刀，乾脆俐落地把衣裳裁好了。她做得很快，上襦加百褶裙，不到一個時辰便都裁剪妥當。

趙大嬸子直誇安寧手腳麻利，是個爽利人。

十文錢一套的工錢包的是裁剪，並不幫忙縫製，但安寧還是耐心地和趙大嬸子還有巧兒囑咐了許多縫製的細節。

「鎖邊時針腳一定要細密，這樣衣裳以後才耐穿。縫製腰封的時候最好用倒針縫，這樣最結實、最有形狀了……」

趙大嬸子也是個能幹人，針線活算是附近村子裡一頂一的高手，可她竟然完全不知道這活兒裡竟然還有這麼多的竅門！眼前這位新媳婦不僅模樣俊俏，懂得還不少呢！她笑呵呵地應了，拿上裁剪好的料子，打了個小包袱，帶著巧兒道了聲謝後，便迫不及待地回畫眉村去了。她真想趕快把衣裳做好，然後給巧兒穿上，看看究竟好看不？是何模樣？

做完了第一單生意，安寧和何慧芳都鬆了口氣。簡單地吃過晌午飯後，安寧和何慧芳一起做起了糖水糍粑。

這是種夏季裡解暑的吃食，糖水中加入薄荷，吃起來冰冰涼涼的。沈澤秋在外頭賣貨，歇腳的時候吃上一塊，肯定很舒坦。

正好家裡還剩下一斤糯米粉，何慧芳去取來，讓安寧用溫水慢慢地和糯米粉，自己則取來一個大瓷碗，把半塊紅糖掰碎了，用臼捶慢慢的碾碎。家裡沒有種薄荷，是早上問沈家二嫂要來的，葉子已經洗乾淨，攤在灶房裡晾乾了水分。

這碾薄荷葉就像碾蒜似的，要把薄荷葉碾得細碎，接著拿一塊薄紗布，把碎葉裹起來，雙手緊握，用力地榨出薄荷汁，滴在搗碎的紅糖上。

另一邊，安寧已經麻利地和好糯米粉，揪成了一個個均等大小的小團子，灶房裡頭太悶熱，何慧芳和安寧便一塊兒把桌子抬到了大樹底下，一左一右的，邊吹著涼風，邊做起了糖水糍粑。

安寧拿起一個小糯米團子，放在手掌心搓成個柿餅的形狀，另外一隻手舀起一勺加了薄荷汁的黃糖放在中央，左右一包就封好了口，再放到印花模具裡過一遭。

咚咚咚！她舉起模具敲了敲，手裡就出現一塊帶著荷葉形狀的糍粑了。

一斤糯米粉一共做了十來個糖水糍粑，做好以後放在蒸鍋裡蒸熟了，放涼了才好吃呢！

夏日炎炎食物容易餿，大家都是用小籮筐把食物裝好，懸掛在井裡的，何慧芳和安寧兩人配合，把糖水糍粑放到了深井裡。

眼看日頭就快要落山了，等沈澤秋回來，剛好可以一塊兒嚐嚐鮮。

沈澤秋今日的生意還算不賴，沒有遇上那對雙胞胎兄弟，賣了幾公尺厚棉布，遇上個婦人說自家男人怕熱，要了兩公尺夏日的薄布做衣裳，加上有人要了幾卷線、一些針等零碎物件，沈澤秋拿回了今日淨掙的十六文錢，還有兩個換回來的雞蛋。

何慧芳樂呵呵地把錢收好，把雞蛋擦了擦，大頭朝下，在竹簍裡頭放好了。她數了數蛋，有沈澤秋換的，也有家裡兩隻雞生的，加起來快有二十個咧！雞蛋要趁著新鮮吃，久了就變味了，因此出來後她說明天要去鎮上一趟，把這些蛋賣掉。

這邊安寧剛好把下午做的糖水糍粑拿出來，一家三口一人一個，輕輕咬破一個小口子，吸一口裡頭甜滋滋又清涼的糖水，加上糯米皮軟糯香甜，別提多享受了。

「娘，我瞅著後院地方還挺寬敞的，明兒咱一起到鎮上去，買幾隻小雞仔、鴨仔啥的養起來吧？」雞、鴨生的蛋可以賣錢，肉逢年節可以吃，也算給家裡添些收入。

何慧芳想了想，覺得這主意妥當。

旁邊的沈澤秋吃了一口糖水糍粑後，抬頭插話道：「娘、安寧，後日我們仨一塊兒去吧，我正好想去鎮上和布坊老闆談一下價。」進價比那兄弟倆高，平價平出總不能長久。

第二天，又有人上門裁衣裳了，就是隔壁李家村的村民，圖個便宜，就裁了件坎肩。

到了隔天是個下雨天，三人去鎮上的計劃自然擱置了。

沈澤秋也沒法兒出攤，他乾脆在家尋了些木頭、竹子，提前在後院做好了關雞、鴨的籠舍。

雨後天晴是一日後了，他們三人起了個早，帶上用竹籃裝好的雞蛋，一起往鎮上去。往日裡賣雞蛋的人總有三五個，何慧芳每次都要賣到半晌午才能賣完，今天運氣還真是好，才在樹底下坐沒一會兒，就來了個客人，把二十多個雞蛋全買走。

何慧芳笑得合不攏嘴，把銅板用繩子串起來，再用手帕包好捂在胸前放好了。「我怎覺得遇到安寧後，做啥事都順起來咧？」

安寧聲音柔和。「娘，是咱仨都運道好。」

陽光白燦燦的，三人準備歇會兒就去花街布行。包袱裡帶了水和玉米煎餅，還有些青李，模樣瞅著生，其實吃起來可甜咧，不僅汁水多，還脆生生的呢！

三人歇夠了，正往布行去，迎面走來兩個人，正是趙大嬸子和她閨女巧兒。

老遠趙大嬸子就熱情地打起招呼來。「慧芳妹子、澤秋、安寧，你們要去哪兒啊？」

「喲，原來是趙大嬸子和巧兒啊！我們要去花街布行。」何慧芳爽快地應了，等巧兒走到近前，她驚喜地嘆了聲。「這不是在我家裁的那身衣裳嗎？」

只見巧兒梳著雙螺髻，上穿綠色半袖襦裙，下著藍色百褶裙，綠色襯得膚色白嫩，黑色的腰封剛好又很顯瘦，和那日躲在趙大嬸子身後畏畏縮縮的姑娘完全不一樣了，不再顯得癡肥，反而有了幾分珠圓玉潤的感覺。

今兒趙大嬸子心情可好了，她娘家有戶遠親，就住在鎮上，家裡有個二十出頭的後生因為孝期耽擱了婚事，今日就是帶巧兒去他家吃茶聊天的，名義上是吃茶，其實就是相看一下兩個年輕人合不合適。巧兒和那後生喝茶時見了一面，彼此的印象都很好，她為巧兒懸心多年的婚事，眼看就要有著落了！

趙大嬸子真想好好的謝謝安寧，要不是她心靈手巧地裁剪出這麼合身又好看的衣裳，今天的事還不知有沒有這麼順呢。

「多虧了安寧的這雙巧手，明天我帶巧兒再去找妳裁兩身！」趙大嬸子笑盈盈地道。

「成！我們今日就是去布行看貨的，您明兒來，有新料子呢！」安寧彎起唇角，微微一笑。

趙大嬸子一聽，想起了一件事情。「喲，還真是湊巧，我兒也在鎮上做買賣，他認識個花街布行的老闆，人家裡有些事，最近要關門一段時日，正把手頭的貨便宜往外出呢，你們要去看看嗎？我可以幫你們做介紹人。」趙大嬸子家底豐厚，兒子們在鎮上也有些人脈。

沈澤秋三人一聽，哪有不去看看的道理？急忙請趙大嬸子在前邊帶路，去到了花街布行裡的一家布坊前。

沈澤秋並不常在這一家進貨，不過和老闆也算熟臉了。

這位老闆原是不想把自家的貨拆零賣的，看在趙大嬸子介紹的分上，給他們破了例。沈澤秋單樣料子一疋起要，打算進至少二兩銀子的貨，他可以在批發價格上便宜兩成。他的貨都是新料子，品質過關，就是最近沒時間開鋪子，才把貨便宜出手。

沈澤秋和何慧芳、安寧商量了幾句，都覺得可行，這樣算下來，厚的棉布只要十五文一公尺的進價，根本不怕那兄弟倆用價格打壓自個兒了，況且還有安寧的裁剪生意呢！

他們決定要上十來疋布，沈澤秋挑選了幾疋顏色較深的男裝料子，安寧挑了四疋女裝花料，剛好十個花樣，算下來正好二兩銀子出頭。何慧芳出門前沒帶這麼多銀子，便先交了二百文的定金，說好了明日來交錢取貨。

何慧芳手心裡不禁滲出些薄汗，最近生意不好做，又剛辦了親事，這二兩白花花的銀子拿出去，可就是整個家底都掉裡頭了。

第二天，沈澤秋特意雇了輛馬車把十來疋布運回來。

在大榕樹下聊天的村民們見狀，都議論紛紛。

「澤秋這回怎進了這麼多的貨？要是賣不出去怎辦？」

「那是，年輕人就是冒冒失失咧！」

何慧芳耳朵尖，聽見了，一股悶氣直竄腦門，怒罵了幾句。

「不說話沒人當你啞巴！烏鴉嘴，惹人嫌！」但她心裡還真有些沒底，這堆布要是換不來錢，可沒法煮著吃填飽肚子啊！

沒想到，第二天好事便登門了。

趙大嬸子一早從畫眉村趕到沈家村，叩響了沈家的大門。

「安寧，有個大好的消息咧！鎮上有個舉人老爺歸鄉，正打算給家裡人做衣裳，夫人見了妳裁的衣裳，想叫妳去府上一趟呢！要是舉人夫人滿意，這可是樁大生意！」

安寧和何慧芳一聽，都驚喜得很。最近桃花鎮上有位舉人老爺告老還鄉，聽說是城裡的七品官呢，如今剛舉家回到鎮上，只是這樣好的造化，怎麼就落在安寧頭上了呢？

原來趙大嬸子和巧兒前兩日在鎮上小住，路過花街布行時，正巧被舉人老爺林之遠的孫女林宛瞧見。林宛今年剛及笄，正是愛美的年歲，她在城裡長大，穿慣了各種款式的綾羅美裙，在花街做衣裳時自然對那些過時又舊的款式失望至極，因此她從裁縫鋪子裡出來，遠遠一見巧兒的衣裳，眼睛都亮了起來，立即遣了身邊的奶娘去問，這才牽上線、搭上橋。

這事是大好事，也多虧了趙大嬸子熱心腸，何慧芳忙倒了杯水給趙大嬸子解了渴。

安寧簡單地收拾了下，拿上軟尺，換上了上回新做的衣裳，歡欣鼓舞地和何慧芳一起往鎮上去。

趙大嬸子把訊息傳到了，便回了畫眉村。

一路上，何慧芳都笑得合不攏嘴，這樣的好造化，她作夢都能笑醒了！她窮了一輩子，雖然在村裡天不怕、地不怕，可林府那樣高的門庭，可連進去看一眼的機會都沒有呢！

在渡口坐上馬車，到鎮上下車後，兩個人一邊問路，一邊往林宅去了。

遠遠的就見林宅青磚綠瓦，門前開闊整潔，蹲著兩尊威武的石獅子，有兩個小廝守在門邊，一派氣勢和貴氣。

何慧芳拍了拍胸脯，生怕待會兒出醜。「我的娘哎，我還真有些慌！」

身邊的安寧倒是淡然，她見得多了，遂笑著拍了拍何慧芳的手。「娘您別緊張，林家是書香門第，林老太太肯定也是溫善的人呢！」

那倒是！何慧芳扯了扯衣裳的下襬，心裡平靜了些，和安寧一起上前，跟門口的小廝說明了來意。

昨日管家囑咐過，今天會有裁縫上門幫小姐裁剪衣裳，小廝當即把她們帶著從偏門進去。

一路上院落整潔，屋舍齊整，翠綠的竹柏生意盎然，不斷有小廝和丫鬟們經過。

原來這位林之遠品階不高，但在城裡做官時卻是實差，林之遠年近古稀時歸來，真稱得上是衣錦還鄉了，家裡的祖宅翻修擴建了，下人加起來有幾十口之多。

「喲，是安寧小娘子和沈家嬸子吧？」來見她們的是林老太太身邊的大丫鬟雪兒，說話和和氣氣的，目光卻是不動聲色地把安寧和何慧芳打量了個遍，見她們舉止和穿戴都好，才把人往裡面引。

屋子裡，林老夫人和林宛都在。

一番寒暄後，安寧笑問林宛。「林小姐想做什麼款式的衣裳呢？」

林宛有些嬰兒肥，模樣挺清秀的，眨著眼睛想了想。「要比別人都好看的衣裳！」

「瞧瞧，瞧宛丫頭的口氣！」林老夫人哭笑不得。

不過安寧倒明白了林宛的意思，她應該是喜歡亮麗一些的衣裳。想了想後，她走到林宛身前。「林小姐豆蔻之年，青春活潑，有種裳子穿起來正適合。上襦做對襟半袖，下著羅絹長裙，再加一條紗絹披帛最好了。這羅絹料子重，顯得身形修長，披帛輕飄，最顯得有靈氣了。」

林宛一聽，倒是覺得很新鮮，果真比鎮上其他的裁縫要好。

林老夫人見林宛喜歡，自然沒有意見。林之遠回鄉，好多人都送來了賀禮，家中正堆著許多料子，就讓她們直接去庫房選料子。

安寧挑了湘妃色的料子，用櫻草色做為領口及袖口的包邊，披帛則是豔麗些的酡紅，林宛兒正年輕，這些顏色都能襯得起。

幫林宛量好尺寸後，安寧沒過一會兒就把樣子裁剪好了。

林宛看了看，覺得挺滿意的。

林府有專門的繡娘做活兒，那衣裳不僅要縫製，上面還要繡花、勾勒花紋，這些就不屬於安寧要做的事情了。

此刻已臨近午飯時間，林宅留了她們吃飯。

臨走前，來迎她們的丫鬟塞給安寧一個小荷包，臉上笑嘻嘻的。「咱們家小姐很久沒這麼開心了！」

聽這意思，那林小姐對安寧的手藝也很喜歡唄？出了林府，何慧芳緊繃了半天的心終於鬆懈了。

安寧把那個小荷包打開，裡面是兩吊錢，竟足足給了二百文的工錢！

哎喲，這可真是福星高照了！這會兒何慧芳是徹底的確定了，安寧就是他們沈家的福星！有安寧在，什麼事都順順利利呢！

「娘，時辰還早，咱去買幾隻雞仔、鴨仔吧，上回不是耽擱了嘛。」安寧道。沈澤秋都把雞舍跟鴨舍做好了。

這事何慧芳也惦記著呢，便和安寧一塊兒往鎮上的菜市去，準備好好選幾隻又活潑、又毛光水滑的雞跟鴨來養，長大以後最好是一天一個蛋，這樣多好！

菜市不遠，她們走兩步就到了。

秉持著貨比三家的原則，何慧芳領著安寧問了好幾個攤位，雞仔的價格大致上是一樣的，六十文錢一隻；鴨仔就貴些，價格也不一樣，有七十文的也有八十文的，品種不一樣。

「喲，老闆，你這鴨崽怎蔫了吧唧的？」何慧芳指了指角落裡縮著不動的一隻番鴨仔。

那隻小番鴨破殼起就比別隻小，老闆總覺得是養不活了，因此聽了何慧芳的話倒也沒氣。他見她們在市場上來回問價，是誠心要買的，就用蒲扇邊搧風邊道：「要是妳們在我這兒買，那隻鴨仔就做添頭了。」

何慧芳和安寧一頓商量，最後要了四隻雞仔跟一隻鴨仔，加上老闆送的，一共是六隻。

「這下家裡可熱鬧咧！」拎著裝雞、鴨的小籠子，何慧芳心裡踏踏實實的。

回到沈家村的時候，正是日暮，家家戶戶屋頂上炊煙裊裊，不一會兒就飄出了飯香味。

天剛灑黑，沈澤秋也回來了，這幾日生意很好，每天能淨掙五、六十文錢，再加上安寧在家裁剪衣裳，這樣過上一、兩年，沒准真能在鎮上開鋪子了！

今天的晚飯是青椒炒豆角和紅薯稀飯，還有一碟子醃製的五香大頭菜，粗茶淡飯的，一家人坐在堂屋裡吃得也開心。

「你們大伯娘家的狗生了一窩崽，過幾天就滿月了，我去抱一隻回來，家裡沒隻看門狗可不成。」何慧芳滋溜一口粥後說道，家裡原先養的大黃狗丟了。

安寧道了聲好，話音才落呢，就聽見外面一陣嘈雜聲，以劉春華的嗓門最大。

「不好了、不好了！俺家漢田上山除草，到現在還沒回，上山也沒尋到人，俺光瞅見地裡有血！鄉親們幫幫忙，去幫俺找找吧！」

「喲，不會是有狼吧？」

「可別胡說，咱們這都多少年沒有狼了！我怎覺得是野豬呢？」

外頭議論紛紛的，沈澤秋和何慧芳都走出去了。

安寧跟在後頭，一下子就想起了前些日子沈澤秋晚歸，遇見野豬的事情。對門的漢田叔莫不是真的遇上野豬了？

這事情非同小可，恁大一個活生生的人消失不見了，村裡人肯定是要幫忙找的。

沈家村的村長出面了，集結了二十個年輕後生，大家舉著火把，手拿鋤頭、扁擔，打著鑼鼓，一塊兒往山上去找人。

沈澤秋、沈澤玉還有沈澤文也在隊伍裡，要跟著大家一起上山。

「澤秋哥，千萬要小心呀！」安寧擔心地看著他。

沈澤秋舉著火把，安慰地對她笑了笑。「妳放心。」

很快地，上山尋人的隊伍就出了村。王漢田今兒去除草的地在山的深處，是前幾年自己墾荒開出來的，挺偏僻。

「大家都注意了，前後要跟緊，注意旁邊有沒有黑影子！」村長一邊走，一邊囑咐大家，山裡的野獸可狡猾了，即便人多也很可能偷襲。

舉著火把的搜救隊伍就像一串飛舞的螢火蟲，在半山腰上緩緩往上飛舞，最後消失在了深山裡。

夜色中的山黑沈沈，怪陰氣森森的，山風寒意重，一吹就起一片雞皮疙瘩，遠處不知名的鳥雀在淒厲的鳴叫，大伙兒心裡都有些發毛。火把只能照亮近處，山裡灌木叢生，到處有暗影，有人都看不清。

「漢田！王漢田！」

「漢田叔！我們來找你了！」

一路上敲鑼打鼓，年輕後生們放聲大喊，但山林裡一點回音都沒有。

走到了王漢田家的玉米田裡，沈澤秋摸了摸路邊的草叢，心裡咯噔一下，手指上沾了些濕潤的東西，他嗅了嗅，一股血腥味。「村長，這兒有血跡。」

大家都圍了過來，打著火把一看，這堆草上確實有血，還有草被壓塌和打鬥的痕跡。

沈澤玉在旁邊撿到了一戳灰毛，沈澤秋一看，這不就是野豬的毛嘛！

「糟了，這是真遇上野豬啦！」

玉米田附近都是深深的林子，眼下只有分幾個方向，往不同的地方去找人了。

沈澤秋和兩個堂兄自然是一起的，還有兩個出了五服的沈家後生，一塊兒往左邊去了。

左邊是個小山谷，那兩個沈家後生拿著火把照了照，喊了幾聲「漢田叔」，下面一點動靜也沒有。「走吧，這兒沒人呢。」

沈澤秋走在最後面，聽見下面好像有人在喊救命，其他四個人都說沒聽見。不過既然沈澤秋說有動靜，那還是下去瞅瞅妥當。

五個人慢慢地爬下了這個小山谷後，頓時都驚訝得合不攏嘴了——一個渾身是血的人趴在一個土堆上哼哼，不遠處一隻肥碩結實的大野豬正對著他們露出獠牙！

「咦吆——」

野豬的咆哮聲粗糲尖銳，聽得人心裡瘆得慌，接著突然瘋了一樣地向他們衝了過來！大家都被嚇得一顫。

好在沈澤秋反應過來，避開了野豬的身軀，並揮舞鋤頭狠狠往牠身上砸去！「別愣著了！咱們人多，還怕這畜生不成？」

眾人頓時醒悟過來，也是，五個身強力壯的年輕後生，手裡還有武器，野豬再凶再狂也注定要束手就擒的！

「漢田叔、漢田叔……」

野豬被打昏過去後，大家急忙去土堆旁看王漢田的傷勢，好在他流血雖多，受的都是皮外傷。沈澤玉把他揹在背上，其他人則找來繩子把野豬捆住，用扁擔抬起來往山下去。

村民們都等著他們回來呢，有人就守在村口，一見到火把的光亮，立刻大聲地呼喊。

「他們回來了！」

何慧芳和安寧也沒睡，聽見動靜後急忙往村口去迎。

王漢田渾身是血地被揹著送到了他自家的院子裡，那模樣可駭人了，安寧心裡一緊，連忙抬頭在人群中尋找沈澤秋的身影。

「哎喲，我的娘哎！」何慧芳看見沈澤秋衣襟上全是血地從人堆裡走出來，頓時倒吸一口涼氣，差點兩眼一抹黑，跟著暈倒。

沈澤秋趕緊快走兩步到她倆面前。「娘、安寧，我身上都是野豬的血，沒受傷，妳倆放心吧！」

安寧摸了摸沈澤秋的衣裳，確定他真沒受傷才鬆了口氣。「澤秋哥，灶上有熱水，咱回去洗個澡。」

「好。」

沈澤秋一邊洗澡，一邊和安寧說著剛剛在山上發生的事，聽得安寧的心一揪一揪的。

安寧用水瓢往沈澤秋身上澆著熱水，邊用棉帕幫他擦背邊誇道：「我家澤秋哥就是厲害！」

沈澤秋扭頭看她，眼睛黑漆漆的，帶著笑。「妳怎還叫我哥咧？」

「那要叫啥？」安寧水汪汪的眼睛忽閃忽閃，接著臉一紅，明白過味來。「……相公。」她說完後快速地低下頭，臉頰上的紅霞都快燒到耳朵尖上了。

沈澤秋伸手抱了抱安寧。「哎！娘子，妳以後私下裡都這麼稱呼我，好不好？」

安寧看著他的眼睛，羞澀地點了點頭。

夜很深了，月亮也升到了半空中，亮汪汪的，和玉盤般明亮。

水井邊上，何慧芳把沈澤秋的髒衣裳也浣乾淨了，她把衣裳擰乾，扯平後搭在院子裡的細繩上晾。

對門王漢田在喝了半碗加了白糖的米湯水後，也逐漸清醒過來，和大傢伙兒說了今天發生的事。

原來今天下午他被那隻野豬撲到小山谷裡去了，王漢田手裡緊握著鐮刀和體型肥碩的野豬搏鬥，好幾次都暈了過去，還是被野豬咬醒的，要是沈澤秋他們再晚點找來，說不準他就沒命了。也虧了沈澤秋耳朵靈，聽見了他喊救命。

好在傷口都不深，用草木灰止住了血後，大家各回各屋，喧鬧的村寨也歸於平靜。

昨夜睡得晚，但沈澤秋還是一大早就擔著貨準備出攤去了。最近生意很好，他早些出去，就能多去幾個村寨，雖然辛苦，可心裡頭樂呵。

安寧給他的筐裡放好了玉米麵煎餅、涼茶，還有些青李，溫聲囑咐。「別太晚了，早點回來。」

「我曉得的。」沈澤秋挑著擔子出了村。因昨兒出現野豬傷人的事，沈澤秋還隨身帶著把鐮刀防身。

安寧也要忙著裁衣了，趙大嬸子覺得安寧的手藝好，要她再幫巧兒裁剪兩身衣裳，料子前兩日已經選好了，一身是秋香色的連身束腰長裙，另外一身是蟹殼青的闊袖對襟褂子。

正與何慧芳把門板抬出來放好，門外沈家二嫂吳小娟就探頭走了進來，邊走邊招手。「慧芳啊、安寧，大家正分野豬肉呢，快來！」昨晚那隻野豬足足有兩百五十多斤重，今天早上殺好了，得了兩百斤左右，現在正準備分肉呢！沈家二嫂對何慧芳擠了擠眼睛，道：「那婆娘正嚷著要平分呢！」那婆娘指的便是吳鳳英，昨晚她家可是一個人都沒出，現在有肉吃了就想要平分，她可真是好大的臉面！

何慧芳冷哼一聲，天底下沒那麼便宜的事，她想平分，那可真是白日作夢！「安寧妳在家待著，我和妳二伯娘去分肉。」何慧芳把圍裙一摘，挽起袖子就和沈家二嫂出去了。

殺豬的地方選在村裡的一口井邊上，幾乎各家都派了人來，團團圍攏在桌子旁邊，豬下水和刀口肉、豬頭便去了幾十斤，實際能分的肉也就一百五十斤左右。

吳鳳英抱著禾寶坐在水井邊的木頭墩子上，一笑露出兩排細細的玉米牙。「這肉該按人頭分吧？村裡三百多個人，均攤下來一人半斤肉，俺家有十多口子人，也能分個五、六斤咧！」

呵，她想得還挺美的！「鳳英啊，這五、六斤怎夠？妳該砍下半扇直接拖回家呀！昨晚上山找人時妳家不肯出人，這會兒分肉的時候知道留口水？妳怎這麼能！」沈家二嫂輕輕地哼哼，說話慢條斯理的，倒把吳鳳英的底掀了個精光。

「臉皮子厚唄！」何慧芳冷冷地瞅了吳鳳英一眼，和昨晚上山尋人的其他家屬們站到了一塊兒，商量著肉到底如何分？

「平分這是不可能的！」

「俺家娃昨夜上山，腳都被樹枝劃傷了！」

「澤秋回來時衣襟上都是野豬血呢，可把我和他媳婦給擔心壞了！」

村長眉頭緊鎖，聽著何慧芳她們七嘴八舌的商量。

一旁的吳鳳英不幹了，放下禾寶跳了起來。「怎地？妳們要獨吞吶？我……我留哈喇子，我看妳們幾個也不是啥好狗！」

「吳鳳英妳放啥屁！」何慧芳當即擼起袖子就要上前撕她的嘴，還是被沈家二嫂攔住了。

村長用力地咳嗽幾聲，站到了一個土疙瘩上。「好嘞、好嘞，都別說話了，聽我說！野豬是昨晚上山的人抬回來的，那二十個人一人五斤肉；沈澤秋他們把豬打昏救了王漢田，他們五個每人再多分兩斤；剩下幾十斤按照咱村的戶數，分成三十七份，一份大概一斤多點。大家抽籤，按號子上來選肉吧！」

何慧芳她們一聽，倒算滿意，這樣自家能有八斤豬肉呢！

吳鳳英可不幹了。「俺家十幾口人才分一斤肉？一人都吃不了幾口！」

「怎麼？嫌少？」村長瞪了吳鳳英一眼。昨晚喊人的時候她左推右擋的，現在倒是活泛。「嫌少就別要了！」

吳鳳英訕訕的，不敢叫板了。「要！哪裡不要咧！」

野豬肉很快就分好了，上山找人的分的都是好肉，剩下的都被分成了一份一份，有的好、有的差，這時候抽籤的號碼就至關重要了，抽到前面的人肯定選好肉，後頭的就只好撿剩下的。

吳鳳英手氣很差，是倒數的，那一斤肉是零頭拼湊在一塊兒的。她提著肉，瞪了禾寶一眼。「你手氣怎這麼差？抽籤也能抽個三十六號，倒楣到家了！」

禾寶「哇」的一聲哭了，然後抹著眼淚嚷嚷。「俺要吃餃子、吃餃子……」

「一斤肉你想吃個啥？」吳鳳英罵了一句。

提著七、八斤肉的沈家三房們倒是心裡美滋滋的，她們還真能包一頓餃子，好好吃上一回了！

回到家，何慧芳就招呼安寧過來看。「咱們今兒包餃子、燉肉吃！」

安寧衣裳正裁剪到一半，看著油汪汪的野豬肉也是一喜。「好。」

何慧芳去灶房裡燒熱水了，一邊燒火，一邊在心裡盤算著八斤肉該怎麼吃？裡面有三斤估計是帶皮的肥肉，可以煉豬油，油渣拌上鹽可以放上半個月慢慢吃，不容易壞；至於剩下的五斤肉，兩斤做成餃子，兩斤做炸肉丸，剩下一斤剁碎了和酸豆角、辣椒及蔥薑蒜末，再加重鹽炒得乾乾燥燥的，這個水分少，能久存，以後夾餅或拌粥都是絕配呢！

不一會兒，安寧把兩身衣裳都裁剪好了，也到灶房裡來幫忙，她拿出個大木盆和麵，又泡了些香菇、木耳，待會兒這些都要剁碎了拌在餡裡的。

何慧芳把肉洗得乾乾淨淨後，把肉攤在案板上，先切成了小塊，接著剁起肉末來。

日暮時分，沈澤秋回來了，還沒進院門呢，就聞到了一股肉香味。堂屋裡的飯桌上已經擺好了一碟炸得金黃的肉丸子，還有一盤燒茄子，何慧芳正端著煮好的餃子從灶房裡出來。

安寧笑著迎出來。「澤秋哥，咱們今兒吃餃子。」說著挾了一個，吹了吹熱氣，餵到沈澤秋的嘴裡給他嚐鮮。

「好吃！」沈澤秋的心情好極了，今天的生意照舊很好。

對門王漢田正躺在床上休息，聞見沈澤秋家裡傳來的肉香味，深吸了兩口氣。「他們家日子倒是好過起來了。」

劉春華撇撇嘴。「好過啥？你也是，怎這麼不小心，上山除草還能被野豬給拱了！」

王漢田瞪了她一眼。「妳懂啥？我能撿回一條命就不容易了！」

接下來幾日，安寧的裁剪生意更旺了，大約每天都有兩套衣裳要裁剪，加上沈澤秋在外頭賣布生意也好，兩個人每日能淨掙七、八十文錢呢，算下來一個月有二兩多白花花的銀子，何慧芳心裡樂呵極了，作夢都在笑。

不過，要在鎮上開鋪子，少說也要一百兩，他們離在鎮上開鋪子的目標，還遠著呢！

何慧芳準備了一個陶罐藏在床底下，每天掙到的錢她都會放到罐子裡，最開心的事情便是把銅錢數清楚後，用繩子穿成一串一串的放進去，看著就樂呵，這日子也就有了盼頭。

這日清晨，沈澤秋要出攤去了，安寧給他裝好了涼茶，又挾了兩個炸肉丸，撥了些肉末炒酸豆角在玉米麵煎餅上，這樣吃起來會更香。

「澤秋哥，在天黑前回來，太晚了我和娘都會擔心的。」安寧理了理沈澤秋的衣裳，柔聲囑咐著。

沈澤秋點點頭，趁著日頭還沒出來，快步往村口去了。

自從家裡多了四隻黃毛小雞仔及兩隻番鴨後，何慧芳便多了一份事，想要雞仔跟鴨仔長得壯實，光吃青菜、青草可不成，要吃蚯蚓和菜蟲那才長得好呢！

安寧原先還擔心家裡的兩隻老母雞會欺負新來的，不想母雞咕咕叫，直接把雞仔跟鴨仔當成了自己的崽，這樣她們也就省了心。

沈澤秋家後面是一塊蔭涼的山坡，靠著一條小溝渠，那裡雜草叢生，土地鬆軟，有很多蚯蚓和蟲子，所以每天早上何慧芳都會將院門打開，把家裡的雞、鴨趕到院後的山坡上吃食，母雞帶著崽兒，可雄赳赳、氣昂昂了！

何慧芳愛乾淨，雞舍跟鴨舍也勤快地打掃著，見安寧提著掃帚要過來幫忙，何慧芳衝她擺了擺手。「別過來了，我這就打掃乾淨了！」

今兒暫時沒有人上門裁衣裳，安寧也就偷了個閒。她用木桶打了半桶井水，慢慢地澆那小塊菜地，忽然眼前一亮，指著腳邊的南瓜苗，驚喜地道：「娘，上次種的南瓜都抽出苗來了，長得挺好的呢！」

何慧芳忙走過去看。「唷，還真是！」他們家的這塊地不算肥沃，往年南瓜播下種，也就六成的出苗率，像這回這樣所有坑都發芽的，還是頭一遭呢！眼看著綠油油的小苗兒長勢喜人，在晨光下，葉片上的小水珠泛著光彩，何慧芳突然有些犯難了。「這麼多的南瓜苗，咱們院子裡可沒地方種咧！」種南瓜都是先培育出小苗，然後再分遠了栽種的。

安寧想了想，道：「娘，不知道大伯跟二伯家育了南瓜苗不？」自個兒家種不下，那就分出去吧。

「成，我去一趟！」何慧芳拔了十幾株瓜苗，往大房及二房家去了。

何慧芳剛走沒一會兒，趙大嬸子就過來拿裁剪好的衣裳了。

安寧笑著把她迎進門，又給她倒了一碗水，這才去把裁好的衣料拿出來給趙大嬸子瞧，這回安寧還免費送了她四枚楓葉形狀的盤扣呢！安寧一有空閒就在堂屋裡研究做各種形狀的盤扣，姑娘家的衣裳上若有別出心裁的盤扣點綴，整套衣裳都會好看許多。

「喲，安寧啊，妳可真是生了一雙巧手！」趙大嬸子很滿意，心裡也暖暖的，她能瞧出來，這位小娘子是個手巧又溫善的人。「下回嬸子還找妳做！」

趙大嬸子急著回家把衣裳做好，也就沒有多留。臨出門前，何慧芳回來了，兩個人又寒喧了兩句。

大房及二房家已育了南瓜苗，但長得不好，何慧芳拿去的十幾株苗正好補上空缺。二房家有好幾棵桃子樹，現在正是結果的時節，便給了何慧芳一竹筐。

「拿著，路上解個渴也好嘛，甜著呢！」何慧芳拿了三五個，用井水洗了洗，非要往趙大嬸子懷裡塞。

恭敬不如從命，趙大嬸子笑著接過來，忽而想起啥，提了一嘴。「林舉人家最近要給下人們裁衣裳呢，多新鮮吶！林舉人準是憐他們穿得破破爛爛的，這是開恩呢！」

何慧芳一聽。「喲，他們家有不少人吧？」

「聽說有五、六十個咧！」趙大嬸子拿起個桃啃了口，含糊不清道：「好幾家裁縫鋪的掌櫃都想接這單生意呢，但我聽我兒說，舉人太太好像都不滿意。」

趙大嬸子只是把這事兒當作個稀罕話題提了一嘴，畢竟鎮上的人家就算請了下人，也很少會給下人們做統一的衣裳穿，可見這位林舉人是個家底豐厚的。但常言道，說者無心，聽者有意。

安寧在心裡算了一筆帳，就打五十套衣裳來說，一套掙二十文錢，那也有一兩銀子呢，這可是個好活計，她便把這個主意和何慧芳說了。

何慧芳一聽，心裡倒是高興，林家是個大方人家，說不準後頭還有賞錢呢！可轉念一想，又擔心起來。「林家要做幾十套衣裳，應該是要成衣吧？」好幾十口的人，光靠府裡的兩個繡娘可忙和不過來，就算他們能接下這單子生意，也沒那麼多時間縫製出這麼多成衣呀！

安寧想了想，輕輕地蹙起了眉，可她還是不想放棄這個機會，便對何慧芳說：「等晚上澤秋哥回來了，咱們再商量商量。」

晚飯剛剛煮好，隨著最後一抹夕陽的餘暉消失在天際時，沈澤秋回來了。

推開院門，見堂屋裡擺著一鍋南瓜粥、一盤切好的桃子，還有昨天剩下的餃子及油爆酸豆角，沈澤秋抹了一把汗，心裡暖呼呼的，覺得自己再累也值了。

安寧捧著碗從灶房出來。「澤秋哥，你愣著幹啥？快進來呀！」

吃飯的時候，安寧把今日的事說了。

沈澤秋吃著餃子，重重地點了點頭。「這活兒咱們得試試。」

何慧芳犯了難。「那人工怎辦？」

「娘，咱們有了活兒，還怕找不到幫工嗎？花街布行有好多專門幫裁剪鋪子做針線活兒的幫工呢！」沈澤秋道。其實幫工也就是這兩年布行繁榮才多起來的，不是行內人還真不太清楚。

安寧一聽，心裡就更堅定想去試試看了。

何慧芳是個有主意的人，心裡總為這樁生意懸著心，不過安寧和澤秋都說要試試，她便也跟著支持了，反正做生意她不在行，就都聽家裡這兩個小輩的吧！

睡覺前，沈澤秋說第二日陪安寧一塊兒去林府，安寧想了想，把頭靠在沈澤秋的肩膀上，輕輕搖了搖頭。「林府做衣裳肯定是太太負責，我和娘都是女眷，倒方便些。」

沈澤秋想想，也是這個道理。他把手搭在安寧的腰上，在她的額上親了親。「辛苦妳了，睡吧。」

安寧伸出手指戳了戳沈澤秋的臉，聲音裡夾著笑意。「不累，我每天都很開心。」

第二回上林府，安寧和何慧芳可就熟門熟路了，就連門前的小廝也認得她們。

安寧拿出一個小荷包來，裡面是幾對蝴蝶、綠葉形狀的盤扣，說是拿來送給林小姐的。小廝抓了抓頭髮，去裡面稟報了一聲，不一會兒，就叫她們進去，來迎人的正是上回林老太太身邊的大丫鬟雪兒。

雪兒也是瞧那幾對盤扣實在精巧，小姐肯定喜歡，這才把人迎進來，不然府邸裡這麼忙，能擋的訪客也就擋了。

「貴府近日是不是要幫下人們裁剪衣裳呀？」安寧也看出來府邸的人行色匆匆，忙得腳打後腦勺，便直接說了。

雪兒是個爽快人，最近林老太太看了很多家裁縫鋪子都不滿意，她也樂得叫安寧她們試試，畢竟上次的衣裳小姐滿意極了，就是繡活還沒好，等做好了小姐就要穿著去參加遊園會呢！「隨我進來見老太太吧！」

安寧和何慧芳便跟著雪兒往裡面走，一進去才發現裡面熱鬧著呢！外頭的人不知林府內的稱呼，都林舉人、舉人太太的喊，其實在林府內，林舉人和其夫人被稱為林老太爺和林老太太，兒子和兒媳才是林老爺和林夫人。

這時候林老太太和林夫人都在，面前堆了三兩套成衣，是鎮上裁縫鋪子拿來做樣子的。雪兒上前，把安寧送的盤扣拿出來。

林老太太一瞧，滿意地點點頭，把目光放在安寧身上，對她招了招手。「過來些，妳的盤扣做得可真好。」

安寧微微頷首，不卑不亢地走上前，和林老太太道了聲安。

周圍幾個正賣力推銷自家衣裳的裁縫們，這才停住了嘴。

林老太太指了指面前的衣裳，抬頭對安寧道：「我記得妳也是裁衣裳的，這次林府要做衣裳，妳怎麼沒過來？」

安寧把頭一抬，發現身邊幾個裁縫娘子都盯著自己瞧，那目光赤裸裸的，就好像和自己有仇似的。安寧對林老太太一笑，道：「我不住在鎮上，也是昨日才知道消息。」

「嗯，原來如此。」林老太太用帕子捂著嘴，咳嗽幾聲。「妳有什麼想法？」她模樣生得乖巧，林老太太本來就愛聽她說話，比那些個嘰嘰喳喳的娘子可心多了。「我瞅著這些款式都不太合意。」

此言一出，那幾個裁縫娘子都有些訕訕的，沒了面子。

何慧芳左右各瞟了眼，環抱著胸，挺直了腰桿，剛才一個個嘴上厲害得很，原來也只是瘟雞呀！

安寧回身看了看桌上堆著的衣裳，有短褂、有長衫，還有短衣配長褲，心裡也就明白林老太太為何不喜了。短褂是莊戶人家幹活時穿的，在林府當差穿這個自然不體面；而穿長衫的多是讀書人，傭人們穿這個也不好做活計；至於短衣配長褲還算體面又方便，但林老太太心裡還嫌不夠好。

見安寧翻揀衣裳樣子看，一個叫雲嫂的裁縫娘子便有些不痛快了，陰陽怪氣地瞅了安寧幾眼，小聲的嘀咕起來。「呵，不知道的還以為她是主家呢！」

何慧芳就站在雲嫂身邊，心裡頓時無名火起，她用胳膊肘碰了碰雲嫂，回擊了一句。「有能耐和老太太去說呀，孬得厲害！」

雲嫂一瞪眼，臉色差點繃不住，心道這鄉下來的鄉巴佬說話還真氣人！不過現在不是發脾氣的時候，她悶哼了一聲，背對著何慧芳，不再搭腔。

安寧一一翻看了一遭後，心裡也有了主意。「如今白日裡還有些炎熱，可畢竟已入了秋，做衣裳也該為季節考慮。我覺得男子的衣裳最好做成圓領窄袍衫，袖口做成窄的，做活計方便，天冷了加冬衣也好看；女子呢，就做短袖上襦，下配褶裙，裙子不宜過長，在膝下兩寸即可，這樣既美觀也兼顧了實用。至於顏色，需以耐髒、耐看為好，若男子穿藏藍色，那女子就穿湖藍色，要是覺得這顏色太輕，就換成褐色配紫檀，也是好看的。」

安寧說話不疾不徐，令人有種春風拂面的感覺，不僅林老太太聽了滿意，就連林夫人也讚嘆道：「這位小娘子思慮得好，點點滴滴都考慮到了。」

可不是嘛，剛才眾位裁縫娘子只顧著推薦自家的衣裳好，配色、季節變化這些點可通通沒有考慮進去，幾個人竟還不如安寧一個人想得齊全。

安寧輕笑。「多謝林夫人的誇讚。我方才又想到了一點，這衣裳為了結實耐穿，可以在領口跟袖口多加一層料子，這樣便會耐磨許多。」

林老太太滿意地點了點頭，她看中的不僅是安寧所說的款式，更是為她這人品，一看就是個沈穩可靠的性子，比剛才那些人都要好多了。

「送幾位娘子出去吧。」林夫人揮了揮手，接著雪兒便上前送客了。

雲嫂狠狠地剜了安寧的背影一眼，拿上自家的短衣跟長褲出了門。這叫什麼？半路殺出個程咬金！如果沒有安寧，這單大生意就非自己莫屬了！

安寧也沒料想到事情會這麼順利。

林老太太點了頭，便讓林夫人和管家一起跟安寧商量細節。

穩妥起見，安寧要了紙筆，把自己剛才說的款式一一畫在紙上，這一手栩栩如生的畫技，更叫林夫人讚嘆不已。

何慧芳一開始還挺戰戰兢兢的，唯恐自己不懂事，說錯話，平白惹人笑話，但現在也定下了心，坐在一旁聽著，還時不時地插一句玩笑話，也算把氣氛活絡起來。

「家裡共有男僕二十二人，女僕四十三人，一共是六十五套，這價錢怎麼算？」林夫人問。

這個安寧還真沒想好，便回答道：「我和我娘還要算一算。」

林夫人倒是理解，留下管家與安寧商議細節，自己先走了。

安寧和何慧芳萬沒想到事情會進展得如此神速，報價這件事竟忘了考慮。

「一套男款衣裳大概用三公尺的料子，算二十文一公尺布，料子錢就是六十文，還要請工人幫忙縫製，估計也要三、四十文錢一套，加上針線、配料子的錢，還有我的手工費，咱們收一百五十文吧？至於女款衣裳的用料少，就收一百四十文？」

何慧芳點點頭。「成，就這麼報吧，如果管家砍價，咱們也有讓價的餘地呢！」

誰知林府管家一聽，略一沈吟，竟然沒有意見，只是和安寧算了一筆帳，男款衣裳二十二套乘以一百五十文是三兩三銀子，女款衣裳四十三套乘以一百四十文是六兩銀子零二十文，零頭免去，一共該給安寧九兩三的雪花銀。

何慧芳聽了，心裡激動得直突突，她可從來沒親眼見過這麼多錢咧，這回可是要開眼了！

林府照例留了她們用午飯，二人從林府出來後，心情都很好。

可走在回家的路上時，何慧芳和安寧一商量，又覺得難辦起來，這六十幾套衣裳，光料子就要一百七、八十公尺，料子錢就要花三兩多銀子，還不包括請人縫製、買針線、配料子的錢，而且，就算鎮上有工人，這信譽如何？去哪兒雇人？這些可都沒著落呢！

安寧也有些擔心，不過她不想惹何慧芳勞心傷神，就溫聲安慰道：「沒事的，娘，等晚上澤秋哥回來了，讓他給拿拿主意。」

一整個下午，安寧都在想著這件事，可是多想無益，她拿出家裡僅剩的幾張黃麻紙，把今日商量好的款式重新描畫了一遍，又在紙張的背面寫下需要的東西。

「黑線五卷、白線五卷、粗麻線兩卷、針二十枚……」

天一灑黑，安寧就一會兒去院門前看一回，心裡盤算著若是沈澤秋酉時往回走，現在也快到村口了吧？

何慧芳嘴裡「咕咕咕」地喚著，把雞和鴨從後山坡趕回籠舍裡，嘴上勸安寧回屋坐著別等了，其實自個兒也總往村口的方向瞅。

對門的王漢田正被劉春華攙扶出來坐在院裡透氣，他上回和野豬搏鬥受的是皮外傷，可腿卻在墜落山谷時扭傷了，所謂傷筋動骨一百天，現在需日日臥床休養，只有清晨和傍晚出來透透氣。

「對面是不是做啥好吃的，在等澤秋回來呢？」王漢田隨口道。

劉春華正在灶房裡做飯，一聽這話嘴一撇，格外的不高興。

今天在渡口遇見有人賣小魚兒，魚兒是從江裡撈的，只有拇指大小，賣到了下午還剩下半斤，只要八文錢，何慧芳咬咬牙，買了下來，家裡兩個小輩接下來要用腦，就得吃魚補。

何慧芳回家後麻利地剝除了魚內臟，又裹了一層麵糊在上頭，用熱油一炸，撒上鹽巴、胡椒粉和辣椒粉，吃起來又酥又脆，可香到家了。

兩人盼呀盼的，終於把沈澤秋給盼回了家。

沈澤秋今天也有好事呢，準備晚上再和安寧說。

一家人坐在一塊兒吃晚飯，何慧芳先把今天在林府的事情說了。

安寧擔心的還有自己的報價，也不知是高了還是低了。

沈澤秋一聽，直說合適，但其實按照市價，安寧是報低了。不過這六十幾套的衣裳若真做出來，也能掙不少錢，何況林府家宅大，以後還有的是做生意的機會，也不虧。

現在頭疼的是布料和人工該怎麼安排？沈澤秋想了想，說自己明天不出攤了，和安寧一塊兒去鎮上的花街布行看看，總能想到辦法。

何慧芳點頭同意，生意上她也幫不上忙，明日就留在家裡吧。

吃過了晚飯，何慧芳把床底下的陶罐抱了出來，一家人數了幾遍，總共是一兩多銀子。

沈澤秋和安寧明兒去鎮上，定是要花錢的，何慧芳摸了摸那些黃澄澄的銅錢，心裡那個難受呀，不過也沒轍，這錢必須帶上。

沈澤秋安慰他娘。「娘，俗話說的好，捨不得孩子套不到狼。」

「娘知道。」何慧芳忍痛將錢碼好放在桌上。「有你和安寧在，我一萬個放心。」就是要真金白銀地往外掏，她心裡擔心，萬一這生意砸了，那一家子就要喝西北風了。

安寧知道何慧芳是嘴上說不擔心，其實心裡懸著口氣呢！她笑著拍了拍何慧芳的手，安慰道：「娘，明兒我和澤秋哥去到鎮上後，會見機行事的，要是這單生意真做不了，我們不會硬著頭皮蠻幹，您放心吧。」

「好。」何慧芳點頭，抱著只剩下零星幾個銅板的陶罐回了屋。

月色如洗，不知名的小蟲子在屋後吱吱鳴叫，顯得這個夜晚更加靜謐。

安寧正在鋪床，沈澤秋從堂屋裡走進來，伸手抱住了安寧的腰。安寧身形偏瘦，腰肢很細，沈澤秋總覺得他一隻手就能環抱住。

安寧嚇了一跳，扭頭往門口望去，耳邊聽見沈澤秋輕輕地說——

「放心，我閂好門了。」

其實就算不閂門，何慧芳也從不會冒冒失失地往他倆的房裡鑽。

安寧摸了摸沈澤秋的手，輕哼一聲。「你怎知道我在想什麼？」

沈澤秋笑了笑。「妳的眼睛會說話，看我一眼，我就什麼都明白了。」說著，他一隻手在懷裡掏了掏，摸出一個白瓷做的小盒子，上面繪著兩隻翩翩飛舞的蝴蝶。

「胭脂？」安寧眼睛一亮，把盒子打開，裡面是紅色的胭脂，放在鼻前嗅，還有股清香的桂花味，這在鎮上要賣不少錢吧？

沈澤秋還真和安寧心有靈犀，他親了親安寧的脖子。「是今天賣布時用兩公尺夏布換的，那家原來家境好，這兩年家主生病，沒落了。」沈澤秋歪著頭望著安寧說：「抹上給我看看，行不？」

「好。」安寧收到了禮物，心裡就像吃了糖一樣，甜滋滋的。她走到鏡子前，用尾指沾了些胭脂在唇上抹開，她本身就白，紅色的胭脂襯得人更加嬌柔，臉上的痂也已經掉了，留下一層薄薄的粉色，在燭光映照下，如面帶緋紅。

沈澤秋摸了摸安寧的臉，前幾日又去找白鬍子看過了，他說這無藥可醫，就看肌膚自己能否修復如初。不過沈澤秋覺得，就算不好，安寧也仍舊美得像天仙。此時此刻他便看呆了，忍不住又親了親安寧。

第五章

昨兒晚上安寧累慘了，沈澤秋就是個不知倦的，後來是怕安寧受不住才停下，以至於今日清晨，安寧還覺得有些睡不夠。沈澤秋讓她多睡會兒，但安寧有些羞，跟著一塊起了。

昨日和林府管家說好了今日去量尺寸，但到了鎮上以後，沈澤秋和安寧先去了花街布行，得先把料子和人工的事理清楚才好辦。

他們一家一家的看，在一位姓夏的布坊掌櫃那裡看中了料子，藏藍色和湖藍色的棉料若要得多，最低可以給十六文一公尺；做包邊和腰帶的需厚料，要十八文一公尺。兩個人又算了帳，普通棉料和厚料加一起兩百多公尺，布錢就需三兩三的銀子，加上買針線啥的，材料估摸著是三兩五。兩人先買了一公尺各種布，從夏掌櫃那兒出來後，又去找了上回趙大嬸子介紹的錢掌櫃。

錢掌櫃正在搬家，聽沈澤秋要找縫製衣裳的工人，說這個好辦，他們家的布坊原先就有七、八個女工常幫自家做活計，男款衣裳是二十五文錢一套，女款衣裳比較複雜，要三十文一套的工錢。「喲，昨天還聽說林府的生意被下面村裡的人得了，莫非就是你們二位？」錢掌櫃直言不諱地問道。

沈澤秋笑著點點頭，也沒藏著掖著。錢掌櫃如今停著業，兩人之間也就說不上是競爭對手了。「這事還沒成，工人都還沒找到呢，還請錢掌櫃幫忙拉個線，改日請掌櫃的吃酒。」

錢掌櫃嘆了口氣，還真是長江後浪推前浪。「不用破費，現在就隨我去。」其實一聽沈澤秋要找工人，錢掌櫃還挺高興的，從前幫他做活計的女工已經很久沒開工了，他覺得有些對不起人家，幫沈澤秋這個忙，也緩解了自己心裡頭的愧疚。

「多謝錢掌櫃了，不過我們還要先去一趟林府。這樣吧，下午我們再過來找您，您看成嗎？」沈澤秋和安寧俱是一喜，幸虧錢掌櫃是個熱心腸的人。

錢掌櫃掏出帕子擦了擦腦門上的汗，滿口答應。「行，反正我這些東西一時半會兒也搬不完。」

林府位於鎮中央，離花街布行並不遠，沈澤秋和安寧走了一刻鐘就到了。

安寧先把買的料子和昨日回家重新畫的樣子拿出來，給林府管家看。

林府管家跟在林舉人身邊多年，也算有見識、有歷練，見安寧和沈澤秋辦事這麼細緻牢靠，心裡不禁有些嘆服。他倆事情做得好，林府管家自己也好當差。

仔細看過料子，又把畫的樣子拿去給老太太及夫人們過目後，林府管家滿臉笑容地走出來。「老太太及夫人們說好極了。走吧，隨我去給傭人們量尺寸。」

這時候，沈澤秋識字的好處就出來了，他把「一」到「十」的字都認熟了也會寫，安寧在一旁量尺寸，他就在一邊記，三角符號代表肩寬，一豎就是衣長，旁邊寫上尺碼。

六十幾個人的尺寸量完，已經是半下午，林府管家帶他們去寫字據。

交貨時間定在半個月以後，也就是十月初，安寧和沈澤秋同意了，又問能不能提前支部分貨錢？這是合規矩的。林府管家說可以預支三成，為了湊個整數，直接從帳房劃了三兩銀子給他們。這下子，買布的本錢也有了。

安寧和沈澤秋從林府出來，又趕去花街布行，在路上還買了四塊棗泥山藥糕給錢掌櫃，這回他沒有推託，收下後就帶著他們去找女工。這些女工大部分都是花街布行的街坊，操持家事之餘接一些活貼補家用，只有少數人是專靠做活維生。

這下便尷尬了，一聽安寧說這次活兒時間緊張，還要跟雇主去鄉下，大部分人都打了退堂鼓，要不是看安寧模樣溫和，沈澤秋濃眉大眼面善，又是錢掌櫃親自介紹的，說不準要將他倆當成人販子趕出去呢！

安寧和沈澤秋一商量，這時間可不等人，於是提出加錢，男款衣裳二十七文一套，女款三十二文，接到鄉下後管吃管住，衣裳做完以後，還雇馬車把人送回來。

「各位姊妹、嬸子，我們是誠心招人的。這次是和林府做生意，一收到貨錢，我就給妳們結工錢。若是不信，我可以提前給大家預支兩百文錢。」

安寧站出來溫聲說道。

林府最近有筆大生意，花街布行的人幾乎個個都知道，現在方明白過來，原來就是眼前的小娘子和郎君搶了街上老裁縫們的生意，再一聽能先預支兩百文錢，有幾個就動了心。

「成！我都是半截身子入土的了，還害怕被賣了？」一個四旬出頭的嬸子道。

「嗐，看這位娘子也不是壞心眼的人，我也去！」

有了那位嬸子做開頭，接著又有幾個同意跟著他們回村。

沈澤秋去雇了兩輛馬車，一輛裝布加自己坐，四位女工和安寧則坐另外一輛，一隊人浩浩蕩蕩地往沈家村去，到家時天已經黑透了。

何慧芳在家坐立難安，早就做好了飯等他們，一直唸叨著澤秋和安寧怎麼還沒回來，菜和粥都涼透了。等院門推開，看清外頭的人時，她差點驚得閃了舌頭。「喲，進來吧！」

「娘，這是來咱家做活的。」沈澤秋說完便忙著卸貨。

安寧一邊帶人往屋裡走，一邊把情況和何慧芳簡單的解釋了。

這下子何慧芳可犯了難，飯沒有煮夠，且這四個人晚上又住哪兒呢？可真是把她給愁壞了。

「路上累不？坐著喝口水歇歇。」何慧芳給她們倒了水，就又趕緊鑽進廚房。

她先燒水蒸幾個紅薯和玉米棒子，又從酸菜罎子裡挾出一個又酸又大的白蘿蔔，洗乾淨後切成丁，和蔥椒蒜末一塊兒下油鍋爆炒，再拿出一碟的玉米麵煎餅，也算先把今晚這頓湊合過去。

吃過了飯，何慧芳又張羅著讓她們住在哪兒。

安寧和沈澤秋沒精力管這些事了，衣裳要怎麼裁最省布料、她們一人一天能做多少的活、具體怎麼分工，這些都要商量著來。

安寧他們是夜裡才回村的，並沒啥人瞧見，就是對門的劉春華瞅了一眼。「那家人又在唱啥戲？」

王漢田咳嗽了幾聲。「妳管那麼多幹啥！」

劉春華甩了甩手，坐到了王漢田身邊。「那么兒的事你管不管？」

「怎麼了嗎？」王漢田皺起眉。

劉春華的娘家村子最近考上了個童生，整個村的人都跟著沾了光似的，奉承童生他娘生了個文曲星，她也想讓家裡的么兒去私塾讀書。

這不是扯嗎？老王家往上數九代也沒個讀書人，王漢田聞言不同意。「瞎琢磨啥？那些銀子要攢著給他以後娶媳婦的！」

劉春華白了他一眼。「木頭腦袋！不是還有秋娟嘛，先從李元家裡借一點不就成了？」

「要去妳去！」王漢田沒好氣地說。

「我去就我去！」

吃罷了晚飯，何慧芳就匆匆出去了，先從大房和二房家裡借了兩張桌子，等明兒做活計好用，又借了幾塊舊床板搬到家裡來，然後在堂屋清理出一塊空地，先在地上墊了幾塊大青石隔掉地上的寒氣，然後把乾稻草鋪在床板上，又搬出家裡的舊褥子墊上，這就能睡人了。

原本何慧芳想把地鋪搭在臥房裡的，讓沈澤秋出去借宿，但那個四旬出頭、叫慶嫂的女工搖了搖頭。

「我們就睡在堂屋吧，這兒透風也舒坦。」

慶嫂在四個人中年紀最大，算是女工們的主心骨，一聽她這樣說，其餘三個也都說好。

何慧芳便忙活去了。

慶嫂這才壓低聲音道：「咱要記住，除了堂屋、茅房還有院子裡，哪兒都別去，否則這萬一丟了東西，咱們可說不清楚！」

其他三人都恍然大悟地點頭，原來這裡頭還有這麼多道道呢！

慶嫂用手擋著嘴，挑了挑眉。「人家只是客套一句，咱還真信啊？來這裡就好好做活兒掙錢，比啥都強。」

現在已經是戌時，白天也累夠了，安寧和沈澤秋讓大家好好休息，明兒一早便開工。

第二日，沈澤秋也沒出攤，吃過早飯，就和安寧研究起怎麼分工。

裁剪這事必須要安寧親自來，她裁剪得倒是快，一天六套不是問題，而那幾個女工有手腳麻利的，一天能做一套半，慢的則是一天做一套，四個人加一起，剛好趕上安寧裁剪的速度；何慧芳則照顧大家的飲食。一家子互相配合，應該能趕上交貨時間。

「以後我早些回來，也好幫忙做些零碎活計。」沈澤秋可心疼安寧了。

「沒事。」安寧抿唇微笑。「這次活做下來，能掙不少錢。」

沈澤秋不想兩人之間的氣氛這般沈重，故意調侃了一句。「小財迷！」

「你不財迷呀？」安寧歪頭瞧他，嗔道。

「迷，不財迷可不成！」沈澤秋和安寧把布鋪平，黑漆漆的眼眸裡俱是光彩。「咱倆就是一對財迷！」

隨著日頭漸漸升起，衣裳一套套裁剪好，分到各位女工的手裡，安寧囑咐了她們縫製時要注意的細節，這才坐下來喝了口何慧芳清早熬的涼茶。

開工第一日倒是風平浪靜，第二日沈澤秋家來了四個女工的消息就像長了翅膀一樣飛遍了沈家村。早上日頭剛昇起，三三兩兩的村民就在大榕樹下坐著閒聊天。

吳鳳英捧著一碗黃豆正挑著裡頭的蟲，嘴裡陰陽怪氣的諷刺了幾句。「呵，還真是瞎子不知天黑，異想天開呢！

「也不撒泡尿照照自己，就學著別人做掌櫃了，癩蛤蟆想吃天鵝肉！」

禾寶趴在她膝蓋上，聽了仰頭吸吸鼻涕說：「奶，我知道妳說的誰！」

「喲，禾寶真能幹！」吳鳳英摸了摸禾寶的頭。她慣愛和何慧芳對著幹，有她起頭，幾個婦人也跟著小聲議論了。

從來只有村裡人出去做幫工，哪有往回請人開工錢的？沈澤秋他家有錢嗎？可見是個昏了頭的！

劉春華也坐在樹下給她家么兒做褲衩，聽見她們的議論也不吭聲，有人問她沈澤秋家到底請了幾個幫工，她才抬起頭來笑笑。「他們家的事，我哪裡清楚呢？三、四個是有吧，我瞧粥每頓都要熬三鍋。」

「喲，那他們家糧食怎麼夠吃？」

「這可不是胡鬧嘛！慧芳怎麼也不攔著點？」

聽見她們都不看好沈澤秋的生意，劉春華心裡別提多好受了。她是個好強的人，平日裡話不多，但處處都在心裡和別人較著勁，前些年何慧芳帶著沈澤秋日子難熬，她心裡沒覺得有啥，可自從澤秋娶了安寧進門後，她心裡就不平衡了。憑啥對門吃肉，自己家就清湯寡水？嘿，看看，對門也就是表面風光！

何慧芳平日洗菜、洗衣總是在自家水井邊洗的，水直接倒到水溝流進小溝渠裡。因現在家裡人多，新做好的衣裳過了水又正在院子裡晾著，她便提著一個桶、一個盆，準備到河邊把一堆沾滿泥巴的紅薯、土豆給洗了。

劉春華說完後，換吳鳳英正說得來勁時，忽然覺得胳膊肘被人杵了下，一抬頭就見何慧芳正插著腰瞪自個兒！

「吳老婆子，妳又嘴臭些啥？」

何慧芳架勢一擺開，吳鳳英就有些慌，梗著脖子嘴硬道：「我說啥妳憑啥管吶？」

「妳自己心裡沒數？妳不是討罵嗎？好端端的要妳在這兒說我家的事？」何慧芳怒氣沖沖，說話和放炮仗一樣的快。「妳多積點德，少造孽吧！我警告妳，下次再被我聽見，我就直接找妳家桂生說去，讓他說說，他老娘究竟是啥玩意兒！」

吳鳳英最怕的其實就是沈桂生，沈桂生在縣城裡做幫工好多年了，每次回來都數落吳鳳英嘴碎、不會做人，她可怕這大兒子了。「……妳吃炸藥了？」吳鳳英心裡氣極，抱起禾寶轉身就走。何慧芳這個瘋婆子還真可能找桂生告狀呢，她心虛了，只好趕快走人。

一時之間，榕樹下靜悄悄的。直到何慧芳提溜著東西走遠了，樹下的人才又開始扯閒天。

下午沈澤秋果然回來得早，酉時初，人就已經到家了。

才是第二日傍晚，她們就已經做好了十來套衣裳，過了水還潤著，正在院子裡掛著晾乾。

安寧和沈澤秋算了算帳，工錢大概是二兩銀子，加上這些天的伙食費和雇馬車的錢，差不多能賺個三兩半，也就半個月的功夫而已，因此兩個人心裡都是一喜。

沈澤秋喝了幾口水歇息一會兒後，就坐下來和安寧學習做盤扣，安寧為男款衣裳選的是簡單基礎的一字扣，女款衣裳是稍微複雜些的三耳扣，沈澤秋學了一會兒就會做了，搬了個馬紮，坐在堂屋門口就開始埋頭幹。

「東家還真是個會心疼人的。」慶嫂一邊鎖著一邊笑道。「可不是嘛！」一個叫慧嬸子的咬斷了線，嘆了句。「我男人就是個甩手掌櫃，根本不顧家裡人的死活，就知道顧自己享樂。」

「還是東家娘子有眼光……不，東家眼光也好著呢！」

幾個女工妳一言、我一語的，直把安寧和沈澤秋說得紅了臉。

慶嫂笑著攔住話頭。「行啦，新婚夫妻臉皮薄，咱們也收斂收斂！」

灶房裡，何慧芳已經做好了飯，是雜糧麵饅頭配小米粥，有鹹菜還有一碟子辣小魚炒韭菜。

堂屋裡施展不開，也怕油腥污了衣裳，最近吃飯都是把桌子搬出來，放在堂屋的簷下吃飯。

一連好幾天，一家人都忙裡忙外的，還剩最後二十來套，更是忙碌。

沈澤秋又買了一沓黃麻紙回來，給安寧記帳，每位女工做了多少活，上面都記得清清楚楚、明明白白。

慶嫂她們一想到出來十幾天，就能掙好幾百文錢，每個人都充滿了幹勁。

一晃眼到了第九日夜晚，安寧理了理做好的衣裳，和沈澤秋按照當初量好的尺碼一件件檢查有沒有縫錯的地方。

安寧柔柔一笑，道：「還有七、八件衣裳了，過個兩日，咱們十月初一就能去林府交貨了。」

沈澤秋給安寧揉了揉手腕，力道不輕不重，剛剛好，很舒服。「這些日子真是辛苦妳了。」

安寧靠在沈澤秋的懷裡，輕輕地搖了搖頭。其實沈澤秋白天出攤，晚上回來還要幫忙做零碎活兒，也不輕鬆的。忽地，安寧想起了另一個也不輕鬆的人。「秋娟姊的日子過得真難。」她還惦記著下午的事。

原來下午王漢田的女婿李元帶著秋娟來了一趟，說什麼秋娟拿了李家二兩銀子補貼娘家，吵翻了天，到了天黑時分才消停，秋娟哭得眼睛都腫了。

沈澤秋摸了摸安寧的背，點了點頭。「是啊。想當初爹還在的時候，還想讓我和秋娟訂親呢！」

安寧瞬間從他的懷裡爬起來，水汪汪的眼睛一眨也不眨地瞧著沈澤秋。「然後呢？」

「沒啥然後了。」沈澤秋親了親安寧。「我只喜歡妳，妳可別吃老陳醋。」

安寧輕輕掐了沈澤秋一把，耳朵微微一紅。「誰說我吃醋了？」

夜深人靜，沈澤秋擁著安寧入眠了。

方才他還有一半的話沒有說完，他不僅不喜歡秋娟，其實秋娟也不喜歡他。好多年前，文童生的私塾裡有個又做夫子、又做學生的窮書生，秋娟經常跑去私塾偷玩，還時不時放個烤紅薯在那窮書生的窗臺上，那時候沈澤秋不明白，還幫秋娟打掩護，直到現在自己心裡有了人才明白過來，秋娟那時多半是喜歡窮書生。

可現在她已嫁做了他人婦，物是人非，這些事也就不用再提了。

兩日之後，正是十月初一，所有的衣裳都已經做好了。這天沈澤秋沒出攤，和安寧一起把所有衣裳的尺碼還有做工又檢查了一遍，確定沒問題後，用鐵壺子裝滿熱水，把每一件熨燙得平平整整的。

看見這些衣裳，何慧芳鬆了口氣，終於做完了。衣裳做完，那四位女工也要走了，何慧芳去菜地裡摘了些絲瓜、辣椒啥的，一人給裝了一兜。

慶嫂笑得合不攏嘴，回到鎮上後還直誇何慧芳是個會做人的。

再說安寧和沈澤秋，兩人帶著做好的衣裳，找到林府管家交貨的時候，老管家還有些不敢置信，辦差的時候能準時交貨不延期就是阿彌陀佛了，沒想到他們竟然還能提前幾日！

安寧微笑著道：「原本時間也是緊巴巴的，我們怕趕不上，加錢找了工人。」

林府管家暗暗讚嘆沒有找錯人，讓他們先候著，他去稟告老太太和夫人。

也是湊巧了，林府管家進來通稟時，林老太爺也就是林舉人正好在，他一聽這對小夫妻為了趕工期特意高價請人後，捋著鬍鬚嘖嘖嘆了句。「倒是一對大器又重諾的人。」說完就拄著枴杖，顫巍巍地往外走，要親自看下人們試衣裳。在得知六十幾套衣裳竟沒有一件有瑕疵後，更是驚嘆道做事這般謹慎認真，比起他當年做官時的手下都要勤勉，這類人無論做什麼事，都是會發光的。

林舉人一高興，林老爺和林夫人當然也高興，於是林府管家在結帳的時候，直接拿了十兩銀子給安寧和沈澤秋，笑道：「老太太發了話，十兩銀子，寓意十全十美。你們做得好，往後府上有生意，還找你們。」

這可是意外之喜！細算下來，他們忙和這半個月下來，扣除成本和工錢，足足掙了七兩銀子呢！等於好幾個月的收入了。

「走，澤秋哥，咱們去花街布行給女工們結款。」安寧喜孜孜的，連日來的疲乏都一掃而空了。

沈澤秋點點頭，把銀子交給安寧收好，抓了抓頭髮道：「咱們還要請錢掌櫃吃飯呢，多虧了他，找女工的事才那麼順利。」

沈澤秋說改日請吃飯，那他就一定會請。

錢掌櫃站在半關著門的自家布坊門口，抄著手指揮工人把最後一些家具給搬出來，太陽光亮晃晃的，但錢掌櫃卻生生打了個寒顫。

沈澤秋和安寧剛結完女工們的工錢，一起來找錢掌櫃，離錢掌櫃還有幾十公尺的時候，聽見路邊有幾個人站著正在議論。

「你們知道錢掌櫃為啥要搬走不？」一個穿長褂的男子挑眉故作神秘地問道。

「我上哪兒知道去！」回他話的是個年輕的裁縫娘子。

「因為啊……他家的布坊鬧鬼！」

那裁縫娘子一聽，立即縮了縮身子，嘆了句。「難怪我從錢掌櫃家門口過時，都覺得陰風陣陣的。」

安寧和沈澤秋都蹙起了眉，他們去錢掌櫃那裡好幾次了，並未有這種感覺。

待走到門前，沈澤秋說要請錢掌櫃去酒樓吃飯，錢掌櫃又驚又喜，畢竟「改日請吃飯」在許多人的嘴裡，純粹是句客套話。

現在剛好是飯點，錢掌櫃也沒推辭，用帕子擦了擦腦門的汗，說請他們稍後，等人把最後這批家具裝上馬車。

安寧笑了笑說不著急，順勢往半闔著的門內望了一眼，見鋪面中還堆著一疋一疋的料子，納罕道：「錢掌櫃，這些料子還沒出手嗎？」

「一言難盡、一言難盡吶！」錢掌櫃搖頭嘆息，等東西都裝上車後，自己上前把布坊的門鎖好了，和安寧、沈澤秋往酒樓去的路上，這才耷下眉說：「想我也風光了這麼些年，一朝落魄方知世態炎涼啊！」

說著酒樓就到了，店小二迎著他們到了二樓臨窗的位置坐下。

錢掌櫃俯瞰著花街布坊一座座宅院，心裡感慨萬千，他對安寧和沈澤秋的印象很好，加上心裡急需找人傾訴，便將這半年來的遭遇娓娓道來。

「最開始，是我常在夜裡聽見叩門聲，篤篤篤，一般是三下，夜半三更的，我心裡還納悶，披上衣裳去開門，我內人還說我聽錯了，是風呼呼在颳。我不信，打開門往外一瞧，還真是沒人，只有那枯黃的樹葉在門口飄。」

這時候店小二上了一壺綠茶，給他們三位一人倒了一杯。

錢掌櫃抓起杯子喝了幾口，擦了擦腦門上的汗繼續道：「接著情況越來越不對，敲門聲越敲越近，某夜直接叩到了我與內人住的廂房外，不僅如此，還能聽見窸窣的腳步聲，那窗戶也沙沙作響，就像有人扒著窗戶往裡瞧似的！我與內人嚇得一夜沒睡，第二天一早就請高人到家中做法事。」錢掌櫃一邊說一邊深呼吸，光是回憶那段恐怖的經歷就能讓他大汗淋漓。「誰知高人一進到我家院子，四處打量後臉色大變，直說他也奈何不得，並勸我搬走。可這家布坊是我的心血，我們一家在此住了二十餘載，要走談何容易？」錢掌櫃吐了口濁氣，雙手緊攥成拳。「最後，我發現小女時常一個人對著空氣自言自語，一問，她說是在和一個紅衣裳的姊姊說話……」說到這裡，錢掌櫃的臉色已經煞白。

從那以後，情況變得更糟，不僅他們一家子感覺到了不對勁，就連來鋪子裡的客人也多會感到不舒服，有的客人甚至是一出門就摔跤，且新做的衣裳也總莫名的出現問題。錢掌櫃一家再也待不下去了，便想將存貨都出清，把宅子賣掉，去鄰鎮濱沅鎮重新開始。

可惜關於錢氏布坊鬧鬼又霉氣纏身的傳聞已經越演越烈，原先說好要接手鋪子的人打了退堂鼓，就連鋪子裡面的貨想低價出售也無人問津。

這時候，店小二將酒菜呈上。

沈澤秋敬了錢掌櫃一杯酒，道：「既然您要去濱沅鎮重振旗鼓，那小弟我敬您一杯，先祝您一路順遂。」

安寧也以茶代酒，敬了錢掌櫃一杯。「錢掌櫃去了鄰鎮濱沅鎮，還是做布坊的生意嗎？」

「不了、不了。」錢掌櫃搖頭。「準備開一家小貨棧，賣一些山貨之類的東西。」他已經不想再踏入布市這個行當了。

沈澤秋一聽，那些好端端的料子豈不是要閒置在庫房中？「錢掌櫃，上回在您這兒進的料子銷得好極了，可否再賣我們一些？」

錢掌櫃應了，答應等吃完午食就帶他們去鋪子裡選料子。

錢家布坊外，由於現在錢掌櫃已經不敢再進去，所以只開了門站在門口，讓安寧和沈澤秋自己進去選。

上回要的多是單色，這回安寧和沈澤秋想要挑一些有花紋的。

正選著呢，錢掌櫃忽然變了臉色。「後院好像有動靜？」

沈澤秋和安寧都沒有聽見，往內走了幾步進到內院裡，也沒見到什麼奇怪的地方，倒是院子裡清淨明亮，還挺整潔乾淨的。

錢掌櫃擦著汗，不敢再細想。

最後沈澤秋和安寧挑了兩疋深色碎花紋、兩疋淺色碎花紋和兩疋素色的料子，要的不多，但錢掌櫃還是給了他們一個很低的價格。

走在回家的路上，安寧和沈澤秋都很高興，沈澤秋用一根繩子把六疋布捆起來扛在背上，路過菜市時還買了條足足四、五斤重的大鯉魚，也慶祝慶祝交貨成功的事。

兩個人說說笑笑就要出桃花鎮往渡口去坐馬車，忽然聽到背後有人喊，回轉過身，原來是錢掌櫃追了上來。

錢掌櫃上氣不接下氣地追了過來，喘了好幾口氣才能開口說話。「二位聽我說幾句，我有個生意，不知二位肯不肯合作？」

安寧和沈澤秋停下腳步，和錢掌櫃一起走到路邊的樹蔭下站定。這生意若是有賺頭，也不違法亂紀，他們自然願意。

「我家還堆著那麼多料子，你們也都瞧見了，幾百兩銀子都搭在裡頭呢！」錢掌櫃神情悲涼。「你們要是願意幫我把布賣出去，我讓利潤的五成給你們，可好？」

乍一聽，這是個很有誘惑的條件，可錢掌櫃的庫房裡少說也有三百多疋布，僅靠著沈澤秋每日出攤，那要賣到何年何月呀？安寧和沈澤秋都很猶豫，沈吟著還沒搭嘴。

錢掌櫃急了，嘆了口氣。「這樣吧，賣出去淨掙的錢都歸你們，只要把本錢給我就好了。」

沈澤秋勸錢掌櫃先別著急，他要和安寧合計一下，畢竟這可不是件小事。

恰好旁邊有個茶棚，錢掌櫃拉著他們過去坐下，做東請客，買了三碗涼粉吃。

秋天雖然到了，可這秋老虎還很厲害，一碗加了碎冰的涼粉下肚，沈澤秋和安寧也合計出了主意。倒不是他們嫌錢掌櫃讓的利少，實在是沈澤秋能靠出攤賣出去的料子有限，除非……除非錢掌櫃的布坊不關。只有布坊繼續開門，才有機會把積壓的料子都賣出去。

錢掌櫃一聽，臉色刷地白成一張紙，正想說這不可能，忽然又想起當初那個老道說的話，他說是院裡來了個邪祟，若有福澤深厚的人鎮著，興許能化解。再又聯想到今日自己明明聽見了異響，他們二位卻一點事都沒有，莫非他們就是能鎮壓那邪祟的人？好吧，死馬當作活馬醫，反正試一試也不會掉塊肉！

安寧和沈澤秋都覺得這事還需和何慧芳商量著來，便沒給錢掌櫃最終答覆，只說和家人再商量商量，不管答不答應，都會給錢掌櫃捎信。

錢掌櫃點頭道好，告訴他們自己暫時借住的地方，付了攤主涼粉錢後便道了別。

直到在渡口坐上了馬車，沈澤秋和安寧還在琢磨著這件事。不說裁剪衣裳和製作成衣的錢，單是把布賣出去掙的錢就很可觀，若一公尺布掙十文錢，一疋料子就是一百零三十文，三百疋都賣出去，那可就是三十多兩銀子！要是只靠安寧裁衣裳，沈澤秋在村子裡賣布，可是一、兩年都掙不來的數字。

只是這件事太難了，花街布行的人都知道錢掌櫃家鬧鬼，傳言一傳十、十傳百的，顧客嫌晦氣，根本就不敢上門。

安寧和沈澤秋下了馬車，走在進村前的那段樹林間。

「咱們還是回去問問娘怎麼看吧？」

「欸。」沈澤秋扛著布，也點頭說好。

安寧從懷裡掏出帕子，為他擦著鬢角上的汗珠子。

沈澤秋忍不住勾了勾唇角，笑得有些憨。

「笑啥呢？」安寧擦完了汗，伸出小拇指刮了刮他的鼻子。

「瞅著妳，我就高興。」沈澤秋扛著六疋布在背上，非但不覺得累，還滿臉輕鬆。「第一回見妳，我就高興。」

一陣山風吹來，安寧和沈澤秋都倍感舒爽。

何慧芳正抱著一隻小黃狗往家裡走來，三人剛好在院門前撞見。何慧芳一喜，把門推開，讓扛著東西的沈澤秋先進院子裡，既擔心又歡喜地問：「今日怎樣？」

沈澤秋比了個七的手勢。「賺了這個數。」

多少？總不可能是七百文吧？難道是七兩?!何慧芳有些不敢置信。

安寧進灶房裡把魚放下，倒了兩碗開水，一邊喝一邊往外走，把其中一碗遞給沈澤秋後笑著答道：「掙了七兩。林府老太太覺得咱做得好，多給了賞銀。」

呦，還有這麼美的事啊？那床底下的陶罐，這回能吃個飽嘍！

何慧芳笑得合不攏嘴，回屋找了根麻繩，先把抱著的小黃狗拴好放在樹下，接著進灶房圍上圍裙，讓他倆好好休息一會兒，今晚吃頓好的，要好好慶祝一下。

沈澤秋說好。

安寧則蹲在樹下摸了摸小黃狗毛茸茸的腦袋瓜，小東西的眼睛黑不溜秋的，正好奇地看著她。這就是從大伯家抱來的看門狗吧？看起來真機靈，又可愛。

日頭漸漸落了山，安寧和沈澤秋一人搬了張凳子坐在灶房門口，一個幫何慧芳摘著青菜、小蔥，一個剝著蒜，你一言、我一語地把今日錢掌櫃說的事和何慧芳講了。

還沒說到錢掌櫃想和他們合作呢，何慧芳一聽因為傳言，客人都不敢上門，直接從灶房裡鑽出來，眉毛一挑。

「沒根沒據的傳言有甚可怕？編一個更吉利、更稀罕的傳出去不就妥了？」

安寧和沈澤秋一聽，是這個道理啊！他們怎麼都沒想到呢？果然，薑還是老的辣啊！

「娘這個主意絕了！」

何慧芳揮了揮鍋鏟，笑道：「你才曉得啊！」

回到灶房裡頭，何慧芳用刀背先把魚給拍暈了，然後熟練地刮去魚鱗、除掉內臟，魚頭剁碎了加薑蒜放在鍋裡煮，準備做成魚頭豆腐湯。

魚身用醬油和米酒等醃製一刻鐘，然後一塊一塊地放在熱油中炸至兩面金黃，撈出來後再用大火炸一遍，這樣外皮酥脆又外焦裡嫩的，吃起來很可口。

安寧去菜地裡摘了一些小白菜，待會兒再清炒一個青菜。

從沈澤秋家裡飄出來的香味順著風飄了很遠，一家子擺好了兩葷一素，趁著高興勁兒，何慧芳還拿出米酒，一人倒了半杯。

「今兒咱們算是吃香的、喝辣的呢！」何慧芳舉起杯子，一家人輕輕碰了杯。

安寧抿了一小口，辣得蹙起了眉。

何慧芳笑咪咪地給她挾了塊魚肉。「喝不慣就抿一咪咪，剩下的讓澤秋幫妳喝。」

這酒是自己家釀的，並不算太烈，安寧抿了一些，初入口覺得辣，嚥下後倒是甘甜綿香，覺得有滋味。「沒事，娘，我能喝。」

接著沈澤秋邊吃飯、邊把和錢掌櫃的事說了。

沈澤秋和安寧都擔心何慧芳不同意，不料她挑著魚刺，滿口答應了。

為啥不答應咧？這除了花些時間，又不要本錢，她才不擔心呢！

「澤秋，你明天就去給那錢掌櫃遞消息，咱們試試，死馬當作活馬醫唄！」她才不怕啥牛鬼蛇神，只要能掙錢就萬事大吉！

安寧給何慧芳挾了塊魚肉，抿唇笑了笑。其實她也不怕神神鬼鬼的，以前走到陰氣重的地方時，別人都說脊背發涼，她卻啥事也沒有。

沈澤秋是個常走夜路的人，村前那塊樹林子裡有不少的墳，他每回夜晚路過，也是不怵的。「行，娘，那我明天就去告訴錢掌櫃一聲。」

既然要接下這筆生意，那對策肯定是要提前想好。

吃罷了飯，沈澤秋從堂屋裡搬出兩張長凳，就著高懸的明月，吹著徐徐的夜風，一家人商量起辦法來。想要打破錢掌櫃家鬧鬼、上門的顧客都倒楣的說法，就要想一個更吉利的。

安寧忽然想起從前聽過的故事，每當有大事要發生，民間便會流傳許多讖語，真假難辨。「娘、澤秋哥，不如咱們編個順口溜吧，就說錢掌櫃家不是鬧鬼，而是來了看家護院、招財進寶的家仙，然後再請鎮上的花子們討飯時幫咱們傳一傳？」

何慧芳和沈澤秋眼睛一亮，都覺得這個主意極好，沒想到安寧能想出這般妥當的法子。

安寧柔柔一笑，道：「嗯，那順口溜就這麼唱好了。花街布行風水妙，錢家掌櫃最是好，前日家仙來築廟，先掃霉運後福報……」

「喲，安寧的文采真好！」何慧芳聽了直讚嘆，這幾句編得有水準！

不過光靠順口溜還不行，還要編一些真真假假的小故事才更可信呢！要知道，現在外面還傳錢掌櫃家住著骷髏、水井裡有浮屍哩！

正說著話，對門忽然有了動靜，吵吵嚷嚷的，不少還沒睡的村民們都圍過來瞧。

何慧芳皺著眉埋怨了一句。「一天到晚吵吵個啥？不叫人有個清靜！」說著她拉開了院門，便見劉春華哭天搶地的在院子裡罵么兒。

「你個憨貨！禍害家裡的瓜苗幹啥？全被你給扯爛了！你瞅瞅，這些瓜苗長得多好，你這個敗家玩意兒……」

么兒邊哭邊嚷嚷。「誰叫爹罵俺的？俺就是不想去鎮上讀書！」

原來劉春華送么兒去文童生那兒讀了幾日後，覺得文童生不夠好，又要把么兒送去鎮上讀，結果么兒不樂意，在鬧脾氣呢！

王漢田氣得直哆嗦，順手抽了把笤帚就從屋裡出來要揍么兒。「今兒不打死你，你是我爹！」

「嗷——娘，俺爹要打俺！」么兒撒腿就往劉春華背後躲，反正他爹再凶，都有他娘護著，他一點兒都不怕。

果然，劉春華攔住了王漢田，帶么兒躲到了房裡。「你若是要打么兒，就先把我給打死吧！」接著又拍了拍么兒的手。「你要撒氣，禍害咱自己家幹啥？做人要會往家爭利，你懂不？」

么兒眨眨眼，似懂非懂地點了點頭。

夜深了，對門終於安靜下來。

第二日清晨，沈澤秋去了鎮上，安寧則準備裁剪別人新定的衣裳，前些日子為了趕林府的活，攢下了不少的事呢！

「咕咕咕、咕咕咕——」何慧芳拿著爛菜葉去餵雞，剛打開雞舍眼睛就一亮，那兩隻母雞一大清早的又下了兩個又大又圓的雞蛋，四隻小雞仔和兩隻番鴨仔也長得快，精神頭也好，就連原先那隻懨懨的鴨仔也活潑不少。

「太好了！來來來，孃子放你們出去吃新鮮的！」何慧芳先把雞蛋放到灶房裡，接著照例把雞、鴨趕去後院山坡上吃食。

村裡都是鄉里鄉親的熟人，不少還是沾親帶故的，平日裡也很少有生人，所以雞、鴨散養在山坡上，何慧芳很放心，就是隔一會兒去瞅上一眼便好。

快到巳時末的時候，她又瞅了一眼，這一看可不得了，那隻最肥碩的大黃母雞怎麼不見了呢？

「安寧，快和我去瞅瞅，咱家有隻雞沒了！」一隻雞可值兩、三百文錢呢，何況還是隻天天下蛋的母雞！何慧芳急得腦門上出了一層汗。

安寧也急忙把剪子放下，和何慧芳一起去後院的山坡上找。

兩個人把附近的草堆還有角角落落都翻遍了，仍是一無所獲。

「欸，娘，那兒好像有腳印。」安寧覺得奇怪，沿著山坡下的水溝走了幾步，眼尖地發現了幾個小腳印。

「我瞅瞅。」何慧芳忙走過去，蹲下用手量了量腳印的尺寸後，眉頭一蹙，嘀咕道：

「看這大小，是個娃兒的腳印呢！」他們家後院這塊山坡比較陰，土地也綿軟，又沒啥好玩的東西，平日裡基本上不會有人過來。何慧芳一拍大腿，暗道不好，難道是村裡哪個膽大包天的兔崽子把自己家的雞給偷了？「走，安寧，咱把門合上，和娘去村裡找找！」何慧芳站起身揉了揉小腿肚，和安寧一塊兒把剩下的雞、鴨趕到籠舍中，關上門便往村裡頭走。

婆媳倆剛走到榕樹下，就看見毛毛拿著個小竹筐正走過來，竹筐裡放著他拾的毛栗子。

如今他爹的病越發重了，一日裡有八、九個時辰都在睡覺，他們家的地已經給了大房、二房種，自然不會缺了他們爺倆的口糧，毛毛出來拾毛栗子，一是找點零食吃，二是出來玩玩透幾口氣。

「嬸娘、安寧嫂子，妳們幹啥去？」毛毛一邊啃著生栗子，一邊抓起一大捧要塞給她們。「今年的毛栗子可甜了！」

何慧芳心裡一暖。「毛毛，你留著自己吃吧。」這孩子性情好，是個重情重義的人呢！

安寧走上前，伸手把毛毛臉頰上的灰塵擦掉，回道：「我和你嬸娘在找家裡丟的雞，小半個時辰前還在呢，一眨眼就不見了。」

毛毛歪著頭想了想，把嘴裡的栗子殼吐出來。「我剛才路過你們家院子，瞅見么兒在水溝邊耍水呢！」

玩水？這不可能啊……何慧芳一琢磨，驀地回過味來了！那條溝的水髒，流的是村裡家家戶戶洗鍋沖地的污水，村裡的娃兒根本不愛玩，好端端的么兒怎麼會去？除非……他就是那個賊！不過沒有真憑實據的，何慧芳也怕是自己多心了，便強笑著拍了拍毛毛的肩膀。「嬸娘和你安寧嫂子還有事，先走了。」

毛毛點點頭，也迫不及待地往家裡走去。他爹的病一日重過一日，毛毛幾乎每隔一個時辰就會去探一探他爹的鼻息，生怕他爹在夢裡就去了。

何慧芳和安寧兩人邊商量邊往回走，剛走到院門前，就看見劉春華伸著頭往他們院裡瞅。剛才何慧芳找大母雞的動靜劉春華肯定是看見了，何慧芳頓時有些窩火，她家院子裡又沒有金山、銀山，這有啥好看的？「春華啊，你們家么兒呢？」何慧芳上下瞅了劉春華一眼，問道。

劉春華也不拿正眼瞧人。「在文童生的私塾裡上課呢！」說著就準備把院門給合上，不料何慧芳手一攔，把門給推著合不上。

「早上還見么兒在家呢！」何慧芳也並非不講理，更不會無憑無據就斷定是么兒偷了雞，她和安寧想得簡單，現在先見見么兒，問他幾句話就成。

沒想到劉春華就跟炮仗點燃了芯子似的，一下子就跳了起來，平日裡悶悶的不愛說話，爆發起來倒是嚇人。「何慧芳妳啥意思？我們么兒在不在和妳有啥關係？他是個好娃兒，不會偷東西，妳少在這兒含血噴人，冤枉么兒！妳、妳這個見不得別人好、眼皮子淺的毒婦！有病！」劉春華其實有些心虛，說著說著便不知道自己在說啥了。

早前么兒拿了家裡的火柴和鹽巴出去，再聯想到何慧芳家裡丟了雞，於是劉春華自己也往不好的地方想。村裡人要是知道么兒偷東西，么兒以後在村裡還怎麼做人？他們老王家豈不是又要丟面子？所以她把心一橫，撒起潑來。

「劉春華，妳張口閉口的我冤枉人，我說啥了？自己給自己潑髒水，我還是頭回見，呵，還真新鮮吶！再有，妳把嘴巴放乾淨些，看咱倆住對門，我不想鬧那麼難看，給妳留點面子。」何慧芳把袖子一擼，哼哼兩句，又道：「妳怕不是心虛了？」

「我心虛啥？我行得正、坐得端！」劉春華臉色脹得通紅，梗著脖子道。

何慧芳點點頭，要不是急著找自家的雞，她非要把這劉春華好好收拾一頓！「成，我現在就去找！雞肉可以吃，雞毛和雞骨頭總能剩下吧？」

劉春華臉色一白，噎住了，正想著要怎麼應對呢，就看見村口跑來一個人，嘴裡喊著——

「不好啦！春華嬸，妳家玉米地著火了！」

聞言，何慧芳和安寧都扭頭往村外看去，果然見一大束黑煙在山腳下緩緩升起，就像一塊白豆腐上落了一大把黑煤灰般。

山腳下的地比較平整，村裡好多人家的地都在那裡，著火可不得了，若撲不滅連成了勢，燒掉半座山都是輕的！當即何慧芳也不吵了，和那來報信的後生一起往村裡去找人滅火。「安寧，妳在家守著。」說完何慧芳就走了。

劉春華看著那股黑煙，簡直嚇懵了，呆了半晌才往屋裡嚎。「娃他爹！不好啦，咱家地裡著火了！」

沒過一會兒，村裡就有十幾個男人扛著鋤頭、扁擔往山腳下跑去。何慧芳借到了一輛板車，和幾個婦女打了幾桶水一起拖著往山腳去，路過家門口時，安寧也把門拴好了，和何慧芳一塊兒往前走。

「幸好今天沒風，要是有風就難搞了。」何慧芳嘆了一句。

走在前面的人已經到了，見地裡的火足足有一人多高，五、六公尺寬，正噼哩啪啦地燒著。

「快！你們幾個打火，你們幾個把火堆旁邊的玉米給砍了！快些！」

這打火也是有講究的，一個是直接撲滅火源，一個便是挖隔火帶。

大家七手八腳的忙著，唯恐火勢控制不住，把全村的莊稼都給燒沒了。

么兒滿臉灰塵，呆呆地站在一邊，手裡還握著柴禾。

一個年輕後生看到他了，納悶地問了一句。「你在這兒幹啥？這火不會就是你幹的好事吧？」

正說著話呢，何慧芳也到了，和大家一起把水桶搬下來，往熊熊燃燒的火焰上澆。

么兒眼眶一紅，哇地一聲大哭起來。「俺要找俺娘！」

何慧芳急著救火，安寧也覺得么兒站在路中央礙事，便給么兒指了指後面。「別哭了，你娘來了，就在後頭呢！」

劉春華是個遇事沒主意的，在家磨蹭了一會兒，才想起提桶水趕過來，這畝玉米眼看就能收了，現在一下子燒掉了一小半，她這心裡就要急出火來，正急匆匆地往前趕呢，么兒卻突然朝她跑過來，一頭扎進她的懷裡。

「娘，都怪那隻雞不好！要不是牠要跑，俺就不會去追！」他要是不去追，那火就不會因為沒人看而燒起來了。

周圍的人越圍越多，大家都聽見了。

沈家二嫂吳小娟一驚，指著么兒問：「你莫不是在玉米地裡烤雞吃吧？」

在玉米裡點火，這娃兒還真是個人才！吳小娟把嘴一撇，問：「雞從哪兒來的？」

劉春華心裡一驚，還沒來得及阻止，就見么兒指了指安寧。

「她家的。」

合著這雞還是偷的？也對，要不是偷的，也不至於偷偷摸摸躲在玉米地裡烤著吃，這下可闖了大禍！

好在今日天公作美，沒有颳風，發現得又及時，在燒了小半畝玉米後，火終於撲滅乾淨了。

回村的路上，劉春華拉著么兒的手，氣得一巴掌拍在他屁股上。

么兒沒想到一向疼愛他的娘會下手揍他，當即哇哇大哭。

劉春華家的玉米地旁邊就是吳鳳英家裡的地，吳鳳英剛才還懸著心，生怕那火把自己家的地也給燒了，因此見到劉春華揍么兒，立即拍著手說：「打得好！這娃兒就是該打！」

這話說得確實沒錯，何慧芳揉著剛才累著的胳膊，斜眼瞅了瞅劉春華，心想著吳老婆子總算說了句人話！

可劉春華一聽就不高興了，自家地裡半畝玉米沒有了，她心裡正窩火著，當即順著杆子就找事撒氣。「么兒總比妳家禾寶要聽話！」

吳鳳英一聽也不高興了。「我們家禾寶再怎樣也不會偷別人家的雞吃吧？更不會在自家地裡放火！」

這時候剛好也走到了家門口，何慧芳和安寧剛才又打水、又抬桶的，現在腰和胳膊都痠著咧，何慧芳也不想和劉春華兜圈子了，把腰一插，走到她面前，睥睨了她一眼。「剛才么兒親口認了，雞是他偷的，妳想怎麼賠？」這隻雞又乖又肥，現在每天都能下一個熱呼的雞蛋，何慧芳心疼極了。就算劉春華把自家的母雞賠給她，她心裡頭都還有些不樂意咧！

豈料，劉春華眼睛一瞪，罵罵咧咧道：「憑啥要俺家賠？要不是你們家那雞倒楣，俺家的玉米地能被燒了？」

何慧芳的臉瞬間就黑了，拍了拍袖子和衣襟上的灰塵。好，既然這劉春華這麼不要臉，也就別怪她不客氣了，今天要是不給劉春華個好看，她就不姓何！

「劉春華，既然妳這麼不要臉又聽不懂人話，那我今天就好好跟妳掰扯掰扯！我家的雞是妳家么兒抓的、火是他點的，這和我何慧芳沒半點關係吧？現在雞沒了，是不是該妳家賠？」

劉春華白眼一翻。「俺家玉米地都燒掉半畝了，妳還要我賠妳的雞？妳什麼人啊？鄉里鄉親的，一點情分都不講！」

「呵，這是啥歪理？大夥兒聽好了，我何慧芳今天就把話給說明白了！我們兩家是對門不假，可情分那是半點都沒有的，為啥呢？我和大夥兒說說。當年我家有壽還在的時候，他們家田裡沒水了，求著咱家放，有壽二話不說就同意了。有回他們家的雞生了瘟病，害得我家的雞也得病死了一半，我沒怪過他們！他們家的地不夠種，要開幾畝荒地，咱有壽也不求任何回報的幫忙，大日頭天和王漢田在山坡上開荒，曬得差點中暑！」何慧芳越說越氣，這些話藏在她心裡很久了。她指著劉春華的鼻子，往地上呸了幾口，繼續說道：「後來有壽出了事，我一個人帶著五歲的娃娃下地，你們有誰瞅見他們家幫過一把嗎？沒有吧？這我也就咬牙忍了，畢竟幫我是情義，不幫我也不能說啥，只能說從前瞎了眼，看錯了人！可劉春華，妳現在還有臉和我講情義，妳賤不賤啊？」何慧芳擼了把袖子，氣勢洶洶地瞪著劉春華，乾脆把心裡的怒氣發了個痛快。「都說咬人的狗不叫，哼，說的就是妳這種平日裡悶不吭聲，其實陰險又貪心的人！」

劉春華的臉都快黑成炭了，尤其是聽見旁邊的村民竊竊私語，她更覺面上無光。

和從不輕易吃虧的何慧芳不一樣，沈有壽生前是個極為和善的人，哪家哪戶有個啥事兒，只要喊一聲，他一定會去幫忙。那時候王家剛搬過來，沈有壽確實幫了他們不少，這是村裡人都看在眼裡的，只是時間久了，大家漸漸忘了，今天被何慧芳給翻出來，大家都有些動容。

「有壽叔在的時候還幫咱家挖過井呢，待人可好了！」

「澤秋家裡不容易啊，這還想要賴人家的雞，也太缺德了……」

「就是么兒那小子蔫壞！」

劉春華咬著唇，眼神狠得都能噴出火了，要是眼睛裡能飛出刀，此刻她真恨不得把何慧芳剮上幾刀。

何慧芳絲毫不怵，挺起胸膛冷冷地瞅著她。

「行，我賠！扯這些有的沒的做啥？不就是一隻雞嘛，俺家賠得起！」劉春華進到院子裡，打開雞舍抓雞。她留了個心眼，特意捉了隻骨瘦如柴還懨懨的小母雞。

何慧芳是能被這點小伎倆唬住的人？她直接跟著劉春華走到了院子裡，瞅準那隻最大最肥的雞，一把揪住翅膀就扯出來，提在手上，冷著臉走出了院子。

哼，在她面前還玩這些把戲，班門弄斧！

第六章

沈澤秋趕到鎮上去，見到了錢掌櫃。

「錢掌櫃，我們昨晚商量好了，你的這個交易咱們可以合作，但不敢打包票，我只能說，一定盡力。」沈澤秋說得很誠懇，能賣出去當然好，但賣不走也沒轍。

錢掌櫃倒也理解，生意場上的事並沒有一定行的說法。當即點頭，和沈澤秋一起去到錢氏布坊前，他在門口瞅著，沈澤秋在裡面點貨。

明明是豔陽高照的好天氣，陽光明晃晃的，錢掌櫃又站在明處，卻感到一陣陣陰風貼著他的後脊梁劃過，青天白日的，錢掌櫃生生打了個寒顫。「澤秋小弟，你冷不冷？」

沈澤秋頭上豆大的汗珠直往下砸，一瞬間還以為自己聽岔了！冷不冷？這不是說笑嗎？他扛得熱火朝天，渾身都要濕透了！「不冷。」沈澤秋笑了笑，也沒多心。

「那……就好。」錢掌櫃搓了搓手腕上的雞皮疙瘩，不敢說啥，也不敢往鋪子裡面瞅，總覺得裡面有雙看不見的眼睛一直盯著他，盯得他渾身發麻，不自在。

好不容易點好貨，錢掌櫃把鑰匙解下來交給沈澤秋，一塊兒回家寫好了那些布的進貨價和存貨量，也立好了字據，上面說好了錢掌櫃只要本錢，賺取的利潤都歸沈澤秋。

到摁手印的時候卻犯了難，沈澤秋雖和安寧學了幾十個字兒，但還不足以看懂字據的內容，因此沈澤秋想了想後，拿著字據去街上找賣字的書生幫自己唸了一遍，核對沒問題之後，才和錢掌櫃把事情定了下來。

眼看到了飯點，錢掌櫃要留沈澤秋吃晌午飯。「澤秋小弟，你嫂子剛去買了一尾魚，待會兒給咱做幾個下酒菜，我們倆喝幾盅。」錢掌櫃就要離開桃花鎮了，心情不免低落，加上他也誠心想要交上沈澤秋這個朋友，遂又開口道：「可不許和我客氣！」

沈澤秋點點頭，滿口答應了，不過他今天的事還沒辦妥呢，便對錢掌櫃說道：「成，不過我還有些事要做，晚些再登門。」說罷，沈澤秋去往市場。

那裡人多、攤販多，在市場邊的天橋下就有不少的花子。沈澤秋先去包子鋪買了一堆雜糧饅頭，挨個給躺在橋下睡覺的花子們發。

這群花子個個面黃肌瘦，不知多久沒有嚐過這麼鬆軟香甜的饅頭了。

沈澤秋把饅頭發完後，蹲在他們中間，伸出手往自己面前勾，等大家圍攏過來後，道：「有個小忙請各位幫一幫……」將在家中商量好的計劃娓娓道來。「過幾日我再來鎮上，還給大家買饅頭吃。」

沈澤秋心裡其實一直犯著嘀咕，這計劃在家裡說起來容易，但最終到底是成還是不成可說不準呢，且看造化吧！這般想著，他走出了天橋。

周圍小販的叫賣聲不絕於耳，街面上賣各色吃食的都有，沈澤秋要上錢掌櫃家做客，也不好空著手去，便在市場上轉了兩圈，買了一包花生米及半斤醬香雞爪做下酒菜。

「賣燒餅哩，香噴噴剛出爐的燒餅——」

路過燒餅攤子時，沈澤秋嗅到了一股濃郁的蔥香味及饞得人口水直流的餅味。這家的餅據說特別香脆，以前來鎮上時沈澤秋聞到過好幾回，可惜賣得太貴了，要六文錢一個，他那時候窮啊，捨不得買，今日一見，狠了狠心，一定要嚐嚐看。

「店家，要一個蔥油味、兩個梅乾菜味的。」

「一共十八文錢。」店家用紙把三個冒著熱氣的餅裝好，遞給沈澤秋，笑盈盈道。

沈澤秋低頭往外掏錢，還真有些心疼，不過想想，過日子圖的就是舒心樂呵，偶爾享受一下也沒事。再說了，娘和安寧一定喜歡！

半下午，沈澤秋提著三個餅，晃晃悠悠的回了村。

安寧剛打開門，沈澤秋就一臉酒氣地撲了進來。

何慧芳聞聲走過來。「喲，怎還喝醉了呢？」

沈澤秋的臉紅撲撲的，搖頭晃腦地說：「俺沒醉。」

安寧一笑，扶著他的胳膊，把人往房裡攙。「衝你這話，就是醉了。」

剛把人扶進屋，脫了上衣躺在床上，何慧芳端著一盆溫水就進來了。

看見沈澤秋的傻樣，何慧芳覺得又好氣、又好笑，把水盆一放。「安寧，妳給澤秋擦擦，我做飯去。」

安寧應了。

沈澤秋確實是喝醉了，不過醉後話不多也不發酒瘋，只傻乎乎地看著安寧笑，還一直拿手摸安寧的頭髮。「娘子，妳可真好看，就像畫中的仙女一樣！一看見妳，我心裡就高興……娘子，咱家一定會越來越好，我要讓妳和娘都過上好日子……」

安寧忍不住紅了臉，繼而紅了眼。她摸了摸沈澤秋的臉，聲音一柔。「好，我相信你。」

沈澤秋憨憨一笑，緩緩睡了過去。

沈澤秋買回家的那三個餅，何慧芳切了一半給毛毛送過去，剩下的用菜刀切成幾塊，一家人分了吃。晚上聽見對門王漢田在揍么兒，把么兒揍得哇哇大哭，沈澤秋納悶了。么兒養得比員外家的娃還嬌，怎麼今天王漢田下這樣狠的手？

何慧芳吸了口南瓜粥，冷哼一聲。「那是活該！」

安寧把今天白日裡的事和沈澤秋說了。

沈澤秋也覺得么兒是欠教訓，小孩子驕縱著養那可不成。

吃過了晚飯，何慧芳回到屋裡，把床底下的陶罐抱了出來。「澤秋、安寧，咱們一起算算帳。」每隔十天半個月的，何慧芳就會把陶罐抱出來，一家人一起數一數，彼此心裡也好有個數。

一家子把門拴好，坐在桌前數錢。

何慧芳越數越高興，笑得嘴都合不攏了，一共有八兩銀子又三百六十文錢！這麼多年了，何慧芳還是頭一回摸到這麼多的銀子。再想想一個多月以前，他們家澤秋還是個連媳婦都娶不上的窮光蛋，結果安寧一進門，家裡的運道都跟著好了起來。

何慧芳眼眶一熱，心裡極為感慨，睡前她去沈有壽的牌位前上了一炷香，心道這輩子也算對得起他們沈家了。

這日清晨，沈澤秋挑著貨擔出攤去了，安寧在家裁剪衣裳。趁著日頭還不毒，何慧芳提著個籮筐，去地裡挖紅薯。路過榕樹底下時，她也坐下歇歇腳，正用手搧著風呢，就聽見吳鳳英又在扯閒天。

吳鳳英總是消息最靈通的那個，正一邊納著鞋底，一邊壓低聲音神秘兮兮地說道：「妳們還不知道吧？最近鎮上有個奇聞呢！聽說布行一位姓錢的掌櫃家，來了家仙！」

唐小荷正縫著件坎肩，聞言抬起頭來搭腔道：「真的假的？這麼神奇？我怎聽說是那錢掌櫃家鬧鬼嘞！」

吳鳳英覷了唐小荷一眼。「鬧啥鬼呀？是家仙先把家裡的晦氣給驅出去，後面有的是好運呢！錢掌櫃連布坊都不開了，跑去隔壁鎮上開了貨棧！為啥呢？因為有家仙庇佑，要去做更掙錢的營生啊！」

何慧芳得意地撣了撣身上的灰，聽見吳鳳英繼續說著。

「我還聽人講，在錢掌櫃家的後院裡看見冒金光呢，這可都是好兆頭。」說完了，吳鳳英挺起胸膛，輕哼了一聲。「妳們懂啥？」

何慧芳在一旁聽著，差點沒笑出聲來，看來安寧的故事編得好，出的這個主意也可靠。說到底，大家都不關心是鬧鬼還是真的有家仙，外人都是瞧個熱鬧罷了。

眼看時機已經到了，這天早上，何慧芳和安寧把家裡的雞、鴨和豬都餵了一遍，又給地裡的莊稼澆了水，合上門，一家子往桃花鎮上去了。

到了花街布行，走到了錢掌櫃家的布坊前，何慧芳忍不住發出一聲讚嘆，真沒想到有一天她還能做掌櫃的娘。雖然店鋪不是自己家的，但過過乾癮也挺美的。

沈澤秋拿出鑰匙開門。

隔壁店家聽到聲音，探頭看出來，不禁在心裡納悶，他們是誰？

沈澤秋和安寧他們把門打開後，整理著店內的貨品，把亂了的布料疊整齊，將成衣一件件掛出來。

何慧芳還買了一掛炮仗，在門前放了一通，這動靜把路上的行人都吸引了過來，何慧芳笑咪咪地道：「布坊重新開張，各位多多光臨！」

可瞧熱鬧的人多，真的走進店內的卻沒幾個。前陣子說這家店鬧鬼，後來又說其實是家仙進門在掃霉運，客人們都在心裡犯嘀咕。
何慧芳坐在櫃檯後，心裡有些忐忑不安，怎還沒人進店呢？
錢家布坊又開張了。
這消息就像一粒石子投入安靜的湖泊中，在整條街蕩起一圈又一圈的漣漪。
隔壁姓宋的掌櫃摸了摸鬍鬚，面上有些掛不住了，對自家娘子抱怨道：「錢掌櫃不都撤出花街了嗎？怎麼又來了個姓沈的小子？」
宋掌櫃的娘子剛好就是和安寧在林宅見過一面的裁縫娘子雲嫂，她一邊用雞毛撢子掃著貨架上的灰，一邊冷哼道：「鄉下來的泥腿子，咱們不怕！」不過，一想到上次安寧搶了她的生意，雲嫂心裡就堵得慌，要是有機會，她一定要把丟了的面子給找回來！
中午沈澤秋、安寧還有何慧芳吃了些從家中帶來的玉米麵餅子，喝了幾口涼水，就算湊合了一頓。何慧芳有些發愁，這樣下去可怎麼行？半天了都沒一個顧客登門。
望著冷冷清清的門口，安寧也有些憂心。但她不想挫了士氣，遂柔聲安慰了何慧芳一句。「沒事，娘，我們想想辦法。」客人不登門，那是因為他們三個面生，加上錢掌櫃的布坊關了這麼久的門，沒有客人進店也正常。安寧想了想，道：「要不咱們做些盤扣吧？進店逛的客人，免費發一個，每日限量六十個。」

盤扣的成本不高，就是花些時間而已，何慧芳一聽，直說這主意好。

安寧笑了笑，去裁衣臺前剪下一塊藍布，做起了金魚扣。

何慧芳的大嗓門也有了用武之地，她站在鋪子門口，對來來往往的客人喊道：「都來瞧一瞧、看一看嘞，進店免費送盤扣唷！」

這一招還真好用，何慧芳這一嚎，立刻有七、八個人進店了，不一會兒，鋪子裡面就熱鬧起來，雖然還是瞧熱鬧的多，但總歸有了些人氣。

林宛今日也出來逛街，在花街布坊逛了一圈，她興致不高，對奶娘抱怨道：「這街上的衣裳，一家比一家醜，還是上回安寧做的好，改日我要讓娘叫她來給我再做兩身！」

話音剛落，林宛一扭頭就瞧見對面一家鋪子前圍滿了人，看著甚是熱鬧，再定睛一看，那不是安寧嗎？林宛心裡一喜，提起裙襬就往對面走去。

林家小姐在整條花街布坊的名頭都是響噹噹的，她做衣裳大方從不議價，除了挑剔一些，沒什麼不好的。

雲娘也瞅見了她，笑了笑，從鋪子裡迎了出來。「林小姐，我家鋪子裡新來了一批料子，顏色、花樣都好，摸著也軟和，小姐快進來瞧瞧吧！」雲嫂笑得諂媚，說著就抬臂要將林宛往自家鋪子裡引。

眼看雲嫂的手指就要碰到林宛的肩膀，奶娘不樂意了，冷冷地瞅了雲嫂一眼。「裁縫娘子，妳這是做什麼？我們家小姐要去錢家布坊看，妳莫要攔著路。」

雲嫂頓時有些訕訕地縮回手，面子上有些掛不住，不過心思一動又有了主意，她往安寧那邊瞧了幾眼，壓低了聲音對林宛道：「林小姐還不知道吧？那家鋪子呀，不吉利！」

雲嫂的話音還沒落呢，何慧芳就從鋪子裡走了出來。呵，還真是冤家路窄呀！她對這位雲嫂的印象也很深刻。都是要吃飯、睡覺的凡人，誰瞧不起誰呀！何慧芳斜著眼睛瞅了雲嫂幾眼，沒顧得上她，笑咪咪地對林宛招呼道：「這不是林小姐嗎？進來看看吧！」

林宛受林舉人的影響，根本不信怪力亂神那一套，雲嫂越是殷勤，她越是膩的，加上急著想要安寧幫她做衣裳，便淺笑著點點頭，提著裙襬走入店內。

雲嫂在背後看著，眼饞得很，眼神死死地剜了安寧的背影一眼，恨不得在她身上戳出兩個窟窿來。行，走著瞧，她定要讓姓沈的一家人灰溜溜地滾回鄉下去，想在花街布行立足可沒那麼容易！雲嫂一甩袖子，冷哼了兩聲，不情不願地回到自家鋪子裡去了。

安寧見到林宛很意外也很高興，忙迎上前，對林宛道：「林小姐，多日不見，不知今日來想做些什麼？」

安寧說話輕聲細語，臉上的表情也很恬淡，一瞧就比方才那個雲嫂令人感到舒服。林宛對她輕輕點了點頭，說：「我想做身秋裳。」

上次安寧裁的裙裝，才一做好，林宛便迫不及待地穿了出去，結果同齡的閨密都說她的衣裳好看，為此林宛開心極了，可是大大地出了把風頭呢！眼看天氣涼了，秋意漸濃，林宛便急著想讓安寧幫她選身亮眼的衣裳。

小姑娘愛美心切，安寧自是懂得。她輕輕一笑，引著林宛往鋪子裡一邊走、一邊說：「秋日百花凋零，百草枯萎，天地一片蕭瑟，還是要穿得亮眼些方好。」

林宛覺得安寧說得極對，贊同地點了點頭。

走到貨架旁，安寧取出幾塊上好的料子攤在裁衣臺上供林宛挑選，有湖藍色、碧綠色，還有玫紅和淡黃，林宛一時有些拿不定主意。

安寧想了想，秋日裡穿襖裙最合適。她回到櫃檯前取出自己新畫的那本花樣子，翻開其中一頁，指著道：「林小姐覺得這款式如何？」

那是一套上襖下裙的襖裙，腰部還墜著一根細細的帶子，既修了腰身，也顯得別出心裁，像她這樣的青春少女最適合這樣的款式了，清新又不失活潑。

林宛不禁眼睛一亮，滿意地點了點頭。

款式選好了，接下來便是定顏色。幾次相處下來，安寧摸準了林宛的脾氣，她是個選擇困難的人，不知道自己想要什麼。安寧從那一堆料子中抽了一塊石榴紅的，又撿了一塊玉色的料子出來。

「石榴紅的做上襖，玉色的做下裙，一濃一淡，既不花俏，也不失亮麗，裙襬上還可繡幾枝桃花作點綴。」

林宛想了想，點頭輕聲道：「此主意甚好，就這樣做吧。」

量過了尺寸，林小姐直接付清衣裳的全款，這一次不僅由安寧做裁剪，就連縫紉也是由她親自經手。

「林小姐慢走。」何慧芳樂呵呵地望著林宛走遠的背影，自豪地挺直了背脊。瞧瞧，就連林舉人家的小姐也只愛她家的衣裳呢！

有了林宛開頭，一直觀望的客人們也都紛紛下單，安寧和沈澤秋一下接了好幾單生意。

桃花鎮離沈家村不算太遠，但來回也需兩個時辰，日日回家住自是不可能，但今日他們沒有帶換洗的衣裳，所以暮色初臨，沈澤秋和安寧便關上了店門，與何慧芳一起走上回家的路。

「開門大吉，今日還挺順的，也多虧了林小姐在咱那兒訂了套衣裳。」何慧芳懸了一日的心，終於徹底放下，心總算回到了肚子裡，在鎮上做生意也沒有她想像的那麼難嘛！

回到家推開院門，何慧芳驚叫一聲，原來那隻小黃狗不知何時掙脫了繩索，把雞舍、鴨舍的門推開，追得雞、鴨滿院子亂竄，把院子禍害得一塌糊塗，還糟蹋了不少的白菜。

何慧芳就琢磨著，往後他們一家三口要常去桃花鎮上，自然沒有人留在家中照顧家禽和莊稼了，這家可怎麼辦？雖然家裡清貧，但何慧芳也總打掃得乾乾淨淨，一想到去到鎮上後，家裡沒人看管，她就憂心忡忡，心裡直發愁。

今日回來都晚了，晚飯從簡。沈澤秋去灶房裡燒火；何慧芳淘米熬上一鍋粥，又把上次吃剩下的肉末炒酸豆角拿了出來；安寧去菜地裡摘了兩根黃瓜，加些蔥蒜薑末，再加點鹽，涼拌一下就是一道清爽可口的下粥小菜。

沈澤秋把飯桌搬到堂屋的走廊下，一家人吹著夜風，一塊兒吃著晚飯，漆黑的夜色中繁星閃爍，如玉盤一樣的月亮高懸於空中。風徐徐吹過，已經夾了幾絲涼意。

何慧芳還為家裡沒人照看而發愁，忽然一拍大腿，想到了一個人！她吸了一口粥，抬起頭來道：「毛毛這孩子早熟，手腳麻利，做事情也勤快，倒是可以叫他幫忙照看咱家！」反正家裡剩下的水田也不打算繼續種了，山上的那兩畝地也想給大伯或二伯家種，家裡的事情並不多，就是餵一下豬、狗還有雞、鴨，再給院裡的那一小塊地澆些水，也就是一兩個時辰的功夫而已。毛毛若肯幫忙，何慧芳也不會叫他白幹，會給工錢的。

安寧和沈澤秋都覺得這個主意好，當即點頭同意。

吃過晚飯，何慧芳就著月光往毛毛家去了。

毛毛正蹲在自家院子裡玩小蟋蟀，聽見面前有動靜，抬起一張小臉看過來，漆黑的眼睛泛著光，一瞧便是個機靈的孩子，何慧芳心裡一暖，不禁又憐又愛。把手裡提的幾斤米、一些小菜遞給毛毛，和他一塊兒進門，看了看他病重的父親。他父親依舊是老樣子，嗜睡、不停咳嗽。

「毛毛，嬸娘有件事要跟你說。」何慧芳摸了摸毛毛的頭，說出自己的打算。

「好啊，嬸娘，我一定能做好的。」毛毛拍著胸脯，篤定地向何慧芳保證。

才九歲的小孩，說話和做事就有些大人的味道了，正是窮人的孩子早當家，何慧芳拍了拍他的肩膀。「成，那嬸娘便把家交給你了。」

有了毛毛幫忙，何慧芳安心了許多。回到家後，連夜收拾了些簡單的換洗衣裳，翌日清晨三人便又要去桃花鎮了。

王漢田覺得自家婆娘最近是有些魔怔了，成天到晚的往對門院裡瞅。這不，還沒吃完早飯呢，聽見何慧芳關門的聲音，劉春華就悄悄地站到院牆邊打量，看見他們三個出了門，回來便神秘兮兮地說「不知道對門又在搞什麼鬼名堂」。

王漢田吸了一大口粥，不悅地瞪了她一眼。「妳管呢！」

「我就要管！人家就要過得比你好了，你怎一點都不著急呢？」說著，劉春華氣不打一處來。

王漢田頭疼地敲了敲碗沿，對自家婆娘的話有些無語。「他們過得比我好還是壞，和我有啥關係？」

劉春華不說話了，和這木頭疙瘩說不清楚。上回她倆吵架，就算是在村人面前撕破了臉，要是他們家過得沒有何慧芳好，劉春華就覺得在村裡抬不起頭來，別人都會笑話她！

「今天我帶么兒去鎮上。」劉春華挾了一口酸菜在嘴裡，挺起胸脯。「帶他去徐秀才那裡，今兒就送他去私塾讀書！以後我們家么兒就是讀書人了，可比沈澤秋做貨郎來得金貴！」

王漢田冷冷一笑，往廂房裡瞅了一眼。「日上三竿了么兒還沒起，這就是讀書人的料子？」

「么兒正長身體，起晚點不行嗎？」劉春華瞪了王漢田一眼，拿出早上蒸好的雞蛋往廂房裡去了。「么兒，娘給你蒸了雞蛋，快起來吃吧！」

「……」王漢田搖搖頭。

到了桃花鎮上，時間已經不早，沈澤秋開了門，在外頭整理貨品，安寧和何慧芳拿著包袱往內院裡走。桃花鎮上的鋪子都是這樣的結構，前面是店鋪，往後走是一方露天的院子，院子後面是幾間正房，可以住人也能做倉庫用。

何慧芳仔細地前後瞧了瞧，院牆上攀滿了一大片爬山虎，還綠著呢，一片盎然的生機。白牆黑瓦，房舍也整齊，除了數月未住人有些積灰外，倒是個宜人的住所。

院子的角落還有籬笆圍了一小塊土地，原先可能是錢掌櫃用來種花的，花草久無人打理，早已枯萎，只留下了枯枝敗葉。

「喲，這倒是可以種些小菜。」莊稼人無論走到哪裡，對土地都懷有深厚的感情，看見一塊空地便想種上些什麼。

安寧微微一笑，輕聲道好。

兩個人進屋把包袱放下，找個木桶去井裡打了桶水，拿抹布把門窗都擦洗一遍。院子裡還有些枯葉，何慧芳也找來笤帚打掃乾淨，原先還有些灰灰的院落一下煥然一新。

今日的生意比昨日好上許多，安寧也開始記帳了，以後和錢掌櫃結帳，好做核對用呢！第一次在這院子裡開火，何慧芳說要拜一拜灶王爺，午飯先湊合了一頓，晚上便不能含糊了。下午她提了個竹籃，去菜市場上割了半塊肉，買了一塊豆腐，晚上熬了個肉丸豆腐湯，用從家裡帶的茄子做了炒茄子，一家人終於在這兒吃上一頓熱飯。

錢掌櫃的這處院子還挺大的，後院房子分了兩層，第二層何慧芳沒有去動，安寧和沈澤秋住一樓左邊的廂房，她住右邊的。累了一天的三個人都沒有認床，很快便進入了夢鄉。

不一會兒，街上沒了行人，只偶爾傳來兩聲悠長的打更聲。

「天乾物燥，小心火燭——」

這天夜裡的雲很厚，把月亮和星子都遮了個嚴嚴實實。窗戶開了半扇透氣，屋子裡伸手不見五指，漆黑一片。

何慧芳在心裡算了把帳，覺得這次能掙不少錢，樂呵得有些睡不著，不過沒多久，屋裡還是響起了她的鼾聲。

沈澤秋把安寧摟在懷裡，讓安寧躺在他的胸膛上，小倆口說了些私房話，不一會兒也安靜下來。

屋內靜悄悄的，落針可聞。

安寧睡意昏沈，閉著眼睛，忽然聽見門外傳來幾聲輕輕的、窸窣的響動，隔著一方院子還有鋪子，她聽得不怎麼真切。

咚咚咚！好像是有人在黑暗中叩門，三更半夜裡還怪嚇人的。安寧以為是自己聽錯了，半坐起身，撩開帳子，側耳細聽。

咚咚咚！又是三下，這次安寧確定自己沒有聽錯，她不禁想到了錢掌櫃家鬧鬼的傳聞。

沈澤秋也醒了，迷迷糊糊的，聽見門外又傳來三聲。

咚咚咚！在一片安靜的夜裡格外清晰。

安寧下了床，把蠟燭點上。小夫妻倆很有默契地對望了一眼，披上一件外衣，一塊兒推開門，往院子裡走去。

天候已徹底變涼，夜風尤為冰冷。風兒吹起兩人的髮，也把燈燭的火吹得左搖右晃。白日生機勃勃的爬山虎，在黑夜中成了恐怖的怪獸，角落的枯枝也像一個個黑鬼影。若不是安寧和沈澤秋都不信鬼神，恐怕此刻心裡也忐忑不安了。

等他們穿過院子，走到鋪子的大門前，門外的動靜早已消失。

沈澤秋拔掉門栓，推開一條門縫往外看，只見街面上空空蕩蕩，沒有一個人影。

好像剛才的敲門聲只是一場幻夢。

安寧蹙起眉，也探頭往外看了兩眼。「澤秋哥，咱們先睡吧。」

沈澤秋點點頭，幫安寧攏了攏衣裳領子，一起提著燈回到房中。

一個晚上過去了，天色微微亮，何慧芳就起來去做早飯。

安寧也起得早，出了屋子打水洗漱，笑著對何慧芳說：「娘，在這裡又沒什麼事，多睡會兒。」

何慧芳早起慣了，一下子沒有適應，忘記在鎮上不用餵豬，也不用餵雞、鴨，更沒有地需要照顧。不過她心裡還是樂呵呵的，雖然有些想家，可一想到在這裡能賺錢，也都值得。

「沒事，娘習慣了。」

何慧芳昨天晚上睡得沈，並沒有聽見那三次敲門聲，沈澤秋和安寧也很有默契的沒同她講，若無其事的開了門做生意。

清晨時分，花街布行的客人還不多，來來往往的都是買菜的街坊。

吃過早飯，安寧把昨日已經裁好的林宛的衣裳拿出來，坐在櫃檯後認真的縫製。

薄薄的朝陽斜灑入鋪子中，鋪子前的一棵石榴樹枝葉已經落光了，枝椏孤零零的，有了幾分蕭瑟之感。

可換季卻是布商最喜歡的季節，因為變天了，便是做新衣裳的時候。

不一會兒，第一個顧客進門了，年紀和何慧芳差不多，臉圓圓的，瞧上去慈眉善目，手裡提著個菜籃子，像是剛從菜市場回來。

「呦，這位嬸子進來看看！」何慧芳正拿著笤帚掃鋪子前的枯葉，回身笑盈盈地招呼。

安寧也放下手中針線，淺笑著迎上去。

「你們一家子是新來的吧？」那客人道。「我在這街上住了十幾年。」

安寧點了點頭，她和這位客人不熟，並不想多言自家事。「嬸子，天涼了，您是想做衣裳，還是想買料子？我們這兒存貨足，儘管挑。」

那位客人扯起嘴角笑了笑，隨手摸了摸手邊的衣料，眼神左右四處探望，滿鋪子亂逛地問價格，說自己是想做秋裳。

不一會兒，安寧和沈澤秋都瞧出來了，她並不是真的來做衣裳，倒像是來打探什麼似的。不過伸手不打笑臉人，安寧面上沒有顯示出任何不耐煩，依舊把她當作客人接待。

何慧芳剛把門前的地掃完，又有一位娘子帶著個三、四歲的小孩進了鋪子。

小娘子一進門便道，想給孩子做件長衫。

沈澤秋迎了上去，小孩巴巴地睜著眼，望著他露出一個靦腆的微笑，沈澤秋就對孩子招了招手，低頭問他。「小娃娃，你想做什麼樣的衣裳啊？」

小孩揪著母親的衣裳，眨了眨水汪汪的眼睛，害羞地躲在母親身後，小臉憋得通紅，說不出話來。

小娘子摸了摸孩子的頭，柔聲說：「童童別怕，告訴叔叔，我們想做一件厚實的、深色的、耐髒的衣裳。」

「對……叔叔好。」小孩這才從母親身後探出頭說，乖巧又帶著絲絲羞澀。

何慧芳見了，很喜歡這孩子，沈家村那些個皮猴子，可沒眼前這個叫童童的小孩招人喜歡。她捧出一捧花生遞給童童，稀罕地讚嘆了一句。「這孩子真機靈，又乖巧、又懂事！」

小娃娃眨著眼睛，看了看母親，見母親點了頭，他才伸出手，接了何慧芳給的花生，脆生生地說了句。「謝謝婆婆！」

這位小娘子是誠心實意想幫兒子做衣裳的，沈澤秋給她推薦了幾塊厚實耐磨的料子，她認真地看了起來。

眼看這樁生意有了著落，剛才那位圓臉的嬸子突然靠了過來，先是伸手掐了掐小娃娃的臉，然後扭頭對小娘子說：「妳手上摸的這塊料子真舒服，又軟又暖和，給娃穿最合適。」話音剛落，又補了一句。「哎，我突然想起來，這不是錢家布坊嘛！前陣子他們家不是鬧邪祟嗎？」

小娘子摸著布料的手一頓，扭頭道：「不是說是家仙嗎？」

「哎喲，這妳也信啊？這個年紀的娃最脆弱了……」圓臉嬸子欲言又止的樣子，最後好似狠下心來一跺腳，道：「嬸子是過來人，勸妳一句，還是小心為好。」

剛說完，小娘子的手就從布上縮了回來。

圓臉嬸子又補了一句。「寧可信其有，不可信其無，多注意些總是沒錯的。」

何慧芳一聽，臉色倏然一變，白了那個圓臉嬸子一眼。

眼看小娘子有所顧忌，安寧心知這樁生意黃了，但買賣不成仁義在，面上總是要過得去，便微微對小娘子點了點頭。「娘子要是沒瞧上滿意的，再去別家瞧瞧吧。」

小娘子順著安寧給的臺階，忙不迭地點了點頭，拉著還眨著眼的娃娃出了門。

人一走，何慧芳就把笤帚一扔，雙手抱臂，不鹹不淡地瞅著圓臉嬸子。「妳不說話沒人把妳當啞巴！妳哪隻眼睛瞧見這家裡鬧了邪祟的？亂說話，小心天打雷劈！」何慧芳在村裡吵架吵習慣了，一開口說的話就很衝。

圓臉嬸子既然敢來故意搗亂，自然也不是善茬，拿眼睛狠狠剜了何慧芳一眼，提高了嗓門。「妳這是啥意思？憑啥咒我呀？有你們這麼做生意的嗎？怎麼，這是趕客人，不歡迎客人上門啊？」

何慧芳把袖子一擼、腰一插，呵呵冷笑幾聲。「我咒妳啥了，妳倒是說說看！我咒的是那黑心肝亂說話的人要遭雷劈，妳是嗎？妳要承認是，那我咒的就是妳！」

圓臉嬸子一噎，眼睛死死瞪了何慧芳一眼，走出鋪子外，猛然嚎了一嗓子，附近百十來公尺的人都能聽見。「大夥兒來評評理啊！哪有開店的人咒客人的？了不得咯！」

何慧芳在村裡吵架，根本不怵對方大吼大叫，可在鎮上就不一樣了，他們得要臉面。沈澤秋和安寧急忙上前，想要將大聲嚎叫的圓臉嬸子安撫下來。

何慧芳伸手把他們一攔，挺直胸脯，她要自己去。

見何慧芳陰沈著臉向自己走來，圓臉嬸子忍不住伸手攔了一下。「妳要幹啥？」

那手根本還沒碰到何慧芳呢，何慧芳就一個踉蹌，順勢滑倒躺在地上，嘴裡哎喲地喚著疼。「哎呀，我的老腰啊！說話歸說話，妳怎麼打人呢？」

圓臉嬸子一聽，頓時大驚失色，慌忙地後退了幾步，拍著胸脯說：「妳少血口噴人！我哪裡打妳了？」

沈澤秋和安寧方才在一旁看得分明，何慧芳這是有意為之。二人三兩步奔到何慧芳面前，握緊她的手，滿臉焦急地問：「娘，您怎麼了？哪裡不舒服？」

「心口疼……」何慧芳輕輕拍著自己的胸口，眼神往身邊的圓臉嬸子臉上瞧，手臂費力地抬了抬，指著她問：「好歹這麼大歲數的人了，做事怎麼這般糊塗？」

這時辰，花街上的人已經多了起來，不少人都圍過來看。圓臉嬸子怕惹事上身，留下一句「俺可沒推妳」，接著提起自己的菜籃子匆匆離開了。

她一走，何慧芳的目的便達到了，在安寧和沈澤秋的攙扶下，她站起來拍了拍身上的灰塵，冷冷地瞅了那人的背影一眼。

回到鋪子裡，安寧給何慧芳倒了一碗水。

何慧芳坐在椅子上，小口小口地喝了半碗。就這點伎倆，連吳鳳英的兩下子都不到呢！

日頭漸漸升高，暖暖的秋陽撲灑下來，微風徐徐，一派秋日好風光。

登門的客人多了，安寧和沈澤秋都忙得團團轉，不過心裡挺樂呵的。

何慧芳回到後院裡準備起午飯來，剛燒上火，蒸上玉米棒子。她瞅見院裡的那小塊地空著，覺得可惜，便從灶房裡找出一把鐵鍬，把土翻了一遍。

吃過午飯後，沈澤秋喝了幾口水，站起身說要出去一趟。

「今天又訂了兩套衣裳，都要咱們出針線活，安寧和娘兩個人定忙不過來，我去找上次的幾個女工問問，今後讓她們幫咱做。」說完他就出去了。

正所謂不是冤家不聚首，剛走出幾十公尺遠，今早上登門鬧事的那位嬸子就和沈澤秋狹路相逢。

圓臉嬸子臉色一白，恨不得掉頭往回走，幸好沈澤秋沒認出她，二人擦肩而過，圓臉嬸子鬆了好大一口氣，加快腳步往前去了。

沒過一會兒，沈澤秋就回來了，手裡還提著個小包袱。

何慧芳接過來，打開一看，是一包石灰，不禁有些納悶。「澤秋你拿石灰做啥？」

安寧正坐在櫃檯後縫扣子，聞言抬起頭望過去，笑了笑。「娘，咱剛搬過來，在房前屋後灑一灑石灰，也好防防蛇蟲鼠蟻。」

何慧芳一聽，是這個道理。於是吃過了晚飯，一家人便將石灰在屋子的各角落撒了一圈。

趁著夜幕降臨，沈澤秋推開鋪子的門，在門前撒了薄薄一層石灰，左右瞧了瞧，見四周無人，又飛快的進來了。

「沒被人瞧見吧？」安寧抓緊他的袖子，緊張地問道。

話音剛落，何慧芳走了過來，有些奇怪地瞅著他倆。「又沒做虧心事，啥被人瞧見不瞧見的？」

安寧和沈澤秋都笑笑，沒有吭聲。

晚上睡覺前，沈澤秋貼在安寧耳邊輕聲說道：「放心吧，剛才外面沒有人。今天下午去買石灰的時候，我瞧見早上那個嬸子往隔壁宋掌櫃家去了，也不知他倆有啥關係。」

安寧往沈澤秋的懷中貼了貼，軟軟的手摸著他的臉頰。「我總覺得這街上的人不太歡迎咱。」

沈澤秋吻了吻安寧的額，拍拍她的肩，寬慰道：「誰叫同行是冤家嘞。」

第二日清晨，沈澤秋打開鋪門，門前的白石灰上果然有一對腳印，腳印順著左邊走了，兩三步以後印子便淡得瞧不清楚了。

沈澤秋用笤帚把腳印子掃掉，正蹙眉想著啥時，隔壁也開了門。

宋掌櫃走出來，捋著鬍子，皮笑肉不笑地點點頭。「澤秋老弟，昨夜睡得可好？這房子邪門，你們還習慣嗎？」

「還行。」沈澤秋掃著鋪子前的枯葉，回了個淡笑。

夜晚，夜色漸深，很快就到了子夜，四周靜謐到了極致，沒有一丁點聲響。

安寧傾耳聽到打更聲，昨夜的敲門聲也是這個時辰響起的。她坐起身把帳子撩開掛到銅鉤上，順手拿起床邊的外衫，輕碰了碰沈澤秋。「澤秋哥，時候到了，咱出去看看。」

沈澤秋打了個呵欠，也起身穿好衣裳，二人提著燈，沈澤秋手裡還拿了根手腕粗的木棒子，一齊穿過院子，往鋪門前去了。

路過院子的時候，還聽見了何慧芳均勻的呼嚕聲。

走到鋪門前，沈澤秋先拔掉了門栓，然後和安寧一左一右，靜靜地等著。

咚咚咚！

沒過一會兒，敲門聲果然響起。第三聲還沒結束，沈澤秋便一把推開了大門。

秋夜的寒風呼嘯著往裡頭鑽，一雙黑色的鞋映入他倆的眼簾，站在黑如稠墨的街面上，確實有幾分嚇人。

「站住！」沈澤秋倒是不怵，往外邁出一步就要揪那個黑影。

黑影子自己好似也嚇了一跳，反應過來要跑，可不比沈澤秋腿腳索利，還沒跑出幾步，就被沈澤秋給追上了。

這人全身黑衣黑褲，半坐在地上，等安寧走過來提著燈往他臉上照的時候，他下意識地抬起手臂，擋在臉前。

「你是誰？三更半夜幹啥裝神弄鬼的？」沈澤秋用木棒撥開了那人的手，提高嗓門怒道：「安寧，拿繩子來，咱們把他捆起來，天亮了就去報官！」

突然，安寧驚訝地喚道：「這不是隔壁的宋掌櫃嗎？」

宋掌櫃的臉脹成了豬肝色，訕訕地笑著，從地上爬起來。「呦，實在是誤會了……可千萬別報官啊！我有失眠症，半夜睡不著，這不，出來溜達溜達，正好走到了你們門前。」

這話說的，恐怕三歲小兒都不信！沈澤秋神色一正，目光如炬。「那宋掌櫃的病可得好好治，小弟我差點就以為世上真有鬼呢！這樣吧，明天我就問問街坊鄰居，看看誰家有治失眠的方子，也免得宋掌櫃半夜又去敲別人家的門，萬一被當成賊抓了，傳出去多沒面子！」

宋掌櫃低下頭，面露尷尬，被臊得抬不起臉來，忙對沈澤秋和安寧賠笑。「澤秋兄弟說的是！這樣吧，明兒我在酒樓擺上幾桌酒席，大家吃頓飯，以後都是街坊鄰居，互相照應著才好啊！至於我有失眠症的事，也就別往外說了。」

「那可多謝宋掌櫃了。」安寧提著燈，淡然道。

沈澤秋一家子一直沒被花街布行上的商戶真正接受，有宋掌櫃這頓飯，這難題也算解決了。

宋掌櫃的臉前一秒還堆著笑，待他們回到鋪子關好門後，就和川劇變臉一樣垮了下來，回到自家鋪子裡，他不甘心地罵了一句，竟然在陰溝裡翻了船！

「那兩口子膽子也忒大了！」雲嫂一早就聽見了動靜，但不敢出來，見自家男人怒氣沖沖地進來了，忙倒了杯茶。

宋掌櫃一邊喝、一邊嘆息，既覺得臉面無光，又恨得牙癢癢的。走著瞧！

宋掌櫃再不情願，第二日還是在鳳仙酒樓包了幾桌酒席，美其名曰給沈澤秋一家子接風，歡迎他們到花街布行來。

何慧芳活了這麼大歲數，還是頭回在鎮上的酒樓吃飯，她特意換上了那身新衣裳，站在鏡子前照了照，頭髮特意用水蘸過，顯得精神又索利。

安寧和沈澤秋這時才把昨夜的事和她說了。

何慧芳聽了，驚得一挑眉，在沈澤秋的肩上捶了一把。「你倆竟然把我也給蒙在裡頭！」

「娘，這不是怕您胡思亂想嘛！」安寧親熱地挽著何慧芳的手說道。

何慧芳知道他們是好意，斜眼瞅了他倆幾眼。「這有啥可怕的？我不做虧心事，不怕半夜小鬼敲門。下次可不許瞞著我！」

沈澤秋把鋪門關上，臉上笑意融融。「行，我和安寧記下了。到飯點了，咱去鳳仙酒樓吧！」

這酒樓就在花街布行外的街面上，三層的木樓，裝修得精緻又大方。何慧芳和安寧剛到門口，店小二就伶俐地湊上來，笑著歡迎。

「幾位裡面請！」

「有人請客，我們是來吃喜宴的。」安寧對那小二道。

小二恍然大悟。「幾位是花街布行來的吧？」說罷，將他們往二樓引。

宋掌櫃請了好幾桌，男客在左，女眷在右，裡頭熱鬧極了。

剛坐下沒多久，店夥計就開始上菜。

宋掌櫃是個好面子的人，因而在菜色上一點也不含糊，十二道菜，有好幾個都是上得了檯面的硬菜，有濃油赤醬的滷肘子、酸甜口味的梅菜扣肉、香噴噴的紅燒大鯉魚，還有酥脆的油炸小排骨，他可是大大的出了一回血。

何慧芳心裡美極了，對安寧耳語。「真沒想到，我還有在鎮上吃香喝辣的一日！」

「您的福氣還在後頭呢！」安寧溫柔地淺笑著，給何慧芳的碗裡挾了一塊大排骨。

何慧芳心裡又暖又美，舉起小酒杯，和安寧碰了碰。「那敢情好，我等著！」

女眷這邊吃飯快，而男客那桌又喝酒、又談生意經，一時半會兒散不了席，安寧和何慧芳便準備先回鋪子裡。剛剛下樓走了百十來步，就看見劉春華牽著么兒的手，站在路邊的麵攤前，叫了碗陽春麵。

陽春麵裡除了幾根麵條、一勺麵湯、幾撮小蔥，啥都沒有，么兒頓時不樂意了，扯著劉春華的衣裳耍賴。「娘，俺不吃陽春麵！俺要吃牛肉麵，還要加荷包蛋！」

「么兒聽話，今日娘身上的錢不夠了，給你加個蛋，肉就別吃了。」

么兒一聽，頓時垮了小臉，都不拿正眼瞅他娘，咬著手指，眼巴巴地看著攤主煮麵。

劉春華剛在麵攤前坐下，就望見了迎面走來的安寧和何慧芳，眼瞅著她倆穿得體體面面地從酒樓裡出來，劉春華看得眼睛都直了。沈澤秋一家來鎮上，除了和沈家大房、二房通了氣，就只和幫忙照顧家裡的毛毛說過，別看毛毛今年只有九歲，那嘴可緊實了，愣是半個字都不往外吐。要不是昨日吳鳳英在村裡扯閒天，劉春華都不知他們家竟搬到鎮上來了！

劉春華蹙起眉頭、耷拉下臉，不陰不陽地瞅著何慧芳。

何慧芳支起眉眼，沒理會她，只顧和身邊的安寧說話。「今日的席菜色還真不賴！」

「是呢，紅燒肉又香又糯，油炸小黃魚配豆瓣醬可香呢！」安寧微笑著說道。

直到何慧芳和安寧走遠了，么兒把臉湊過來，巴巴地嚷道：「娘，俺也要吃紅燒肉跟小黃魚！」

劉春華心裡頓時來了氣。「你就知道吃！」劉春華惱火也不是沒理，她生來就要強，眼瞅著對門的日子過得越來越好，自家卻越過越冷清，她當然著急又上火！「么兒，你好好讀書認字，以後在鎮上娶個媳婦兒，聽到了嗎？」劉春華咬牙切齒地說。

么兒茫茫怔怔的，耍著手裡的幾塊小石頭。「徐秀才不是不收俺嘛！」

劉春華眼睛一瞪。「吃了麵，娘帶你再去求求他！」

徐秀才是好多年的老秀才了，在桃花鎮上開了個小私塾，他年近五旬，精力不繼，是以學生收得不多，要合眼緣的才收呢！么兒不是個能靜下心讀書認字的主，而且八歲才開蒙，家境也不寬裕，徐秀才說什麼都不肯收。若收下了，這不是耽誤人，白白掏空人家本就不富裕的家底嘛！

可是劉春華偏就不信這個邪，認定他們家么兒肯定是塊讀書的料，就是現在年紀還小，過兩年就懂事了。

麵端上來了，裡頭臥著個香噴噴的荷包蛋，么兒埋頭苦吃。

劉春華啃著菜餅子，暗下定決心，一定要讓徐秀才收下么兒，以後老王家光宗耀祖就指望著么兒呢！

秋日的天冷得快，一日一變，才過了霜降不久，路面上的樹就落光了葉，早起時西北風一吹，寒意都有些蝕骨了。

天氣一涼，店裡的生意便加倍的好，才開店十來日，幾乎天天都能訂三、四套衣裳，賣出幾十公尺布。安寧和沈澤秋一盤算，每日的流水銀就有一兩銀子還多咧，除去給錢掌櫃的本錢，能掙個三百多文錢，這利潤也忒可觀了。

何慧芳專門買了個大號的陶罐，把掙的銀子都用布包好，小心地放在裡頭，這些可是以後置家業的本金呢！

鋪子裡的生意是越來越忙了，沈澤秋要招呼客人，也要學著記帳，還要和那些女工打交道；安寧也忙，又是研究新款式、又是裁剪衣裳的。因而到了十一月初一這天，何慧芳想回沈家村一趟，小倆口都抽不出空來。

何慧芳提前做好了許多饅頭和煎餅，又炒了好幾個菜放在碗櫥裡，提著小包袱道：「娘這麼大個人了，還怕走丟了不成？我就是回去看看，過兩日就上來。」

安寧握著何慧芳的手。「娘，等冬至了，我和澤秋哥一定回去。」

「成，你倆顧好自己哈！」

何慧芳這次回去，帶了很多炒貨和小零嘴，什麼小麻花、糖餅子都裝了一大袋子。不在家的這小半個月，大伯跟二伯家定是幫忙照應著，毛毛肯定也很辛苦，這些都是犒勞他們的。

離家越來越近了，何慧芳還真有些激動，這麼多年來，還沒一次離家這麼久的呢！

下了馬車後，她提著包袱往村裡走，柏樹林裡風呼呼地颳，可何慧芳心裡美啊！才走到一半，因東西實在太多了，她站在路邊歇了幾口氣，正要繼續走時，前面突然來了兩個人，急匆匆的，然後抬臉朝她大聲喊著。

「嬸娘，您回來啦？俺們正要去鎮上找您呢！」

何慧芳定睛一看，是大伯家的沈澤石和二伯家的沈澤平兩個，瞧上去走得急，臉都脹紅了，上氣不接下氣地跑了過來。

「啥事啊？」何慧芳拿出帕子給他倆抹汗。

沈澤平喘勻一口氣，道：「嬸娘，毛毛他爹半夜裡去了！」

何慧芳心裡一驚，急忙提起大包、小包，急急地往村子去。

沈澤石、沈澤平兄弟兩個跟在她身後，滿臉憂心忡忡。「毛毛他爹這一去，毛毛可怎麼辦？」

是啊，這個問題何慧芳老早就想到了，她抿了抿嘴，對兄弟倆抬了抬下巴。「你倆快往鎮上去，告訴你們澤秋哥和安寧嫂子一聲，我自己回村就行。」

沈澤石和沈澤平應了聲，轉身往鎮上的方向走去。

何慧芳一路快走，到村裡時，額上都冒出了一層薄汗。

何慧芳先回了趟家，一推開門，只見院子裡乾乾淨淨，上回種的南瓜都已結了果實，拳頭大的小南瓜在地裡頭茁壯生長，十分喜人，小黃狗也還認得主人，吐著粉舌圍著何慧芳直打轉。何慧芳嘆了一聲，趕緊到堂屋裡把東西放在桌上。

這時院門被推開了，沈家大嫂唐菊萍看見何慧芳，「呀」了聲，她手裡捧著個小簸箕，裡面是些爛菜葉和玉米粒。她是過來幫何慧芳餵雞、鴨的，沒想到何慧芳竟然回來了。

兩個人都嘆息幾聲，何慧芳一邊和大嫂餵雞、鴨，一邊說：「毛毛真是命苦……」

毛毛他爹的病已經拖了好幾年，又病得那樣重，早把家底給掏空了，如今油盡燈枯，親人們也早有準備。想到他是夜裡在睡夢中去的，沒有什麼痛苦，也是一件令人欣慰的事情。

待何慧芳趕到毛毛家時，沈澤玉和沈澤武正拿著鋸子鋸院裡的那棵老楊樹，樹砍下來剛好夠打一口薄棺材。毛毛家裡沒積蓄，三房各出一點，也能體面的發落了。

到了下午，沈澤秋和安寧也回來了，還帶了一疋白麻布和一些香燭、紙錢。

毛毛他爹今年還不滿四十，算是個短壽數的，因而喪事辦得低調。

第三日一早，請人吹著嗩吶、點了幾掛炮仗，往山上去。

出殯的時候是大清早，天還矇矇亮，一堆人緩緩地往山上走，那寒風呼呼的，有幾分刺骨的滋味。毛毛披麻戴孝，低著頭，眼睛又紅又腫，何慧芳瞧在眼裡，那是真的心疼。

出了殯，一家子在大伯的院裡吃晌飯，吃完坐下歇沒會兒，大嫂唐菊萍就過來喊了句。

「慧芳啊，還有安寧、澤秋，咱們進屋說話。」

現在毛毛他爹的葬禮算是辦完了，可最要緊的事還沒弄好呢，那便是——毛毛今後歸誰管？

第七章

毛毛家論起來是兩代單傳，毛毛他爹病了這麼多年，早掏空了家底，家裡能賣的東西都賣了，沒有一分一毫的積蓄，除了那間漏風又漏雨的破瓦房，也就剩下兩三畝薄地，毛毛如今還小，要靠他一個人種地養活自己，那是不可能的。

沈家大伯跟二伯可以繼續種著地，每年給毛毛幾百斤的糧食做租子，倒夠他吃飯，不至於流落街頭餓死。可油鹽柴米從哪裡來？逢年過節又和誰過？這些呀，都是問題。

沈有福吧嗒吧嗒地抽著旱煙，然後咚咚咚地磕了磕煙灰。他是家裡的老大，按理說毛毛家有困難，做老大的該衝在前頭，沈有福自個兒也是這麼想的，多個人也就是多副碗筷嘛，可他媳婦唐菊萍不依，堅決不同意。

沈澤玉的娃才滿周歲，沈澤石去年新娶了媳婦，新媳婦剛有了五個月的身孕，家裡的事情多著呢，房子也不夠住。毛毛雖然九歲了，可以幫著家裡幹活，可到底是不方便。再說他以後也要娶妻生子，大房要是這時出了頭，到時豈不是也得歸自家管？

沈家大嫂表了態，毛毛的事不能他們大房一家全包。

大房都如此，二房更不會大包大攬。沈澤文、沈澤武都成了家，孩子也都嗷嗷待哺，家裡頭的壓力也大呀，何況沈澤平還沒娶妻呢，反正也是養不起毛毛的。

一大家子在堂屋裡聚齊了，沈有福看了大家一圈，發話了。「今天叫大家來就是要商量毛毛的事，毛毛這娃懂事聰明，但也命苦啊！咱們三房商量商量，看看今後毛毛該怎辦？」

大房的沈澤石媳婦王桂香摸著自己溜圓的肚皮，抬眼看了看大家，用胳膊肘捅了捅丈夫，小聲嘟囔道：「毛毛都九歲的人了，還顧不好自己嗎？等過兩年毛毛大了，可以上山燒炭賣，也是門營生啊！」

王桂香的聲音很小，可站在她前頭的何慧芳卻聽了個清楚，她側臉往後瞅了眼，從鼻子裡發出聲哼哼。「上山燒炭可是個苦活累活，還容易出事，毛毛還小，咱畢竟是一家人，能幫襯著點就幫襯著吧，總不能把個孩子往絕路上逼不是？」

王桂香臉上訕訕的，低下頭不說話了。

何慧芳嘆了口氣，把自己盤算了幾日的話說出。「毛毛今年九歲，過個五、六年也足夠挑起擔子了，倒也沒必要非得跟咱某一家過活。要不咱還是抽籤吧，孩子一家住一年。」

這也算是最公平的法子，大房跟二房都點了頭。

沈澤玉去找了張紅紙一分為三，用炭在上面寫了一、二、三的數字，然後抓攏成一團，丟在一個大碗公裡，晃了幾下把紙團晃亂後，將碗放在桌上，看著他爹沈有福問：「誰先抽？」

大家都沒作聲，何慧芳先站出來，揚聲道：「那我先來吧！」說完先拿了個小紙團。

接著大嫂唐菊萍抽了第二個，二嫂吳小娟剛要拿最後一個，門外忽然吵嚷起來。

沈澤秋走到門口把門拉開，見毛毛抱著么兒正在院子裡打成一團。

劉春華拽了毛毛的胳膊一下，嘴裡罵罵咧咧的。「毛毛你怎回事？怎欺負人咧？」

話音剛落，沈澤秋去把兩人分開，拍了拍毛毛身上的灰，問：「你倆怎回事？」

禾寶剛才一直在旁邊看熱鬧，一聽沈澤秋問話，便拍著手嚷嚷道：「俺聽見了，么兒笑毛毛是個孤兒！」

這時候何慧芳也趕了出來，眼睛死死瞪了劉春華一眼，奚落她一句。「呵，這就是妳家教出來的狀元郎？」

劉春華登時不高興了，臉上紅一陣、白一陣地反駁。「妳啥意思？妳家澤秋大字都不識一個，妳見我家么兒去讀書嫉妒了吧？」

何慧芳翻了個白眼，摟著氣鼓鼓的毛毛往屋裡走，邊走邊說：「瞅妳那樣，真把自己當根蔥了！我們澤秋不僅識字，還會算帳呢！」

「喔喔喔，一根蔥、一根蔥！」禾寶一直在旁邊聽著，他也和他奶奶一樣，愛湊熱鬧，當即拍著手又蹦又跳的。

劉春華氣得額際直突突地跳，剛要發作，吳鳳英一把抱起禾寶走了。

她家桂生回來了，吳鳳英不想惹嘴巴官司，免得又被兒子跟兒媳婦嫌。

么兒委屈地落著淚，把手舉到劉春華眼前，上面有幾個剛才打架抓出來的紅印子。

「娘，手疼……」

劉春華一看，那是又心疼又氣憤。

這時候何慧芳已經拉著毛毛進了屋，冷冷覷了她一眼後，沒好氣地把門「砰」一聲給關上了。

劉春華滿肚子火，但人家裡肯定還有事要商量，又人多勢眾，她只能往地上呸了一口，拉起么兒的手。「走，回去娘給你塗點藥酒。」

其實今日呢，秋娟也回來了，她有了身子，現在快兩個月了。

李家三個兒子，老大媳婦已經生了兩個女兒，婆婆姜芳氣大媳婦肚子不爭氣，平日裡沒個好臉色，秋娟一進門，就盼著她為李家生個大胖孫子，沒想到秋娟這麼爭氣，算算日子，那是一過門就懷上呢！

自此秋娟就成了李家的寶貝，婆婆姜芳時不時就煨個蛋、熬個湯的給秋娟補身子。

李元也變了性子，對秋娟和緩了很多，更不敢動手打人了，偶爾還會從鎮上買些零嘴給秋娟解饞。

劉春華得到消息後趕緊包了幾個蛋，託人帶去李家村給秋娟，血濃於水嘛，秋娟日後也不會忘記爹娘和兩個弟弟的。劉春華猜得沒錯，這不，今日秋娟就回來了。

帶了十來個雞蛋，還有一包芝麻糖。

「徐秀才呢，終於願意收下咱么兒了，只是這筆墨紙張都貴啊！哎喲，爹娘都老了，不中用了，供么兒讀書還真吃力，可憐咱們么兒吃穿都要節儉著來呢！不過啊，徐秀才都說啦，咱們么兒聰明，以後肯定能考取功名，所以我和妳爹就是砸鍋賣鐵也得供他！」劉春華一回家就和坐在門口搓著玉米粒的秋娟訴苦。

秋娟低垂眉眼聽著，沒吭聲。

「秋娟啊，妳身上有沒有啥私房錢？也補貼補貼妳弟吧！」劉春華見秋娟不搭茬，有些急了。這閨女是怎回事，變了心不成？她有些語重心長地拍了拍秋娟的手。「妳雖嫁到了李家，但到底是姓王，往後妳弟發達了，還能短得了妳這個做姊姊的好處？」

秋娟把手裡的玉米放在籮筐裡，站起來拍了拍身上的玉米鬚。「娘，俺沒錢，家裡沒分家，是婆婆管家呢，俺一分錢都沒有。」說完摸了摸么兒的頭，對劉春華說：「時候也不早了，我回去了。」說完扭頭就走。

劉春華追了兩步，伸長脖子問：「真沒錢？」

「沒錢。」秋娟推開院門，頭也沒回。

哼，這哪是個閨女？活脫脫的白眼狼！劉春華垮下臉，不高興地撇了撇嘴。

「我是二，妳們是幾？」沈家二嫂吳小娟先打開紙團看，一看清是個「二」，懸著的心頓時落回了肚子裡。

大嫂唐菊萍有些緊張，把那紙團扯開一瞅，臉色頓時掛不住了，不耐地遞給了沈有福。

沈有福接過一看，上面清楚的寫著「一」，那何慧芳抽的自然是「三」了。

唐菊萍心裡那個悔喔！早知道剛才她第一個抽才好，得了，現在說啥也晚了！

安寧用一塊帕子沾了水，正在幫毛毛擦著臉上跟手上的灰塵。

毛毛心思有些重，小聲地說：「你們是不是都不喜歡我？」

安寧摸了摸孩子的頭。「沒有。」

何慧芳嘆了口氣，伸手把毛毛拉到前面來，對大家說：「那第一年毛毛就歸大哥、大嫂管了！不過我曉得，你們家的房不夠住，毛毛家的老房子多年沒修整了，他一人住著也不安全，要不就先讓毛毛在我家住著吧？俺們這些日子都在鎮上，家裡的地和雞、鴨都叫毛毛幫忙餵呢，也不叫這娃白幹活，我每日出十文的工錢。你們誰有意見不？」

沒人吭聲，沈有福和沈有祿對望一眼，都說：「那就這麼辦了。」

何慧芳點點頭。「大哥是咱這三房裡的老大，我就把工錢結了讓大哥保管著，說好了哈，這是毛毛的錢，留著給娃成家的，咱誰都不碰。」

沈家二嫂吳小娟一挑眉，惱道：「慧芳，妳這是幹啥？把我們當賊防啊？我們再怎麼窮也不會動這個錢哩！」

「這不是把醜話先說在前頭嘛！」何慧芳解釋了一嘴。

事情就這麼定下了，毛毛的生活暫由沈家大房照顧，平日裡幫何慧芳照看家裡，每日十文的工錢交給沈有福保管。

沈澤玉現在正和村裡的木匠學做木工，在送毛毛去沈澤秋家時，摸了摸孩子的頭說：

「等大哥出師了，你就跟我學做木工吧。」

手藝人在村裡是很受敬重的，對毛毛來說是個好出路。他揚起小臉，重重地點了點頭。

何慧芳也覺得好。回家後她把自己的屋收拾收拾，把一些東西搬到了安寧那屋放好，給毛毛歸置了一下。「你就先在這兒住下吧。」末了又摸摸孩子單薄的衣裳。「天冷了，你就穿這個呀？」說著走出屋去。「你澤秋哥還有件厚裳留在屋裡，嬸娘拿來給你穿吧！」

毛毛吸了吸鼻子，忍著眼眶裡的淚沒有落下來。「謝謝嬸娘。」

鎮上的鋪子已經關了兩日，所以處理完這些事後，何慧芳同安寧、沈澤秋便馬不停蹄地回了鎮上去。

人才剛走，村裡人就你一嘴、我一嘴的聊開了。

「澤秋真的在鎮上開了間鋪子啊？」

「那還能有假？我親眼看見的！」

一個婦人捧著簸箕，篩著裡頭的糠，問了一句。「本金從哪裡來的？」

吳鳳英一撇嘴。「我上哪兒知道去！」

唐小荷前兩日也去了回桃花鎮，邊掐著豆角邊說：「他們的鋪子就開在上回說來了家仙的那家呢，說不準人真能發達起來。」

發達起來？想得美！劉春華悶哼一聲，起身回了家。她要趕緊把睡覺的么兒拽起來，寫幾篇大字！私塾告了兩日假，可就算是放假也不能鬆懈！

到了傍晚時分，天色剛黑下來，何慧芳他們終於趕回鋪子裡。

才剛把門打開，沒過一會兒，幫忙縫衣裳的幾個女工就趕過來交貨了。

慶嫂把衣裳攤開給安寧檢查，雙眉一彎，笑咪咪地道：「還是妳們做事爽快，從不拖欠我們的辛苦錢，做一件就結一件的錢。」

安寧剛把燈點上，一邊就著燭火核對尺碼、檢查針腳，一邊道：「這不是應該的嘛，再說欠著妳們的錢作啥？遲早都要給的。」

何慧芳倒了杯水從院裡出來，遞給慶嫂道：「難道還有人苛扣妳們的工錢？」

慶嫂接過喝了口水，扭頭往街上瞧了眼，這時大部分店鋪都關門了，外頭也沒人，才壓低聲音說：「倒不至於苛扣，最近好幾家都拖欠，很久才結款。就拿隔壁的宋掌櫃來說，欠了我三件衣裳錢，快兩個月還沒給呢，我們幾個都不稀罕幫他家做了。」

何慧芳本就對隔壁那兩口子印象極壞，當即痛罵了幾句。「喲，這還是人幹的事嗎？看著人模狗樣，結果一肚子壞水！妳們掙這幾個錢也不容易吶！」

慶嫂無奈地搖搖頭。「沒辦法，十幾年的街坊了，也不好撕破臉皮。再說，他以前也不是這樣的。」

正聊著呢，安寧這邊檢查完了，從櫃檯下取了三十文錢遞給慶嫂，慶嫂笑著接過了。

「前兩日家裡有事，衣裳還沒裁剪好，慶嫂明兒一早再來取吧，是套女子的襦裙。」安寧說道。

「成啊，沒問題，明兒早上我過來就是！」說罷，慶嫂對何慧芳笑了笑，她倆的脾氣倒能說到一塊兒去。「何姊，我叫妳一聲姊可以吧？」

何慧芳點點頭。「那有啥，當然好嘞！」

「我娘家人昨兒送了一包自家種的茶葉過來，我明天來取貨的時候，給妳捎上一些，可香呢！」說著，慶嫂笑著走了。

何慧芳嘆了句。「我就樂意和這樣爽快的人交往。」

楊府的大小姐楊筱玥今晚又鬧脾氣了，楊貴傅是桃花鎮上近幾年發達起來的米商，家底豐厚，年過四旬只有一個寶貝女兒，今年十四歲，圓圓的臉蛋、大大的眼睛，皮膚很白，模樣有些嬌憨，是楊府上下捧在手心怕摔了、含在嘴裡怕化了的小祖宗。

這不，小祖宗又摔了杯子，噘著嘴生悶氣。

「筱玥今天怎麼了？」楊夫人拉著楊筱玥身邊的丫鬟春杏問道。

「前日大小姐去參加小姐們的聚會，宴席上林家小姐穿了一身襖裙，款式和花色都好看，裙角的那枝梅花更是畫龍點睛一般，可亮眼了！回來後小姐就不開心了，覺得自己的衣裳落了下風。」春杏今年十六，人機靈，嘴也索利，把緣由一五一十和楊夫人說清楚了。

楊夫人一聽，長舒了一口氣。她當是什麼大事呢，原來就是小孩子鬧脾氣。杏眼一挑，道：「這有什麼？打聽打聽林小姐的衣裳是在哪裡做的，我們也去做一身。」

春杏面露為難，蹙起細眉。「夫人，這便是問題所在了。林小姐的襖裙是在花街布行的錢氏布坊做的，不過現在的掌櫃姓沈。我一連去了兩日，門都是關著的，聽隔壁的說，人家回老家了，不開啦！」

楊筱玥一聽這個，當即氣得又摔了杯子。

楊夫人嘆了口氣，走進去摟著女兒的肩膀，用帕子擦著楊筱玥眼角的淚，溫聲哄她。「明天我親自去問問，就算回了老家，娘也幫妳找到，好不好？」

「真的？」楊筱玥這才喜極而泣，抬起臉來摟住楊夫人的腰，甜滋滋的笑了。

翌日清晨，楊夫人就坐上馬車，馬車徑直往花街布行駛去。彼時正值朝陽初升，淺淡的朝陽鋪灑下來，一派溫暖。

「夫人，到了。」

楊夫人下了車，在鋪子門口站定。初冬的早晨算不上太冷，可風兒呼呼颳著還是有幾分凍人，楊夫人養尊處優慣了，即便捧著個暖手爐，依舊有些瑟瑟發抖，只想趕緊進鋪子暖和暖和。她還沒邁開步子，隔壁宋掌櫃家推開了半扇門。

天氣一降溫，那被窩就和神仙窩一樣，誘得人起不了床，這不，今日雲嫂就起晚了，穿戴好後還未來得及梳髮，眼見太陽都升起來了，便急忙先來開門，一眼望見楊夫人，忙招呼一聲。「喲，楊夫人來了？好久都沒瞧見您啦，進來坐坐吧！我家近日來了新的衣料子，包管又貴氣、又好看，楊夫人穿在身上，定是亮眼！」

楊夫人是雲嫂這裡的常客了，隔三差五的就會去她家訂衣裳，雲嫂嘴又甜，常常把楊夫人奉承得渾身舒暢，就為這個，楊夫人也樂得在她這裡做，因而話音未落，楊夫人就輕輕點頭，微笑著朝雲嫂走去。

雲嫂趕緊把門推開，搬了張凳子安置楊夫人先坐。清晨剛開鋪門，裡面的成衣啊、料子啥的都未來得及歸置陳列，楊夫人坐在裡頭有些擁擠，心裡就有些不悅了。

雲嫂拿著冬籃想給楊夫人泡杯熱茶，晃了晃，才發現熱水早就沒了，不禁有些訕訕的。楊夫人頭回這麼早來，她啥都沒來得及備。「楊夫人，還真是不好意思。來來來，我先給您介紹料子吧！」雲嫂說罷，捧出了幾塊花色鮮豔的衣料來，笑咪咪地請楊夫人看。

雲嫂還沒來得及梳髮，頭髮有些亂糟糟的，這鋪子裡又亂又冷，加上連口熱茶都沒喝上，楊夫人已經十分介懷了，這不體面。

體面這兩個字是楊夫人的畢生所求，原因很簡單，楊夫人和丈夫楊貴傅兩個人是白手起家，從窮苦日子裡熬出來的，雖然現在有了錢，還總被別人笑話是暴發戶，所以楊夫人處處追求體面，唯恐叫人看低了去。

往日裡來宋家布坊做衣裳，圖的就是雲嫂接待周到，人長得順眼，說話也甜，但今日這個樣子，不禁讓楊夫人覺得煩躁。她沒去細看料子，站起身來擺了擺手。

「妳忙吧，我改日再來瞧。」說完也不等雲嫂答話，兀自出去了。

雲嫂心裡那個悔啊！早知道今天就是下冰雹她也早些開門了，也不至於弄成這副狼狽樣兒。她訕笑著垂下手，站在鋪子的門檻前，對楊夫人道：「好，您下次再來。」

可下一瞬，她臉上擠出來的笑意就和面具似的僵在臉上，因為楊夫人前腳才出她家鋪子，後腳就步入隔壁的布坊！而隔壁那個惹人厭的老婆子，正大嗓門地招呼著楊夫人！

「喲，這位太太早啊！新泡的茶，給您倒一杯喝，暖暖身子！」

今兒安寧一家子起了個大早，因為回沈家村的這幾日積攢了不少的活兒，他們急著趕出來，辰時初就開了門。

慶嫂去早市轉了圈後，來店裡拿了裁好的衣裳，並如約給何慧芳捎來了一包茶葉。這不，剛把水燒開，想泡上一壺嚐嚐看，楊夫人就登門了。

何慧芳用一個大號瓷杯倒了杯，遞給了楊夫人。

楊夫人還真有些口乾舌燥，把熱茶捧在手心裡喝了幾口，緊鎖的眉頭也舒展開了。「挺香的。」

安寧從櫃檯後迎了出來，臉上帶著恬淡的笑意。「夫人喜歡就好。」

碎金般的陽光照在安寧的眉眼上，她如今臉上的疤不僅養好了，就連掉痂後粉色的印子也不知何時消散了，只在大太陽下能看見薄薄的一層，倒像塗了一層薄胭脂。

「夫人想做衣裳還是買料子？若是做衣裳，店裡剛好有幾式新款的，可要看看？」安寧說著，就把手裡的花樣本往前遞，前些日子她又畫了幾個新款。

楊夫人點頭，暗道這家的掌櫃娘子才是真體面呢，模樣文靜俊俏，說話都溫聲細語的，聽著就叫人心裡舒坦。邊想著，她邊翻開了花樣本，目光在本子上掠過，不禁有些訝異。

她本來對所謂的新款沒啥期待，秋裝換冬裝，無非就是料子加厚些、加點薄棉絮、改一改花色，這麼多年了也沒啥新意。

可安寧畫的卻不同，有收腰的連身裙，也有上襖下裙的款式，每一種都有改良，比方說給加腰帶啦、開襟的方向更改啦等等，說不上改了多少小地方，但就是比從前的舊款看起來順眼許多。

「這種倒是很少見。」楊夫人指了指一款連身的冬裝。

那款冬裝極修身，半立的衣領，袖口和裙襬微撒開，袖口和領口還鑲嵌一圈細細的軟皮毛，石榴紅的顏色，又耀眼、又大氣，楊夫人一瞧便喜歡上了。楊夫人是北方過來的，五官明豔，身量高，骨架又大，兼之皮膚白皙，穿這樣的衣裳最適合。

安寧淺笑地點頭，接著眉頭蹙了一下。「這衣裳要鑲嵌皮革，小店還沒來得及定貨呢，夫人若想要，恐怕要等些時日。」

楊夫人越瞧越滿意，搖了搖頭。「沒事，我家裡有塊兔皮，就用我自己的吧！」

「那好。」安寧又給楊夫人添了茶。「這裙子是裁剪為八片，然後合縫在一起的，這樣最好修身，但工時就長了，至少得半個月才能交貨。而且腰那處極窄，樣子是好看，但穿起來並不如襖舒服寬鬆。」

楊夫人不在意，在她眼裡，好看可比什麼都重要，穿緊一點又怎樣？只要能成為人群中的焦點，完全不算什麼！先前她還想探探這位叫自家女兒想得發脾氣的裁縫娘子究竟有什麼本事，這下算是心服口服了，這位確實比其他人做得都好。

在量完尺碼後，楊夫人起身告辭，準備下午就帶女兒過來做一身。過幾日就是立冬了，立冬後桃花鎮上的夫人們會準備慶冬宴會，有些臉面的夫人和小姐都會參加，到時候自家女兒一定要穿上新衣參加，也亮眼一回。

臨走前她捧好暖手爐，隨口問了一嘴。「我先前怎麼聽說你們回鄉下，不在此做生意了呢？」

安寧一愣，這話傳得就很離譜了，他們回家前還特意寫了張小告示貼在門上呢，這不，都還沒揭下來呢！

楊夫人一挑眉，旋即了悟。春杏不識字，肯定是有人矇她呢！她也沒有多言，交了定金就走了。

自從離開沈家村後，何慧芳沒有田地要伺弄就覺得渾身不對勁，再說住到鎮上後，一把蔥蒜都要買，她每日提著籃子去菜市場買菜，每次都要心疼一回，因此還是決定在院子裡的那塊地裡種上些什麼。

眼下入了十一月，氣溫一日低於一日，許多菜都不好種了，何慧芳挑了耐寒的白蘿蔔、韭菜、白菜種了些，心裡終於舒服多了。

中午喝的是豬肝瘦肉粥，配了兩道小菜，一碟是清灼小白菜，另一碟是胡蘿蔔絲。想著安寧身子瘦弱，最近又辛苦，急需補一補，何慧芳還買了一條半斤的魚，準備吃過飯就把魚收拾了，放在砂鍋裡用小火煨，慢慢熬出一鍋奶白的魚湯來。

眼瞅著家裡的日子寬裕起來，以後隔五、六天吃一回葷腥不成問題。何慧芳還想著在院子裡搭一個雞舍，養幾隻雞下蛋，往後撿的蛋也不賣了，留著自家吃，補身子。

午飯後一般沒啥客人，街面上很靜，只有風吹起街面上的落葉四處亂飛。

沈澤秋正在鋪子裡整理布料，巷子裡頭忽然熱鬧了起來，好些居民都往巷子口去，吵吵嚷嚷的，何慧芳也好奇地伸出頭去探了眼，剛好見到了慶嫂。

「何姊，走吧，一起去河港看看，今天有艘船從杭州回來啦！」

何慧芳一時沒聽明白，有些個稀裡糊塗的。「啥船吶？」

「咱們這兒產米，常有商船把咱們這兒的米航運到南邊去賣，商船回來的時候，船夥計會偷偷夾帶些杭州的稀罕貨，什麼胭脂水粉、瓷器碗碟啦，喔對啦，還有布料子呢！南面的東西便宜貨又好，所以一有船靠岸，街坊們都會去撿撿便宜！」

慶嫂說著便摟住何慧芳的胳膊。「走吧何姊，再晚些，好貨都要被別人給搶光了！」

「那成！安寧啊、澤秋，娘我去瞧個熱鬧！」何慧芳喜孜孜地同慶嫂一起去河港了。

聽著滿街的熱鬧聲，安寧也站在門邊往外頭看了幾眼，尤其聽說還有布疋賣，她便留意起附近幾家布坊，發現掌櫃的或者掌櫃娘子也都往河港去了，不禁扭頭對沈澤秋說：「澤秋哥，你要不要也去看看？」

沈澤秋也正有這個意思呢，便放下手裡的東西，點了點頭。「我也去瞅瞅。」

河港離花街布坊不遠，拐出街口往左就到了。整條街依水而建，不遠的清水口就是個天然的良港，水深浪靜，沈澤秋走過去，一眼就看見了泊在岸邊的一艘大帆船。

岸邊上圍滿了人，有的乾脆鋪了塊布在旁邊擺起了攤子。

「一口價，絕對不會吃虧，這可是南邊的好貨！

「這位大嬸子，我們後天就返航啦，下次再來就要等開春了，妳這次不要，可就錯過一年嘍！」

沈澤秋瞧著覺得新鮮，早就聽說南方的工人們手巧、技術高，做出來的東西又便宜又好，他不禁看了又看。

「這是道地的雲錦，是錦緞！在南邊也是值錢的！不過只有半疋，你們看誰要？」

沈澤秋一聽，忙往前走了幾步。鎮上的人多穿麻料或者棉料，富裕些的人家還能穿穿皮革，綾羅綢緞絕對是稀罕物。

等他擠入人群中，看清那疋燦若雲霞的雲錦後，瞳孔不禁微震。多好看的料子！

沈澤秋問那賣東西的船員。「這疋雲錦多少錢一公尺？」

船員對他伸出手，比了三根手指道：「這料子不拆零賣，三兩銀子你就全部拿走。」雲錦都是用上好的蠶絲織就，顏色不少於三種，表面光滑又細膩，摸起又軟又舒服，顏色也比尋常的面料要絢麗。

沈澤秋在心裡盤算著，這半疋料大概有六公尺，三兩銀子攤下來就是五百文一公尺，對於桃花鎮的百姓們來說已是天價。不過，鎮上也有富商，保不齊就有客人願意要。再說了，放在店中做鎮店之寶也是一件好事。

於是沈澤秋一狠心，咬著牙對那船員道：「行，三兩銀子就三兩銀子，我這就回去拿錢。這算我定下了，你可別賣給別人。」

「哎，誰說是三兩銀子了？這是三兩銀子一公尺！」許是見沈澤秋答應得爽快，船員見狀竟坐地起價，把價足足翻了六倍。

「你剛才明明說三兩銀子全部拿走的，怎麼現在又變了卦？」沈澤秋的眉毛一抬，眉頭一皺，心裡頭有些火氣。做生意講究的就是誠信，這人太言而無信了。

聞言，船員一把將雲錦從沈澤秋手裡奪下來，下巴一仰，沒好氣地衝了句。「你愛要不要！」

在杭州把東西偷捎帶上船，運到桃花鎮後再賣，這是商船隊不容許的，他們也都是冒著風險買通了船長，倒買倒賣賺點銀子，本身就不是商人，哪講什麼誠信？

沈澤秋拍了拍手上的灰，就欲離去。

驀地，一個面孔有幾分熟悉的男子從人群中走了出來，伸手拍了拍沈澤秋的肩膀。

「喲，這不是沈掌櫃嗎？」

剛才還氣勢洶洶的船員立刻換了一副笑盈盈的面孔，站起來對來人點了點頭，恭敬地喊了一聲。「吳掌櫃好！您今天怎麼來這兒了？」

沈澤秋方才見來人面熟，但一時沒想起他的身分，直到聽見船員喊他吳掌櫃，才反應過來面前這位粗眉濃鬚的中年男子正是花街布行裡擁有最多商鋪、資歷也最老的吳掌櫃。

吳掌櫃不僅經營布疋，還涉獵船運，甚至也經營米油等物，財力十分雄厚。

沈澤秋來花街布行後，總共也就見過他一面，因而一時沒有認出他來。

「原來是吳掌櫃，剛才沒有認出您來，還請多多包涵。」沈澤秋對吳掌櫃點了點頭，不卑不亢的。眼看碼頭也逛遍了，安寧還在店鋪裡一個人忙呢，沈澤秋覺得沒什麼意思，跟吳掌櫃寒暄幾句後就要往回走。

「沈掌櫃等一等！」吳掌櫃喊道。他生得相貌端莊，身形高大，說話和儀態都十分的好，轉臉對那個船員說：「剛才的事我都瞧在眼裡，你一開始明明說的是三兩銀子整塊布，怎麼沈掌櫃開口說要，你就加價了？這可不厚道。」

那個船員說起來還是在吳掌櫃手下討飯吃的呢，他所在的商船隊就有吳掌櫃的股份。本來這些東西就是在杭州便宜收來的，船員們賣東西都是亂喊價。雲錦在江南雖說賣得也貴，可他手裡這塊只剩半疋，而且是前年的花色，其價值根本到不了三兩銀子一公尺。這塊雲錦他自己是花二兩銀子收的，沈澤秋給他三兩，已經有大賺頭，他剛才是見沈澤秋好說話，才起了貪念。現在有吳掌櫃搭腔，船員的笑容不禁僵在臉上，有些局促地扯了扯衣角，點頭哈腰地道：「是我糊塗說錯了，就是三兩銀子，是三兩銀子！」

這回輪到沈澤秋驚訝了，他和吳掌櫃也只有過一面之緣而已，萬沒想到吳掌櫃會出言解困。那塊雲錦沈澤秋確實喜歡，他承了吳掌櫃的人情，拱了拱手。「多謝吳掌櫃了，改日小弟請您吃酒。」

吳掌櫃算是花街布行的領頭人，聽說每年開春時，舉行祭祀祭奠祖師爺軒轅氏，就是由吳掌櫃領頭。

可惜吳掌櫃很少待在花街，沈澤秋也就沒有機會與他深交，今日一見，印象已經大好。

「我身上的錢不夠，先回去取一趟，料子先放在此，可千萬別賣給別人啊！」

沈澤秋想要先回鋪子裡取錢，吳掌櫃聞言笑著搖了搖頭，從自己的荷包裡取出錢放在船員的手上。「我幫你墊著。」吳掌櫃一笑，眉眼間有一股舒朗瀟灑的味道。

沈澤秋連忙說：「那真是多謝吳掌櫃了！」

抱著雲錦，二人邊走邊談，回到了花街布行。

沈澤秋邀請吳掌櫃進鋪子裡一坐，吳掌櫃欣然點頭。

沈澤秋把吳掌櫃墊付的銀子還給他，吳掌櫃還推辭了一番，最後嘆著氣道：「沈掌櫃太客氣了，不過我若不收，你心定不安，為兄長的不能叫你為難，那我就收下吧。」

「吳掌櫃請用茶。」安寧泡了一杯熱茶遞給吳掌櫃。

這時候已經是未時末，街上的人多了起來，不時有客人登門，吳掌櫃很識趣地站了起來，對沈澤秋點點頭。「澤秋小弟，今天晚上我家有酒席，你來我家吃頓便飯吧，大家也交個朋友。上回宋掌櫃請客，我在外地沒空回來，錯過了，真是可惜。」

沈澤秋笑著送吳掌櫃出門。「多謝吳掌櫃的美意，小弟我一定準時登門。」

送走了吳掌櫃後，沈澤秋急忙把方才買來的雲錦鋪在裁衣臺上，和安寧一塊兒細細欣賞，只見這塊料子以湘紅為底，上頭繡著各色花卉還有鳥雀等吉祥圖案，浮光閃動，熠熠生輝，在陽光下輕輕抖動，好似有流雲在上遊動，確實十分的好看。

「澤秋哥，這三兩銀子花得值。」安寧小心地把料子疊好，將手輕輕放在柔軟的雲錦料子上。「若有人想做衣裳，一定能賣出個好價錢。」

正說著話呢，門前一輛馬車駛來，緩緩停下。

車夫從車上跳下來，把馬勒好停住。

春杏挑開車簾下來了，然後打著簾子，將楊夫人和楊筱玥一一攙扶下來。

今天早上一聽幫林宛做衣裳的人回來了，楊筱玥就嚷著要楊夫人帶她去。這不，剛吃了晌午飯，楊家就套好馬車過來了。

安寧今天早上就從楊夫人的穿戴說話觀察出她是個愛講究的人，所以早備好了熱茶，一見楊夫人及楊小姐到了，便笑著往門口走去。

「楊夫人，這便是府上的楊小姐了吧？長得真好看。」安寧這句話並不是為了奉承楊夫人，楊筱玥長得有七分像母親，也是個大骨架但皮膚白皙、十分明豔的大美人。

小姑娘沒有不喜歡被誇好看的，楊筱玥勾了勾唇角，挽著母親的胳膊，一起走入店鋪中。

上次林宛穿的衣裳是石榴紅配玉色下裙，楊筱玥印象很深刻，人人都誇林宛是清水出芙蓉，天然去雕飾，所以楊筱玥這次也想做身比較素的衣裳，最好是和林宛那種款式類似的。

安寧笑著泡了兩杯熱茶端上來，邊聽楊筱玥的要求，邊打量著她的身形與相貌。

林宛是乖巧又柔雅的長相，可楊筱玥卻是明豔的大美人，並不適合穿過於清淡和素淨的衣裳。

「楊小姐，妳瞧這款如何？」安寧翻開花樣子，指了指一款上襖下裙的衣裳，也是立領闊袖，裙襬很寬，很顯身材和曲線，但並不是楊筱玥想要的那種。

楊筱玥瞧了瞧，不禁蹙起了眉頭。

楊夫人喜歡安寧推薦的這款，但見女兒似乎不是很滿意，便大方道：「這樣吧，咱們做兩身，一身做像林小姐那樣的，一身就做這個，如何？」

以楊家的財力，根本不在意多做一、兩身衣裳。楊筱玥點了點頭，道好。

楊夫人說完便握著女兒的手在鋪子裡轉了起來。早上挑好了一塊暗紋繡花的紅色料子，正想叫安寧拿過來再瞧一瞧，目光在裁衣臺後的貨架上隨意地瞄了一眼，忽然眼睛一亮，指著一塊布料問道：「那塊是什麼料子？倒是亮眼。」

「是雲錦。」安寧把那塊雲錦捧出來，攤開在案上給楊夫人和楊筱玥看。

楊夫人自是穿過綾羅綢緞的，可這疋雲錦實在是太美了，無論是花色品質還有光澤都是上乘，莫說在桃花鎮上少見，就算是到清源縣都不一定有。「這塊料子，我瞧著不錯。」

安寧沒有想到這塊雲錦才剛買回來，就受到了客人的青睞，心裡不禁有些高興，微笑著說：「這塊料子是今兒早上才到的呢，價格比起平常的棉料、麻料翻了十番不止。」

楊夫人不在意價錢，楊家最不缺的便是錢了，買一身雲錦的衣裳更是不在話下。「妳說說價錢，要多少？我們母女倆一人做一身。」

這六公尺雲錦剛好夠做兩套衣裳，進貨價是三兩，而雲錦是由蠶絲織成，容易被剮蹭抽絲，裁剪和縫紉的難度都高了不少，且因為料子難得，配飾、配色和繡活也需更加精細，安寧想了想，道：「五兩。」

五兩銀子足夠普通的百姓一家過上三五個月了，是有些奢侈。

楊夫人又摸了摸那塊料子，心裡實在喜歡，貴便貴些吧，他們家也不差這五兩錢，遂點了點頭，豪邁大氣地說：「行，這塊料我定下了。」

母女兩個要做一樣花色的衣裳，款式自然不同，楊夫人要的是早上看好的連衣裙裝，楊筱玥則做上襖下裙的樣子，另要了一身湖藍色的棉料子，做一身素淨的襦裙。

量過了尺碼、交了定金後，母女倆歡歡喜喜地回了家。

那邊楊家的馬車才剛剛走，這邊宋掌櫃家的鋪子裡，雲嫂就陰沈著一張臉望了過去。楊夫人明明是她家的熟客，也不知隔壁那鄉巴佬有什麼本事，竟把她家的熟客都給撬走了！

雲嫂恨得咬牙切齒，走回鋪子裡甩手坐下來，推了旁邊的宋掌櫃一把，有些恨鐵不成鋼。「都怨你！要不是你事兒辦得不好，被人揪住了把柄，他們才不會站穩腳跟呢！你看看，自從他們來了咱家隔壁後，我們的生意清冷了多少？」

宋掌櫃坐在櫃檯後面，正用紫砂壺泡著一壺龍井，他慢慢地拿起茶杯啜了一口，對焦急的雲嫂道：「妳急什麼呀？他們家生意再好又有什麼用？咱們家在布行做了這麼多年的生意，家裡也就這個樣子了，且眼下我不是找到更賺錢的營生了嗎？」宋掌櫃的手輕輕敲打著案桌，一派怡然自得。「妳如今穿金戴銀，就連胭脂水粉都託人從城裡買來最好的，還不是因為我能賺外錢？要我說，咱們再多幹幾單，掙一筆大的，買一座大點的宅子，再買幾個鋪子，到時收租金享享清福多好，何必和他們過不去？」

雲嫂聽了，摸了摸手腕上的金手鐲，心裡這才舒坦了幾分，走過去在宋掌櫃身邊坐好。「我心裡總有些不踏實，這次的分紅怎麼還沒下來？」

「不是分紅沒下來，是我又把它貼進去入了股。投得越多，掙得就越多啊！」

雲嫂點頭，沒有說話了。她探出頭，發現鋪子前有很多落葉，因此拿著掃帚就出去掃，也不掃作一堆，而是全往沈澤秋家門前掃去，不料背後冷不防地傳來一聲喝斥，把雲嫂嚇了個激靈。

何慧芳和慶嫂抬著一個半人高的東西正往家裡的鋪子走過去，卻看見雲嫂竟然把門前的落葉往自家鋪子前掃，頓時一股怒氣湧上心頭。她早就看這個雲嫂不順眼了，天天掐尖拔高，好像很瞧不起他們鄉下來的，搞得自己像個天仙下凡似的，總拿眼角瞧人。

看見何慧芳走了過來，雲嫂嚇了一跳，這老婆子的厲害她是見識過的。她將掃把橫在地上，微揚著下巴對何慧芳道：「怎麼了？妳嚷嚷個什麼？」

何慧芳用腳尖點了點地上的那堆枯葉，沒好氣地說：「妳要不要點臉？妳自家門前的枯葉幹啥往我家門前掃啊？有妳這麼做人的嗎？呵，瞧上去人模狗樣的，怎麼裡頭包著糟糠呢？」

雲嫂臉色一白，尤其是慶嫂也在，她到底要臉面，輕咳了幾聲，給自己打個圓場。「我是想掃成一堆再用簸箕來剷，妳幹麼大驚小怪呀？真是的，一天到晚瞎嚷嚷，整條街都知道就妳嗓門最大！」

聽見店外的聲音，沈澤秋和安寧也走了出來，先是瞧見了慶嫂和何慧芳抬的東西，沈澤秋忙走過去接下，往鋪子裡搬，一邊搬一邊問：「娘，您買了個啥？」

趁著沈澤秋和何慧芳說話的空檔，雲嫂找了個簸箕來把那堆枯葉給剷了，一邊剷一邊懊惱，怎麼就這麼巧，剛好撞見那死老婆子回來！

慶嫂笑著搭腔。「我們撿了個好寶貝呢！快打開看看這是啥？」

安寧和沈澤秋有些好奇地把蓋在東西上的破布掀開了，竟是一面半人高的西洋鏡！鏡面十分的光滑，用木頭圍底，大約六成新，照得人臉鬚毫畢現。

還真是個好寶貝哩！安寧回裡屋拿了塊濕抹布出來，把鏡面上的灰給擦乾淨了，輕輕撫摸著鏡面，由衷地嘆了句。「這東西要是擺在店裡給客人照，最合適了。」

何慧芳坐下來，勻了勻氣，很自豪地說道：「這東西便宜，只要一百文錢，我就想著，買來放在店裡多好呀！」

西洋鏡是大戶人家裡頭才用的，尋常百姓不會買，真正用得起的又嫌棄是舊物，所以這東西一時半會兒沒賣出去，那船員隨口開了個價錢，何慧芳挑挑揀揀，面露嫌棄，佯裝不太情願要，砍了個對半價，只花了一百文，就把這東西拿下了。

沈澤秋倒了兩碗茶水，分別遞給何慧芳和慶嫂，站在鏡子前左右照了照。「還是娘會買東西。」

「那可不？我啊，發現規律嘞！」何慧芳捧著茶，小口小口喝著。「我發現這鎮上的人呢，比咱村裡的精明，見你喜歡就愛往上加價，所以我先假裝嫌棄，一點也不敢表示我是真的喜歡，不然啊，人家就會漫天要價！」

眼看天色將晚，時候不早了，何慧芳要留慶嫂在家裡吃飯，慶嫂卻搖了搖頭。

「我留在這兒吃了，我家那一家子該怎麼辦呀？我回去了。」接著扭頭對安寧說：「早上拿的那身衣裳我做了一半，今天晚上趕趕工，明天早上就能交貨了。」

安寧笑得和煦。「不急，那套衣裳客人說好了後日才取，今晚要是趕不及，明兒下午再送過來也行。」

冬日裡天黑得快，不一會兒幾陣寒風颳過，飄了幾粒毛毛細雨，天色就完全黑了下來。魚湯已經煲好了，一掀開砂鍋蓋子，一股芬芳馥郁的濃香味就飄了出來，勾得人饞蟲亂爬。鋪子關了門，何慧芳圍上圍裙在廚房裡忙和，先用小碗盛了一勺嚐了口，嘖了聲讚嘆道：「鮮！鮮得能把舌頭吞了！安寧、澤秋，快過來喝魚湯嘍！」

沈澤秋回屋換了身衣裳出來。「娘、安寧，我和吳掌櫃說好了，今晚要去他家吃晚飯，我不在家吃了。」

「啥？那湯我和安寧全喝了，一滴都不留給你！」何慧芳捧著碗走出來，剜了沈澤秋一眼。

安寧噗哧一笑，調笑了一句。「快去吧，你可真沒口福！」

上次從家裡帶了些花生、南瓜子、山核桃來，沈澤秋想著頭次上人家裡吃飯，空著手去不像樣，便帶了一包山貨堅果去往吳家。

走出家門時天已經黑透了，沈澤秋提著一盞燈籠往花街裡頭走。吳掌櫃的家就在花街的最深處，不過他早買了新宅，花街這座已經很少來了。

遠遠的還沒到近前，一聲聲談笑就傳到了耳朵裡。

六盞大紅燈籠高懸在院門上，吳掌櫃站在門口迎接客人，遙見沈澤秋過來，朗聲笑道：「澤秋小弟到啦？來來來，快進來，到屋裡頭暖和暖和！」

沈澤秋一開始以為這只是吃普通的家宴，直到宴席上酒過三巡，吳掌櫃舉著酒杯侃侃而談時，才知道原來有生意！

吳掌櫃和人合夥組了一支商船隊，上個月有個合夥人不聲不響地撤了資金，現在吳掌櫃正為商船隊的事情發愁，想找個新的合夥人呢！

吳掌櫃邊喝酒邊嘆氣。「趁著天還沒下雪，我的盛和商船隊本來還想去南邊跑一趟，現在另一位合夥人猝不及防地撤了資，我現在可真是左右為難啊！唉，不說這些喪氣的事情了。來來來，把酒杯滿上，我們繼續喝酒！」

吳掌櫃家的酒是家裡雇的婆子自己釀的，據說那婆子家先前是開酒館的，後來男人賭錢把酒館抵押了，這個老婆子才出來幫人做工。

「這酒味道醇，下喉順滑，回味甘甜，香！」

「沒錯，吳掌櫃家的東西豈有不好之理啊？來，再敬吳掌櫃一杯！」

推杯換盞幾輪後，酒勁開始翻湧著激發出來，沈澤秋的臉上漸浮起一層薄紅，身體也慢慢發熱，細密的汗珠從額角、鼻尖上滲出來。原來那米酒看似甘甜可口，後勁卻十足。

沈澤秋閉眼穩了穩心，把酒杯放下，和身邊的人打了聲招呼後，慢騰騰走出廳堂，站到走廊下吹風醒酒。

走廊下掛著一盞燈籠，被寒風吹得四下亂舞，濛濛冬雨淅淅瀝瀝，如飛螢般的小雨絲在燈下亂竄。深吸一口寒氣，胸前感受到一陣冰涼，沈澤秋昏沈的頭腦清晰了不少。趁著夜色，他細看吳掌櫃家的宅院，寬敞的院子、精美的裝飾，這樣好的宅子竟然還只是他所擁有的某一棟房，可見吳掌櫃雄厚的財力。

「我出來吹吹風，幫我照顧著客人們……」吳掌櫃一邊和兩位交好的掌櫃說話，一邊也走到了廊下，看見沈澤秋後微微一笑，拍了拍他的肩膀。「你也在此醒酒透氣啊？」

沈澤秋捂著頭輕點了點。「小弟不勝酒力，見笑了。」

「酒是好酒，就是烈了些。澤秋小弟千萬不要勉強，待會兒進去他們若還勸你的酒，我幫你擋著。」吳掌櫃很是貼心。

沈澤秋心裡有些感動，拱了拱手。「多謝吳掌櫃。」

「不必道謝。」吳掌櫃將手背於身後，挺直背脊，笑得瀟灑。「我這個人啊，就是好交朋友，我一見你就感到十分投緣，你讓我想到了我年輕的時候。」吳掌櫃笑了幾聲，似乎想到了許多當年事。他理了理袖口，又問：「今日那疋雲錦買回去後，可有人詢價嗎？」

「喔，忘了說，雲錦剛抱回去不久就被一位夫人瞧上了，價錢也不錯，小賺一筆。多虧吳掌櫃相助，不然良機就錯失了。」沈澤秋說道。

「澤秋小弟……」吳掌櫃面露猶豫，他沈吟著往廳堂內望去，見沒人在附近，又往沈澤秋身邊走了兩步，貼耳輕聲道：「眼下我的商船隊正缺一個合夥人，我很看好你的人品，信任你，你想入夥嗎？有好幾個人都來向我打聽，想入夥，可我信不過他們。這可是個千載難逢的良機啊！三成股份本金是一千五百兩，等第二年分紅就能回來一半，兩、三年後分紅就大過本金了。現在朝廷興貿易，船運行業正在急速的發展，你現在下注，還能趕上這一波紅利。我是實在欣賞你的人品，才想把這個好機會讓給你。」

沈澤秋邊聽邊蹙著眉，旁的先不說，光是那一千五百兩的本金，家裡砸鍋賣鐵都湊不齊這個數的零頭啊！他搖了搖頭，道：「多謝吳掌櫃美意，但小弟沒有那麼多銀子。」

吳掌櫃一聽，微微愣了一會兒，隨後笑著說：「你還從沒有投過股做過生意吧？自家沒有錢，可錢莊裡有得是，常言道捨不著孩子，套不著狼。我第一回做大生意，也是沒有本金，是把自家的鋪子抵押出去，從錢莊賒了三百兩，為了這個，你嫂子差點回娘家，嚷著日子過不下去了，要與我和離呢！」說著吳掌櫃輕笑一聲，挺直脊背，轉過臉對沈澤秋說：「可現在你瞧，你嫂子最愛誇我有魄力、有眼光。總是瞻前顧後，注定要做個凡夫俗子，好男兒就要有高遠的志向嘛！這機會很難得，澤秋小弟你好好的想想，想好了再答覆我。」說罷，吳掌櫃拍了拍沈澤秋的肩膀。「走吧，回去喝酒。在這兒站久了，還真有些凍人。」

沈澤秋還在思考著吳掌櫃的話，他的發家史沈澤秋先前就聽慶嫂她們說起過。這吳掌櫃本名吳千嶼，是桃花鎮本鎮人，小時候家裡也窮得叮噹響，吃了上頓沒下頓，五、六歲起吳掌櫃就拖著小東西滿街巷的叫賣，是個一步步奮鬥出來的人物。

慶嫂還說過，吳掌櫃生意雖然做得大，卻是一點架子都沒有，路上遇見舊日街坊，不管你混得是好是壞、富貴或者貧窮，都會笑呵呵地停下來寒暄幾句。他的記性也頂好，見過一面的人就能記住姓名和相貌。

這樣的人，又這樣的講義氣和仗義，沈澤秋由衷的佩服。

回到宴席上後，直至席散，吳掌櫃都沒有再提起商船隊的事，宋掌櫃幾次想要旁敲側擊打聽細節，都被吳掌櫃委婉地擱了回去，轉移開話題說別的。

沈澤秋啜了口酒，看來吳掌櫃剛才說的可不是醉話，這個機會還真是他幫自己留的，就等著他回覆呢！可一千五百兩絕對不是小數，這事情必須先和安寧還有娘商量。

主賓盡歡後，已經是亥時末，離宵禁只有一個時辰了。客人們相繼離去，吳掌櫃家的僕人熬了一鍋熱騰騰的醒酒湯，沈澤秋坐著喝了一碗後，覺得渾身暖呼呼的，很是舒坦。

「吳掌櫃，我先回去了，多謝你今日的款待。」沈澤秋戴好帽子，提上來時帶的燈籠，走出了吳宅。

吳掌櫃把他送到門口，臨別時小聲道：「你再好好想想，若不成，我另找人，不要因此介懷。這只是一樁小事，買賣不成，仁義也在。」

沈澤秋點了點頭，轉身離開了。

第八章

這邊沈澤秋剛走，吳掌櫃轉身走回廳堂，見到屋子裡竟還有一個人，驚訝地挑眉。「宋掌櫃，你還沒走啊？」

宋掌櫃呵呵笑著，笑得滿臉的褶子，小眼珠裡泛著精光。「小弟我還有事要同吳掌櫃您商量。」

吳掌櫃坐下來，拿出煙槍點上，深吸一口，抬了抬下巴。「宋掌櫃直說便是。」

「您的盛和商船隊不是剛走了合夥人嗎？我有心想參股，吳掌櫃您看，我可以嗎？」說著，宋掌櫃搓著手上前，把燭花剪了剪，光一旺，屋子裡頓時亮堂了不少。

吳掌櫃吐出一口煙，瞇著眼睛望宋掌櫃。「你不是把錢都投到印子錢裡了嗎？還有餘錢？」

吳掌櫃自己不放印子錢，但做中間人，收取利息的一成做中間費，宋掌櫃就有幾百兩銀子是經由吳掌櫃投出去的，這半年掙了不少錢，可比苦哈哈開布坊掙得多多了，有賺頭！宋掌櫃現在就像是嚐到腥味的貓，聞見有掙錢的門道，自己就湊了上來。

「有啊！我內人手裡握著的嫁妝和首飾就能當出去一、二百兩，再說我家還有間布坊呢，湊個七、八百兩不成問題！就算入不了三成股份，我投一成也行！吳掌櫃，您就幫襯幫襯小弟我吧，我還指望著早日發家，過一過舒坦日子呢！」
吳掌櫃抽著煙，笑了笑。「想過舒坦日子？」
「想啊！」宋掌櫃忙不迭地點頭。
「想得美！」吳掌櫃大笑，拿煙槍在桌上磕了磕，往院子裡看了眼。「時間不早了，你先回去吧，這事情我還要想想。上次那個合夥人不講誠信，突然撤資，可把我害慘了，這回我一定要仔細考量合夥人的人品。宋掌櫃，對不住了，你先回吧。」
方才在酒席上，宋掌櫃眼尖看見沈澤秋和吳掌櫃前後腳一塊兒出去說了很久的話，他生怕他們已經商量好了什麼，因此急忙道：「如果能讓我入夥，分紅了我把自己那份的兩成挪給您，您看這樣成嗎？」
吳掌櫃嘆了聲，不由得加大了聲量。「我也不是這麼貪財的人！哎呀，宋掌櫃呀，眼看要宵禁了，我送你出去吧！」
話都說到了這個地步，宋掌櫃也不好再說什麼。

回到家後，宋掌櫃又是一頓唉聲嘆氣。
雲嫂瞧他悶悶不樂，問了句。「當家的，你怎了？心裡頭憋著火啊？」
宋掌櫃踹了腳邊的凳子一下，憤然道：「隔壁那姓沈的就是我的剋星！自從他來了，就淨他娘的沒有好事！要真搶了我的東西，我一定要給他個教訓，讓他知道知道我的厲害！」

雲嫂冷哼一聲。「不是你說不要理會人家嗎？再說了，你還有把柄揪在人家手裡，你要怎麼給他教訓？」

宋掌櫃急了，罵道：「妳懂什麼！」

「喲，姓宋的，你今兒發什麼邪火？衝我橫個屁啊……」

沈澤秋提著燈回到鋪子前，敲了敲門。「安寧、娘，是我。」

「來了！」何慧芳拉開門，嗅到沈澤秋身上的酒氣，一邊嫌棄的癟嘴，一邊用一塊棉帕擦他身上的細細雨水。「酒少喝是養身子，多喝就傷身，你在席間能躲就躲，可千萬別逞能，胡喝海飲的！」

沈澤秋點頭。「我曉得。」

剛走到院子裡，安寧已經用一個碗把剛溫熱好的魚湯盛好端了出來，放在灶房的小桌子上。「澤秋哥，你喝了酒，快來喝碗魚湯養養胃吧。」

灶房裡暖和，何慧芳在裡面安置了一張小桌子，一面靠牆，另外三面剛好一人坐一側，冬天坐在灶房裡吃飯，最暖和舒坦了。

魚湯的香味飄蕩在空氣裡，沈澤秋在席上吃得不多，現在還真有些餓了，他坐下來，一邊慢慢的喝，一邊把今夜吳掌櫃說的事情和安寧還有何慧芳說。

「啥？我沒聽岔吧？」他話音還沒落地，何慧芳就瞪眼驚嘆了一句，心有戚戚焉地拍著胸脯。「一千五百兩銀子？咱家可是連個零頭都沒有吶！」本來等沈澤秋等得這麼晚，何慧芳已經有些睏意，此時被一千五百兩一嚇唬，什麼瞌睡蟲都跑沒了，無比的清醒。她把手揣在懷裡捂著，搖了搖頭。「我覺得咱們家還是不參股的好，這人吶，有多粗的腰就該穿多大的褲衩子。」

沈澤秋低頭又喝了幾口，胃舒服了許多，手腳也暖和不少，聽完何慧芳的話之後，他又轉臉看向安寧，輕聲問：「安寧，妳怎麼看？」

「是，安寧妳覺得呢？」何慧芳明白自個兒不是做生意的料，方才的話是憑本能說的。先前很多決定她也擔心，可後來證明了，這小倆口有眼光，所以且看安寧是什麼打算吧，這事一人作不了主。

安寧想了想，最終還是決定放棄這個機會。「這間布坊不是咱家的，咱們也只是幫錢掌櫃賣貨而已，要是自己作主把布坊抵押出去，也太不講誠信了。」

何慧芳點頭附和。「安寧說得對！」

這邊沈澤秋把魚湯喝乾淨了，擦了把嘴，對安寧和何慧芳點頭道：「成，我明天就給吳掌櫃回覆，免得耽誤他找合夥人。」說罷，他把碗放在洗碗盆裡，舀了半勺熱水又混了勺涼水，一邊洗碗一邊說：「我思前想後，總覺得這生意不可靠，不過既然我們不投錢，這些事就不想了。快到子夜了，咱們睡覺吧。」

累了一天，洗漱完畢後，終於躺到了軟軟的被窩裡，沈澤秋忍不住伸了個懶腰。

安寧把燈吹熄了，摸索著上了床，被窩早就被沈澤秋捂得滾燙。一入冬安寧就很畏寒，手腳很冰涼，才剛躺下，沈澤秋就把安寧冰涼的腳丫放到了自己滾燙的小腿肚子上焐熱。

安寧不禁有些臉皮發燙，摟著沈澤秋的胳膊問：「澤秋哥，你覺得冰嗎？」

沈澤秋笑了起來，捏了捏安寧的臉蛋。「澤秋哥我不知道，但妳的相公不怕冰。嗯？該叫我什麼？」

上回說好私底下叫沈澤秋「相公」，可安寧到底是臉皮薄，還是互稱名字。一旦沈澤秋追究起稱呼的事，就說明他想要胡鬧了。

安寧的手攥緊沈澤秋的衣袖，嗔了一句。「很晚了……」

沈澤秋低頭親了親安寧的臉頰，流連忘返，從嗓子裡擠出一句。「……那又怎樣？」接著他伸出手，把帳子垂下，再次俯身而下……

安寧被折騰了一夜，原來沈澤秋吃醉了酒，也是會耍酒瘋的，只不過都把勁用在了她的身上。直到第二日天邊微微泛起了亮光，眼看天色將明，安寧又被沈澤秋給弄醒了。

她推了推他，滿臉緋紅。「別鬧。」

沈澤秋親了親安寧，眼睛黑漆漆的。「娘子……」

安寧的呼吸有些亂，在沈澤秋熾熱的目光下撇過頭去，白皙的臉上漸漸飄起一層粉紅。

「……嗯。」算是默認了。

沈澤秋拒絕了吳掌櫃，吳掌櫃有些意外。「這是個鯉魚躍龍門的好機會啊！澤秋小弟，唉，真的不入夥？」

沈澤秋搖頭微笑。「想好了，抱歉了吳掌櫃。」

望著沈澤秋的背影，吳掌櫃直搖頭，長嘆了一聲後，對自家雇的婆子道：「去宋氏布坊跑一趟，告訴宋掌櫃，我要見他。」

這些日子店裡的生意十分好，錢掌櫃那三百多疋的存貨已經銷出去了一小半，等過了除夕，估計就能全部賣出去。

這天是一日寒過一日，有時候早晨起來，地面都能結上霜了。

何慧芳剛把鋪子門前用竹掃把掃了一圈，隔壁宋氏布坊還沒開門，她輕瞥了眼，諷刺了句。「正是癩漢懶婆娘，湊成一對了！」說罷拿著掃把進屋。

沈澤秋和安寧正一塊兒疊著料子，望著街面，沈澤秋忽然道：「不知道錢掌櫃在隔壁鎮的買賣做得怎樣了？我想問問他，能不能把這間鋪子租給咱們。」若是錢掌櫃肯，過了今年他們就不用回沈家村，繼續過著沈澤秋做貨郎、安寧在家裁衣裳的日子了。

聽到這話，何慧芳又愁又喜，若真能在花街布坊紮下根，窮日子、苦日子自然不用過了，可她還真有些捨不得家裡。

「澤秋，晚上我寫封信，咱們捎給錢掌櫃，問一問他的近況吧？」

三人正說著呢，街上走來一位熟悉的身影。

何慧芳驚喜地看了兩眼，迎了出去。「喲，大嫂，妳來了啊！」

原來是沈家大嫂唐菊萍到店鋪門口了。

她邊四處打量，邊走進鋪子。「今天來鎮上採買些年貨，快到臘月了，也該準備了。」

何慧芳笑咪咪地端上茶，點頭說：「那是，這時候臘肉、臘腸都該準備做了呢！妳這回來倒是提醒了我。」

唐菊萍坐下來喝著熱茶暖身子，環視著整潔的鋪子，生怕自己過於震驚，顯得小家子氣，上不了檯面。三房的日子，真是越過越好了，叫人羨慕不過來。

她在心裡嘆了聲，仰起頭。「喲，才想起來，毛毛帶了一筐炭說要捎給你們，現正在徐秀才的私塾那兒等你們呢，我們倆實在是拿不動嘞！」

何慧芳有些驚喜，前陣子買了一小筐炭花了不少錢，心疼得她心肝直顫，沒想到毛毛這孩子這麼貼心，竟還想著給他們送炭。「澤秋，和我一起去接接毛毛吧！」說著，三人一塊兒往徐秀才的私塾走去。

安寧留在鋪子中看店。

毛毛之所以在徐秀才那兒等，是因為劉春華聽說唐菊萍要到鎮上去，腆著臉包了一包燒餅、零食，還有冬日裡的厚裳，託他們給么兒送去。

唐菊萍勉為其難的同意了，和毛毛一塊兒抬著炭、拿著東西，趕了個大早來鎮上。

他們先去徐秀才那兒給么兒送了東西，唐菊萍是頭回去花街布行找人，不熟悉路，怕抬著炭費力氣，這才叫毛毛在那兒等著。

「么兒在徐秀才那兒也真是過得苦唷，聽說徐秀才教書最嚴格哩，背不出書、上課不認真，都要被打手心的……」

另外一邊，見有人找，徐秀才就放了么兒出來，讓他坐在走廊下陪毛毛一塊兒等唐菊萍回來。

「毛毛哥，咱倆來玩鬥雞好不好？」么兒真是被憋瘋了，好不容易能透口氣，就想著玩耍。

毛毛有些嫌棄他。「就你？禁不起我幾下的。」

么兒已經站了起來，把一條腿彎起抱住，另一條腿在原地亂蹦。「我不怕，你來！」

「來就來，誰怕誰！」毛毛吸了吸鼻子，也抱住腿跳了起來。

毛毛的勁頭本來就比么兒大，果然沒鬥幾輪，么兒就摔了個馬趴。

么兒氣不過，尤其是看見毛毛得意的模樣，而且這時候一堂課結束了，同窗們都過來看他們，么兒在同窗面前丟了臉，頓時就不高興了，從地上跳起來，一口咬在毛毛的胳膊上！

「你屬狗的啊？」毛毛使勁地甩手，可么兒就是死死咬著不鬆口。

同窗們見狀，急忙去喊夫子。

「夫子，么兒瘋了！」

「他在咬人！」

徐秀才剛上完一堂《論語》課，下課後口乾舌燥的，正捧著一杯茶慢慢喝呢，就聽見學生們跑進來說么兒在外面和人打架，頓時眼睛一瞪、鬍子一抖，扶著桌子站起身，順便拿起案桌上的戒尺就往外走。么兒也實在不讓他省心，要不是么兒他娘幾次三番帶著孩子登門求情，他實在不願意收下么兒。

「么兒，別胡鬧！趕緊鬆開！」徐秀才年紀大了，腿腳不夠靈便，疾步行走時有些顫巍巍的。

正在這時，何慧芳和沈家大嫂唐菊萍也到了。

私塾的院子裡亂哄哄的，毛毛露著胳膊，上面明顯嵌著個牙印，仔細瞧還滲出血來了！么兒尖叫著在院子裡亂跑，徐秀才恨鐵不成鋼，氣喘吁吁地追了兩步。「站住！你竟如此頑劣，書上的道理我看你是一點兒都沒往心裡去！」

「喲！毛毛，你胳膊怎麼啦？」何慧芳邊走邊和大嫂話著家常，見到毛毛受傷了，急忙三兩步衝過去，拉著毛毛的胳膊檢查，心裡別提多擔心了。「么兒咬的呀？這娃下嘴也太狠了！」

唐菊萍伸手把往身邊躥的么兒給攔下了，毛毛這些日子吃喝都同她家一塊兒，娃勤勞又貼心，能幫她不少的忙，她已經把毛毛當作自家人，現在自家人受欺負了，她當然氣。「么兒，你怎麼回事？」

么兒癟著嘴、低著頭，不吭聲，旁邊的同窗七嘴八舌的說開了。

「么兒和他玩鬥雞，他輸了就耍賴，咬人！」

「他最賴皮了，我們都不愛跟他玩！」

「夫子說過，我們要尊敬師長、友愛同窗，么兒這樣做不對！」

「聖人曰，有朋自遠方來，不亦樂乎。毛毛哥從家裡來看他，他還要咬人，那是狗咬呂洞賓，不識好人心！」

私塾裡的孩子個個古靈精怪，還都能言善道，其中一個五、六歲的圓臉男娃更是好口才，何慧芳和唐菊萍都覺得這小娃娃不簡單。

徐秀才走過來抓住么兒的胳膊，厲聲呵斥道：「還不快給人賠罪！」

么兒流了兩滴淚，不情不願地小聲說：「我……錯了。」

眼看下堂課的鐘聲就要敲響，何慧芳不想打擾私塾上課，耽誤孩子們的學業，便說：「徐夫子，你們上課吧，么兒知道錯就好。走，毛毛，跟嬸娘回家，我找藥酒給你塗一塗。」

望著他們走遠的身影，么兒的眼神很幽怨，恨不得把手上的書給撕了。他一點都不想在這裡讀書，夫子好凶，同窗們又全比他厲害，他想家了……

就在何慧芳和唐菊萍還有沈澤秋領著毛毛往鋪子裡走去的時候，一艘船停靠在清水口，一家子從船上下來，男的理了理頭上的帽子，露出一張熟悉的面孔，有些感慨地望向花街布行的方向。

有人眼尖，已經認出他來。「喲呵，錢掌櫃，您回來啦？」

錢掌櫃笑著點頭，兩個月時間過去，他面色紅潤飽滿了不少，印堂間的憂慮之色也完全消失了，笑呵呵地對來人拱了拱手。「臨近除夕，帶著家人回來祭祖，順便看看。」

那個人停了下來，站在路邊和錢掌櫃繼續寒暄了幾句。「聽說您在隔壁鎮上開了貨棧，生意不錯。開貨棧的學問可大了，還是錢掌櫃有見識、有本事啊！」

「哪裡哪裡！」錢掌櫃謙虛道：「也就是混混日子。」錢掌櫃的夫人娘家就是開貨棧的，他這次改行，也全虧了夫人娘家的支持。離開布坊後，他經常流汗的毛病不治而癒，女兒也不會無緣無故對著空氣說話了，這日子一和順，他們夫妻二人都年輕不少呢！「來，妮妮，爹抱著妳。」

錢掌櫃年近四旬，只有妮妮一個寶貝女兒，今年六歲，水靈靈的大眼睛，皮膚白淨、性子活潑，可招人喜歡了。

路過賣冰糖葫蘆的小商販，錢掌櫃給女兒買了兩支，抱著她帶著妻子一塊兒往花街去。

當初錢掌櫃家「鬧鬼」傳言最盛的時候，許多人都跟風，不與錢掌櫃家來往，現在人家光鮮亮麗的回來了，倒沒這個臉上去同他攀談。

一雙雙眼睛看著他們走過街巷，不由得低頭竊竊私語。

「錢掌櫃一回來，姓沈的那家人就得回鄉下了吧？」

「那還用說？我估摸著錢掌櫃這次回來，就是叫他們滾蛋的！」

「呵，這樣說來，有熱鬧可瞧哩！」

「走走走，咱們也跟過去看看！」

沒過一會兒，終於走到了鋪子門口。

何慧芳一行人也剛剛好到了，一碰頭她便驚喜地喊了句。「哎呀，錢掌櫃啊！」

沈澤秋把炭簍子放下，拍了拍灰，笑著說：「錢掌櫃回來了啊？來，外面天寒，去裡面說話吧！」

錢掌櫃充滿感慨地看著店鋪，門口的招牌還寫著「錢家布坊」四個大字，他卻覺得十分陌生。雖然後來聽說家裡不是鬧鬼，而是來了家仙，可夜半敲門等種種詭異的事情仍近在昨日，錢掌櫃站在冷風裡也忍不住沁出了一層冷汗。心裡頭毛毛的，怵得慌。

錢夫人也有些抗拒。

倒是妮妮沒什麼感覺，趴在錢掌櫃的肩頭，好奇地打量著毛毛。這個哥哥的手好像受傷了，肯定很疼。

毛毛抬起臉看了過去，就見年畫娃娃一樣的小女孩正看著他。

毛，見毛毛已經低下了頭，這才奶聲奶氣地對錢掌櫃說：「爹，那個哥哥受傷了。」

一直在寒暄的大人們這才反應過來，何慧芳不禁自責忽略了受傷的毛毛，急忙進屋去找藥酒了。

錢掌櫃把妮妮放下來，小姑娘有些怯生生地往毛毛面前走了兩步，把手裡拿著的一支糖葫蘆遞給他。

毛毛愣住了。

「給你，這是甜的，吃了就不疼了。」妮妮奶聲奶氣地講。

這是第一次有人要給他糖葫蘆吃，那東西以前毛毛來鎮上時見過，紅彤彤的，瞧起來就很美味的樣子，他非常想嚐嚐，可一問價，要兩文錢一串，他爹就沒捨得買給他。

毛毛抿了抿唇，嚥了下口水，挺直小胸膛道：「妳留著自己吃吧。」這樣好的東西，他怎麼能隨便接受呢？

錢掌櫃笑了，這小娃子穿得破舊，頭髮也亂糟糟的，沒想到竟然如此知道禮數。他蹲在毛毛面前，微笑著說：「妮妮是真心想送給你的，你收下吧。」

毛毛還有些猶豫，仰頭見沈澤秋也點了點頭，這才擦了擦手，把糖葫蘆接了過來。「謝謝妳。」

無論怎麼給自己做心理建設，錢掌櫃還是一點都都不想往鋪子裡去。

何慧芳還想著要去菜市割一斤肉、買一尾魚，好好張羅一桌飯菜，請錢掌櫃一家還有唐菊萍和毛毛好好吃上一頓呢！

錢掌櫃搖了搖頭。「這些日子我的布坊多虧了你們照顧，瞧著店裡的生意好，我心裡也高興。今日我請客，咱們去鳳仙樓吃。」眼看著沈澤秋要推辭，錢掌櫃拍了拍他的肩膀。「走吧，吃完了我還有事要和你談。」

於是安寧和沈澤秋一塊兒把門關上，一群人去了酒樓。

一直悶在鋪子裡不露面的雲嫂這才走到門口張望。「瞧，錢掌櫃回來了，他是要回到街上繼續開布坊吧？」

宋掌櫃拿著算盤和紙筆在櫃檯後算著帳，嘴裡唸叨著。「這家六分息、這家七分，當能多抵二百兩……」直到雲嫂走過來豎起眉瞪他一眼，宋掌櫃才戀戀不捨地將眼神從帳目上挪開。「他還敢回來？回來了才好，我有的是手段對付他！」

雲嫂坐了下來。「就怕他不回。」說著她摸了摸空蕩蕩的手腕。「我的那些首飾、嫁妝，你都弄哪兒去了？」

宋掌櫃的眼珠子轉了轉，摸了摸鼻子，擠出笑容道：「有個人急用錢，出高利息，我拿去當鋪換了現銀，給那人周轉去了。」

雲嫂有些生氣。「那你也該同我商量商量啊！」

「哎喲，別生氣。」宋掌櫃倒了杯茶給雲嫂，嘴巴甜得就像是抹了蜜一般。「這個人很可靠的，等利息錢收回來後，再給妳買新戒指！」

雲嫂臉上終於有笑容了。「真的？」

「騙妳是小狗！」

在去鳳仙樓的路上，妮妮和毛毛並排走著，她咬了半顆山楂在嘴裡，小眉頭一蹙，被山楂酸得打了個激靈，忍不住道：「好酸呀！」

毛毛嗅了嗅糖葫蘆，疑惑地眨著眼睛。「這不是甜的嗎？」

妮妮把半顆山楂含在嘴裡，腮幫子鼓鼓囊囊，噙著口水說：「你七七就知道了。」

毛毛一直捨不得張嘴吃，聽見妮妮這樣說以後，便咬了一整顆在嘴裡。甜的，是麥芽糖的味道。他的舌頭舔著糖衣，在細細感受著甜滋滋的味，接著他試著嚼了兩口。

「嘶——」果然是酸的！

兩個小孩看著對方皺起的眉頭，不約而同地笑了起來。

現在其實還沒到飯點，酒樓中的人不多，錢掌櫃坐下來後，忍不住想起上回和沈澤秋在這兒吃飯的場景，還是臨窗的位置，他的心境已經大有不同。

飯菜很快就呈上來了，小孩子最先吃完，旁邊的座位並沒有客人，妮妮和毛毛便走過去，一塊兒趴在窗戶前往下看。

「剛才的炸肉丸好吃。」妮妮說道。

毛毛回憶著肉丸子的酥軟鮮香，點了點頭。

「肉塊炒青椒也好吃。」妮妮又說。

那青椒炒肉塊又鮮又辣，很是下飯！毛毛吞了吞口水，又點點頭。

妮妮望著他笑了，唇邊有一對淺淺的梨渦，顯得這個笑容很甜。「你怎麼什麼都覺得好吃呀？」

「是真的好吃。」毛毛的長相說起來和沈澤秋有三分相似，都是濃眉大眼，眼珠子漆黑如墨。毛毛把手背在身後，模樣有些像個小大人。「也可能是我很少吃到這樣的好菜。」

呀，原來是這樣！妮妮瞬間有些不好意思了，覺得自己剛才不應該這樣說。她從身上的小兜兜裡摸出兩顆用紙包著的水果糖，甜甜地說：「給你。」

毛毛愣愣地接過，水果糖他在過年的時候才能吃到，是很珍貴的東西，妮妮也太善良了！他臉有些微紅，接過糖果攥在手心，抓了抓頭髮。「可我沒有什麼能送給妳的。」

妮妮微笑著搖頭，頭頂的兩個小揪揪也跟著左右搖晃。「我們是朋友，朋友就要一起分享好東西，我送糖給你吃，不是為了跟你要禮物。」

冬天的陽光很白，照在妮妮的臉上，襯得她臉龐白得發光，笑起來更加好看了。

毛毛重重地點了點頭。「好！不過我會用草編蟋蟀、毛毛蟲，下次我再來鎮上就交給嬸娘，讓她捎帶給妳。」

「哇，你好厲害啊！」妮妮拍著手說道。

兩個小孩聊得興高采烈，這邊女眷們也吃完了飯。

唐菊萍和毛毛要趕在天黑前回村，下午還要去市集買年貨呢！「毛毛，咱們去菜市了，過來。」唐菊萍招了招手。

安寧也要回去守店。

毛毛和妮妮揮手，篤定地說：「我一定會把禮物捎給妳的。」

「嗯！」妮妮鄭重地點頭。

何慧芳想著自家的年貨也該備著點了，便和唐菊萍一塊兒往集市上去。

上回楊家母女的衣裳差不多做好了，只要把扣子縫上，熨燙一遍就能交貨。楊筱玥一直惦記著她的新衣，隔一日就派春杏來催呢，安寧也就告辭了。

錢掌櫃的老家也在村裡，下午一家人要坐馬車回去，事不宜遲，錢掌櫃開門見山道：「澤秋小弟，你寫的信我收到了，一直沒回，就是想當面和你說。」

沈澤秋點點頭，心裡不免有幾分緊張，錢掌櫃若是肯把鋪子租給他們那是最好，可若不願意，要賣或轉租給別人，他也無話可說。

「我家的鋪子在鎮上的租金大概是十兩銀子一個月，因咱們的交情，我給你八兩一個月。」錢掌櫃說道。那時候他家因為鬧鬼，搞得雞犬不寧，若沒有沈澤秋，只怕所有的布現在還囤在手裡，這宅子也還是人人畏懼的一所鬼宅。

這下沈澤秋倒是有些意外了，他驚喜地倒滿一杯酒。「錢掌櫃仗義，小弟敬你一杯！」

「不不不，這都是你的造化啊！」錢掌櫃如今貨棧的生意極好，掙得比開布坊還要多，也算因禍得福了，更不在意那每月多收或者少收的二兩銀。最重要的是，他隱隱約約覺得，沈澤秋一家旺他！自從和沈澤秋打上交道，他做什麼事都變得順利起來。喝了沈澤秋敬的酒，錢掌櫃拍了拍他的肩膀。「好好幹！」他喜歡和這樣實誠的人家打交道。

臘月初五，按照清源縣這一帶的風俗，是回鄉祭祖的日子，後代子孫要帶著供品上山，給祖先們送年食。因除夕將近，許多人家都來花街布坊做新衣，正是一年中生意最好的時候，安寧和何慧芳一合計，選擇在臘月初四半下午雇輛馬車回村，第二日一早去祭祖，下山後再雇車回桃花鎮，大概晌午飯時間就能到了，也不耽誤開鋪子。

臘月初四很快就到了，申時三刻，約好的車夫如約到了門前，天色有些灰濛濛的，飄著細細的雨絲，寒風一吹，能把人的骨頭都給凍碎了。

何慧芳和沈澤秋把門給鎖好了，安寧在門板上貼好了外出的小告示，接著一家子坐上馬車，回村裡去。

現在天黑得越來越早，才剛到家，天就完全黑透了。

家裡的南瓜已經可以收了，毛毛摘下來整齊地放在堂屋的飯桌下，家裡的雞、鴨也都很精神，豬差不多有一百五十多斤，正躺在豬圈裡呼呼大睡。

他們離開時，小狗大黃才幾斤重，現在也有十幾斤了，咧著嘴跟著何慧芳跑前跑後。

安寧和沈澤秋進了自己屋，安寧原本還擔心被褥久不睡人會潮濕，伸手摸了摸後倒是驚喜。「被褥又軟又蓬鬆，一點濕氣都沒有呢！」

沈澤秋把東西放下。「前幾天日頭好，毛毛肯定幫忙曬了，這娃心細。」

毛毛很小的時候就和他爹相依為命，他爹身子又不好，毛毛自然得多做事，懂很多，比一般的孩子要早熟和懂事些。

「等過年了，咱們得給毛毛雙份的壓歲錢，澤秋哥，你說好不好？」安寧問道。

沈澤秋點頭，正想抱一抱安寧，對面又吵嚷起來。

他們不在家不知道，對門王漢田家最近都快吵翻天了，一個是為了么兒讀書的束脩和紙墨錢，劉春華嫌棄王漢田窩囊供不起，另一個就是為了秋娟。

秋娟三天兩頭的往娘家跑，李元就三天兩頭的過來接人。

何慧芳也聽見了李元的聲音，就他那打雷似的嗓門，她絕對不會聽岔了。「他不會又要打人吧？」說著疾步往院門口去了。

毛毛小跑兩步跟著她，嘴裡說道：「不會的，嬸娘，現在不一樣了，秋娟姊可神氣了，姓李的才不敢碰她一根手指頭呢！」

王秋娟有了身子，現在被李家人當作寶貝疙瘩。

第二天清晨，天還矇矇亮，何慧芳就起了個早，去準備祭祖用的東西。家裡只有兩間臥房，毛毛和何慧芳一人蓋一床被子，算湊合了一夜。

下了小雨，上山的路不好走，三房的人一起走了半個時辰，才把該祭奠的禮儀弄完。昨晚就和車夫說好，今天巳時末就過來接人，現在事都辦好了，回屋坐坐就要出發。

「去我家煮碗薑湯喝一喝，驅驅寒。」何慧芳說道。

沈澤秋家在村東，下山首先經過的便是他家院子，想著這氣候天寒地凍的，大家受了寒氣，是要灌碗薑湯好好的驅驅寒氣，大家都點頭說好。

「今年你們家這頭豬是想賣了，還是殺了自己留著吃肉？」

一大家子人把堂屋坐得滿滿當當，小輩後生們喝了薑湯就走，只有大嫂唐菊萍還有二嫂吳小娟留下，三個妯娌話話家常。

往年沈澤秋家的豬都是往外賣的，何慧芳可捨不得留下自己吃。辛辛苦苦養一頭大肥豬，自己一口都吃不著，也就過年了狠心割三五斤肉回來打打牙祭，解個饞罷了。

可今時不同往日，今年她家日子好了不少，新媳婦也迎進了門，自然不能和以前一樣勒緊褲腰帶過日子。他們這兒過年，富裕的人家會燻臘肉、臘腸，還有臘豬蹄和豬肘子，有的還燻雞鴨和野兔子，還有魚。都用鹽和酒醃製了，懸掛在灶房的火炕上頭就好。

平日燒火煮飯生的煙會把肉燻乾水分，還有股饞人的柴香。但要是燻的肉多了，光靠三餐的煙火可不夠，還要收集甘蔗皮、玉米葉，還有油糠點燃了燻，免得肉發黴變質。

何慧芳心裡不禁有些興奮，問安寧可吃得慣臘味？

安寧坐在旁邊看毛毛用小竹片織著東西，聞言抬頭笑了笑。「當然吃得慣了。臘腸蒸在米飯裡，伴著醬汁和小青菜吃可香了。臘肉可以煨湯，到了春天和新鮮的竹筍一塊兒炒著吃，也香甜。」說起這些吃的來，安寧眼睛都泛著光。以前在家時，她娘就是這麼做的，那記憶無論過去多久，都深深藏在她的回憶中。

何慧芳笑得合不攏嘴，果然不是一家人，不進一家門，她也愛這麼弄著吃。

「豬今年不賣了，留著自家吃！」何慧芳豪邁地說道，也該享受享受哩。「不過豬殺了也要賣一半，那豬有一百五十多斤，估計能殺一百一十多斤的肉，也不能全燻成臘肉呀！」何慧芳蹙了蹙眉。

「這還不好辦吶？」唐菊萍就等她這句話呢！「我家的豬今年也不打算賣，這不家裡兩個媳婦都懷上了嘛，正是要吃肉補充營養的時候。梅春估算著過半個月也要生了，我還打算提一隻豬腳去給她燉著吃呢！這樣吧，妳先把豬殺了，借一半的肉給我燻臘肉，等除夕前我家的豬殺了，再還新鮮的肉給妳怎樣？」

何慧芳想了想，這主意不錯。「可我家只有三個人，也吃不了幾十斤的新鮮肉啊！」

這時候一直沈默的吳小娟搭了腔。「賣給我吧！澤平還沒娶妻，家裡養的兩頭豬都要賣了換錢攢下，但過年總要吃點好的，我上集市去買是買，在妳手上買也是買。」

何慧芳點頭，滿面春風的。「那好。就這麼定了吧！」她素來是個急性子，想到啥就非做不可，這豬既然決定要殺，那她就先不回鎮上了。「我把家裡的事情弄完了再去鎮上！」

沈澤秋和安寧也都同意，要不是鎮上的鋪子實在離不開人，安寧和沈澤秋也想多在家留幾天呢！

車夫如約按時到了，何慧芳搬了兩個大南瓜上去，還有幾包沈家大嫂及二嫂給的乾辣椒、豆角啥的小菜。

毛毛拿著編了一半的小兔子，鬆了口氣。他承諾給妮妮的禮物還沒做好，嬸娘還要在家留兩天，那可太好了！妮妮給他的糖他放在枕頭下，沒捨得吃呢！

入了臘月，桃花鎮上就一天比一天熱鬧，附近村莊的人都三五成群地往鎮上來，採買年貨，準備過年。

馬車駛入花街布行，不一會兒車夫的聲音傳來。「呦，前面堵住了，進不去。」

沈澤秋掀開簾子跳下來，發現還有十幾公尺就到了，但前面人群熙熙攘攘的，圍在一塊兒交頭接耳，像是在圍觀什麼。

他把安寧扶了下來，對車夫說：「那就停在這兒吧。我們的東西有些重，麻煩你幫忙一起拿過去。」

安寧揉了揉坐得發痠的腰，往人群中張望了幾眼，怎麼好像有人在哭？

「你個王八蛋！喪盡天良的混蛋啊！我不活了我……啊，作孽啊——」

三個人提著東西一起往前走，走了好幾步才看清楚，這動靜是從宋掌櫃家的布坊前傳開的。只見雲嫂哭得滿臉淚痕，一邊哭一邊對宋掌櫃又踢又打。

「你把我的嫁妝和首飾還回來！這日子我沒法和你過了！咱們和離！」

沈澤秋掏出鑰匙把鋪門打開，皺著眉望向旁邊亂糟糟的場面，用手臂護著安寧先進了屋，然後又付了車錢給車夫。

「澤秋哥，不知道外面在吵啥呢？」安寧探頭往外瞧，發現事情好像不簡單，不僅是宋掌櫃和雲嫂在吵架，旁邊還站著幾個怒氣沖沖的娘子，仔細一瞧，慶嫂和慧嬸子也在裡頭。

「掌櫃娘子，你們夫妻倆的事我們管不著，留著自己掰扯去！我們幾個今天只想討回自個兒的血汗錢，那都是我們一針一線熬燈油熬出來的，這你們都忍心賴帳？」

想到上次慶嫂說宋掌櫃家給女工們結款不及時的事後，安寧和沈澤秋都明白了，這是拖得太久，人家堵上門來要錢了。

慧嬸子氣得臉都紅了。「我家的情況宋掌櫃你也清楚，這次我要不把錢拿回去，明天都沒米下鍋了！大夥兒都信任你，才容你一再推延，眼看年關要到了，這錢無論如何也該結給我們了吧？」

雲嫂覺得天都要塌了，萬萬沒想到自己男人連欠女工的幾兩銀子都拿不出來！

宋掌櫃的臉色由青轉白，又由白轉紅，瞧上去窘迫到了極點，恨不得找條地縫鑽進去，簡直沒臉見人了。

宋家布坊在花街開了許多年，生意一直很好，和那些女工們也都熟得像朋友，就是看在街坊鄰居的情分上，和對他本人的信任，慶嫂、慧嬸子她們才容許他一再推拖。想想也是，宋家這麼大一個鋪子在，總不會賴她們這幾百文錢的帳嘛！

眼看就要過年了，舊帳不好留到新年，有幾個急等用錢的女工上門要又被搪塞回來，大家通了氣，這才知道宋掌櫃從十月起，就沒給任何一個人結過錢！莫不是生意出了問題？

那可都是她們的血汗錢，可不能不要啊！大家商量好今天一塊兒來討工錢，於是才有了現在這一幕。

雲嫂也是這時才知道，原來家裡的流水銀竟這般緊張，連給女工的幾兩銀子都掏不出來！因此三言兩語的就和宋掌櫃又吵又打，懷疑他是不是在外頭養了一房小的，把家裡的錢還有她的嫁妝、首飾都騙出去貼了小狐狸精！

「好了，各位的錢我今日就結給妳們！」宋掌櫃面色鐵青，一把甩開雲嫂的手，走回鋪子裡，拉開櫃檯下的暗櫃，裡頭還有幾兩銀子，是這幾日有客人來取衣裳掙的。

雲嫂原還想攔著，她現在手頭就那麼點現銀了。可慶嫂、慧嬸子她們氣勢洶洶，自己死命的攔，怕是會被她們給活撕了！

女工們得了錢，各自回了家。可宋掌櫃和雲嫂還吵得不可開交，宋掌櫃的臉都被雲嫂給撓了一爪，留下了好幾條血痕。

安寧和沈澤秋沒去瞧熱鬧，這時候圍攏過去看，總有些幸災樂禍之嫌，多一事不如少一事。再說了，還有好幾套衣裳需要裁剪熨燙咧！

「咱把門關上，我好好地和妳說！哎呀，全都告訴妳！」

宋掌櫃是有苦說不出，投資商船隊的事他沒和雲嫂說，婦道人家頭髮長、見識短，做事情總前怕狼、後怕虎的，若是知道他把房契抵押到錢莊換來的八百兩全投了商船隊，肯定不同意，幸好吳掌櫃承諾的分紅比錢莊的利息高了一倍不止，他有把握瞞下去。

可壞就壞在吳掌櫃讓他再多投二百兩，宋掌櫃只好拼拼湊湊，動了雲嫂的東西，還抽了店裡的流水銀。就連之前放印子的本錢，宋掌櫃也全都收了回來，投到了吳掌櫃的盛和商船隊裡。

鋪門一關，圍觀的人漸漸散了，街上終於恢復到了往日的平靜。

安寧低著頭在裁衣臺前裁剪衣裳，沈澤秋去到後院煎了幾塊雜糧麵餅，再熬了一小鍋薑茶，兩個人在櫃檯後小口吃餅、小口喝茶，算是把這頓遲來的午食對付過去。

「安寧，晚上我煮麵給妳吃，麵湯裡燙幾片從家裡帶來的大白菜，再煮個荷包蛋臥在裡頭，肯定很香。」沈澤秋一邊說，一邊給安寧倒薑茶。

安寧淺笑著咬了一口煎餅，點頭說好。

沈澤秋摸了摸她纖細的手腕，滿眼都是心疼。「妳還是這麼瘦，要多吃點才成。」說罷又給她碗裡挾了塊餅進去。

安寧也有些無奈，這幾個月她吃得不差也不算少，可就是不見身上長肉，瞧上去仍有些瘦弱。不過看沈澤秋這勁頭，是存心要把自己餵胖了。

「我打小就瘦。」安寧吃著煎餅，有些羨慕地看著沈澤秋粗壯的手臂還有寬肩。「怎麼吃都不長肉，我娘還笑話我光吃不認帳呢！」

沈澤秋不禁莞爾，摸了摸安寧的頭髮。

昨天他就發現了，他娘瞧著大伯及二伯家的孫子、孫女，那眼神裡的羨慕藏都藏不住，把幾個小娃娃抱了又抱。雖然沒有明著說，但沈澤秋心裡門兒清，他娘想抱孫子啦！可安寧的身體這麼弱，從小多病，也是成親後才慢慢變好的，他還捨不得叫安寧懷孕，至少要再休養個一年半載的再說。

安寧見沈澤秋有些愣愣的，伸出手在他眼前揮了幾下。「澤秋哥，你想啥呢？」

「沒啥。」沈澤秋回過神來，朝安寧一樂呵，露出兩排大白牙。

下午臨近傍晚時，安寧剛裁剪完一套襦裝，抬起頭往外瞧了眼，便見細如飄絮的雪正簌簌落著，已經在門前鋪起了瑩白的一層。

「澤秋哥，下雪了！」安寧有些興奮。

沈澤秋正整理貨架，聞言也走了出來，兩人並排站在門口，仰頭望著漫天細細的飛雪，冰涼的風中夾了雪的清冷香氣。

「等雪再大些，就能帶妳堆雪人了。」沈澤秋說道。

安寧把胳膊肘靠在沈澤秋的身上，側臉笑望著他。「我又不是小孩子，還堆雪人啊？」

沈澤秋佯裝驚訝地瞪大眼睛。「妳是啊！在我眼裡，妳就是個小小孩！」噗哧一聲，安寧笑出了聲。

這時候街面上走來一對年輕少女，其中一位穿著紅色的襖裙，明豔動人，美得活色生香，安寧驚喜地招呼一聲。「是楊家大小姐呀！來，進來喝杯熱薑茶。」

楊筱玥身邊還跟著一位和她年紀差不多、眉眼間有四、五分相似的少女，安寧輕輕頷首，問道：「這位姑娘是楊小姐的姊妹嗎？」

「是我的表姊。」楊筱玥接過茶啜了口，指了指自己身上的襖裙，滿是自豪地說：「上次我穿這身衣裳去慶冬宴會，人人都誇這衣裳好看呢！我表姊也喜歡，她想做一身一樣的。」楊筱玥心直口快，一點也不介意和表姊穿一樣的衣裳。不過，在鋪子裡轉了一圈，她問道：「上次那種料子沒有了嗎？」

「是啊，那種雲錦只有兩身衣裳的料，都做完了。」安寧面帶幾分歉意。

楊筱玥的表姊名叫許彥珍，她嘆了口氣，有些遺憾地道：「我也想要雲錦的料子做，店家娘子，妳可以再去進些貨嗎？」

「這個……」安寧猶豫了，他們還沒摸清楚該去哪兒進貨呢！她看了沈澤秋一眼後，點了點頭。「行，我試一試，成或不成，都去府上知會一聲。」

從前沈澤秋在村裡賣布，都是直接在鎮上拿貨，偶爾去一回清源縣城，那裡應該有錦羅綢緞賣，但去清源縣路途比較遠，一來一回兩日功夫是一定要的。

「去嗎？」安寧輕聲問。做一套雲錦的衣裳最多不過掙二、三兩銀，可來回耽擱的功夫、路途上的花銷，也是很大的成本。

沈澤秋正用灌滿熱水的小銅壺熨燙著衣裳，聞言很認真的點頭。「想好了，等娘上來了，我就去縣裡一趟。我想著鎮上的有錢人不少，乾脆多進一些好料子。另外，錢掌櫃同意把鋪子租給咱們，這進貨的管道，也要先打聽好了才行。」

總之呢，這一趟不會白跑。

第三天何慧芳回來了，臘肉、臘腸都已經做好，託沈家大嫂一塊兒幫忙燻，就沒有帶到鎮上來了，省得要自己張羅。

何慧芳還提著個小包袱，笑咪咪地拿出來說：「你們看，這是啥？」

安寧把包袱打開，原來是兩隻活靈活現的竹編小兔子，還有幾隻小蟋蟀和蝴蝶。

「是毛毛做的哩，託我一定要給妮妮。」何慧芳笑著搖頭。「這娃是個有心的，人家送他一串糖葫蘆，就一直惦記著要回禮。」

不過錢掌櫃還會不會路過桃花鎮可說不清了，他又不是本鎮的人。

沈澤秋收拾了些簡單的行李，打成個小包袱，趁著時候還早，要到清水口坐船到縣裡去，傍晚到了後就找個店住一晚，明兒白天在縣城到處看看。

「喲，錢掌櫃啊！」

正準備出門，錢掌櫃一家正好來了。原來他們回鄉祭祖後小住了幾天，正要返程回去，他們今年要在濱沅鎮過年呢！

「呀，來得正好！」何慧芳可沒忘了毛毛給妮妮的禮物。

錢掌櫃一家要去清水口坐船，順路過來打聲招呼。聽見何慧芳說是毛毛託她給妮妮送禮物，錢掌櫃不禁微微一笑，這個小子還真是留了心。

妮妮也從馬車裡探出頭來，眨著水靈靈的大眼睛，好奇地看著小兔子還有蟋蟀、蝴蝶，臉上露出一個滿足的微笑，抬起臉對何慧芳說：「真好看呀！」

錢夫人慈愛地摸了摸妮妮的頭，這孩子自從上次家裡出了鬧鬼的事後，就比較孤僻，從前和她玩得好的孩子也都孤立她，已經很久沒有露出這麼開心的笑容了。

「澤秋小弟，你要出門？」看沈澤秋揹著一個包袱，手裡還拿著把雨傘，錢掌櫃問道。

「想去清源縣城看看，上次有客人做了套雲錦的衣裳很滿意，帶著家人還想來訂製，可惜店裡只有棉料和痲料。」沈澤秋答道。

前兩日下雪後，雪飛飛洋洋的便沒有停過，現在已經在地上鋪了半寸厚，房前一片銀白，屋頂上也如鋪了月光一樣。

寒風呼呼的吹過，捲起了沈澤秋的衣角。

錢掌櫃把車簾又掀開幾寸。「可惜清源縣和濱沅鎮不順路，不然你我還可同行。澤秋小弟，上車吧，我捎你一程，一塊兒去清水口等船。」

「多謝了。」沈澤秋和安寧還有何慧芳揮了揮手，囑咐她們晚上記得鎖好門、關好窗。

「我明天便回來。」

安寧也對著他揮手。「路上小心，一路順風。」

車夫抽了一記馬鞭子，車輪咕咕轉動，碾過潔白的雪地，留下兩道深痕。

到了清水口，船還沒有到，他們一塊兒坐在碼頭邊的茶棚中避風取暖。茫茫的江面上一片灰白，偶爾有小塊的浮冰漂過。錢掌櫃喝了口熱茶，嘆了句。「今年天寒得早，才臘月上旬，河面就有冰了，估摸著過不了幾日，還有場大雪啊！」

沈澤秋點了點頭，問道：「錢掌櫃，你以前進貨，都是上哪兒進的？」

錢掌櫃捧著杯子暖手，答道：「去青州的多，那裡有好幾個布行市場，又能坐船，交通方便。偶爾也會去州府徐城，不過那邊離咱們這兒太遠了，還要走陸路，一不小心還會遇見綠林響馬，一定要好幾個人結伴才敢去呢！清源縣還是小，貨少，價格也貴。」錢掌櫃如是說道。

沈澤秋若有所思地點了點頭。

很快地，去往縣城的船到了，二人就此別過。

第九章

自從上次大吵一架後，宋掌櫃就沒得過清靜。在得知他把錢都投到商船隊後，雲嫂果然哭鬧著要他撤股，把錢給拿回來。

這兩口子吵架，就連住在隔壁的安寧和何慧芳都能聽見，那鍋碗瓢盆嘩啦啦地往地下扔，聽得何慧芳都心疼了。

「哎喲喲，吵架就吵架，拿死物件撒什麼氣啊？最後還不是要自己花錢再買。」

安寧搖搖頭，那樣的日子過得有什麼滋味？如今宋掌櫃的鋪子連續幾日都不曾開門，雲嫂坐在臥房裡以淚洗面，說宋掌櫃要是還不去找吳掌櫃，她就自己去，還要帶著兩個孩子回娘家去。

宋掌櫃也是被逼得沒有辦法了，於是戴上帽子，在雲嫂的埋怨聲中，去找吳掌櫃。

「老宋，入股前我可和你說得清清楚楚了，一旦投了錢，就不許隨便撤股，你這樣讓我很為難啊！你有你的難處，我能理解，你若非要把本金抽出來，那我們就得按照協議辦事，提前撤資可是要扣一半的違約金。哎呀，不是做兄長的不體諒你，盛和商船隊畢竟不是我一個人的，這樣我在其他合夥人面前也不好交代啊！女子總是求穩，你是大丈夫，難道也畏手畏腳？過了年，第一次分紅就到了，你何必急於一時？」

吳掌櫃苦口婆心的一番話，又改變了宋掌櫃的想法。是啊，她一個婦道人家懂什麼？等過了除夕把分紅拿回來，就什麼事情都沒有了！

宋掌櫃樂滋滋的返回，快到家門口的時候，腦海中又浮現起雲嫂橫眉冷目的臉龐，嘖嘖，已經沒有一丁點溫柔氣息了。於是宋掌櫃一扭頭，去了鳳仙樓。

「店小二，來一壺酒，再要兩個小菜。」他一邊喝著小酒，吃著小菜，一邊在心裡喟嘆一聲。

唉，男子漢大丈夫，也怕家中的母老虎啊！

沈澤秋啟程去了清源縣城，鋪子裡安寧一個人根本忙不過來，何慧芳便出來幫著接一接客人，打一打下手。

如今下了雪，臨近除夕，氣溫很寒冷，何慧芳專門備了一壺熱茶，有進門的客人就倒一杯遞給人家喝幾口驅寒。俗話說拿人的手短，吃人的嘴軟，這樣一來，那些隨便看看的客人也就不好意思只隨便看了，倒也因此拉了不少生意。

安寧裁了好幾套衣裳，到了傍晚的時候，慶嫂和慧嬸子才過來拿。

「哎，我還就是樂意幫你們家做工，做一套結一套的工錢，叫人放心。」慶嫂一邊把裁剪完的料子疊起，一邊說道。

慧嬸子也忙不迭地點頭，扯起唇角冷笑了下。「隔壁的說錢都拿去投啥商船隊了，我可不信！

「那姓宋的年輕時就不是啥老實人，當年宜春樓的紅蓮就被他養著呢！」慧嬸子面露鄙夷。「要不是雲嫂厲害，紅蓮怕是要被贖身回家做小。」

慶嫂有些驚訝。「還有這麼一齣啊？」

「可不是？妳不知道啊……」

何慧芳聽得興起，還去院裡拿了碟炒瓜子出來，把鋪門合上，三位老姊妹一塊兒磕著瓜子閒聊天。

安寧有些無奈地搖了搖頭，繼續就著朦朧的燈火裁衣裳。

「難怪雲嫂懷疑他在外頭有女人，原來是有案底的啊！」

「頭頂都要禿的半老頭子了，還這麼花，嘖嘖……」

何慧芳和她們聊了個痛快。

到了夜裡，何慧芳便有些興奮的睡不著，心臟在胸膛裡怦怦直跳。她翻來覆去的，後來才發現這不是興奮，是心神不寧。

她這是怎麼了嘛？何慧芳的睡眠一直很好，屬於一沾枕頭就能睡的主，今天卻折騰到了半夜三更才勉強睡著。

不知道過了多久，她醒了，見安寧急匆匆地往外跑，臉上佈滿了眼淚和慌張，帶著哭腔對她喊著「娘，澤秋哥坐的船沈了！一船人都沈到了江底，一個都沒救下」！這話猶如晴天霹靂，把何慧芳的腦子都給震麻了，一時間天旋地轉。天啊，澤秋要是出事了，她也活不下去了……

接著一個激靈，何慧芳從睡夢中驚醒，天才矇矇亮，原來她只是作了個噩夢。

何慧芳長舒一口氣，摸了摸後背，才發現衣裳都汗濕透了。她從櫃子裡拿出一身新的換上，先去灶房裡做早飯了。

不一會兒安寧也從屋裡出來，一夜無夢，她的精神好極了。看見何慧芳眼下的青黑，不禁問了一嘴。「娘，您怎麼了？昨晚沒睡好嗎？」

昨夜那個夢實在不吉利，何慧芳不想說，便擠出個笑容來。「沒啥啊！」

安寧點了點頭，心想是這幾日何慧芳累著了，等澤秋哥回來，一家人做點好吃的補一補才是。簡單梳洗後，安寧用一枚銅花簪綰好髮，去開了鋪門。

不一會兒，太陽升起來，在門前鋪下薄薄一層晨光。

何慧芳熬好了南瓜粥，炒了些酸菜，還蒸了兩個窩窩頭，婆媳倆坐在櫃檯後吃著。何慧芳還是有些魂不守舍的，差點被窩窩頭給噎到，嚇得安寧趕緊把粥碗遞過去，讓何慧芳喝兩口順一順，又去倒了碗茶。

「唉，我這是怎啦？」何慧芳嘀咕了一句。

到了半下午，鋪子門口跑過幾個小孩兒，嘴裡嚷嚷著。「不好哩，有條船在江裡頭翻了！」

何慧芳眼前驀地一黑，差點站不穩，手在櫃檯上撐了一把才勉強穩住身子，說話的聲音都打著顫，臉色也蒼白如紙。不得了，澤秋怕是真的出事了！

果然啊，昨晚上作的那個夢就是不吉利！

何慧芳急忙往清水口的方向跑去，一邊跑嘴裡一邊說：「快，安寧，咱們去看看，怕不是澤秋坐的船出事了！」

這麼冷的天氣，人又穿著棉襖，掉進江裡頭，棉襖要是吸滿了水，那就和石頭一樣沈，即便精通水性的人也不見得能游上岸啊！

何慧芳心裡著急啊，結果腳脖子一歪，差點把腳踝給扭到了。不過她也顧不得這麼許多，三步併作兩步地往前面跑去。

「娘，您小心腳下！」安寧見狀也有些慌神，忙把手頭的活兒放下，對剛好路過的相識女工道：「嬸子，麻煩您幫我看看鋪子，多謝了……」一邊說著，一邊跟著何慧芳往清水口跑去。

今日又是個下雪天，雪不大，一片片如破碎的棉絮，不停落在何慧芳還有安寧的頭髮上、肩膀上，融化後成了點點水漬。可她們倆誰也顧不上找傘遮擋，站在碼頭邊上焦急地往江面張望。

這時候碼頭上已經擠滿了人，男女老幼越聚越多，把視線遮擋得嚴嚴實實。

安寧和何慧芳來得晚了，哪怕踮起腳尖，也只能看見一排排密密麻麻的後腦勺，江面上是個啥情況，一點兒也瞧不清楚。

身邊的人七嘴八舌的議論紛紛。

「哎喲，兩隻船為了避開一坨浮冰，撞到一塊兒啦！」

「要怪就怪今日老天爺作孽，那江面上霧濛濛的，隔著十來公尺就啥都瞧不清楚嘞！」

「哎呀，可憐了船上的人，這大過年的，攤上這麼一遭事，唉——」

「快看呀，那邊，那個男人是不是支撐不住，沈底了啊？哎呀，不得了了，往下游漂走了……」

安寧和何慧芳費了吃奶的力氣，終於擠入圍攏的人群中，站到碼頭邊上，果然，江面上起著濃霧，離碼頭一、二百公尺的地方，兩艘船撞在一塊兒，其中那艘小些的帆船身子破了個大洞，正緩緩往江底沈。

還有幾個小黑點似的人隨波漂流在江面上，想來是不幸落水的船客。

大船上的人正往下扔木板和繩子，試著把落水的人給撈上來，岸邊也有人駕著小船往那邊划，企圖去救人。

這數九寒天，冷風颼颼的，落在江水裡可不是鬧著玩的，要命啊！

「沈澤秋！沈澤秋！」何慧芳站在岸邊，對著江心揮舞手臂，明明寒風跟刀子一樣地颳過，可她的鬢角邊還是落下了滾燙的汗珠，心裡慌張無措到了極點。

安寧倒是鎮定很多，她踮腳在人群裡四下張望，沒有看見沈澤秋的身影，又往江心看去，把手放在嘴巴旁邊圈成一個圓喊著。「澤秋哥！澤秋哥你在哪兒呀？」聲音飄散在江面上。

不知為何，冥冥中她有種奇怪的預感，沈澤秋不會出事的，他一定可以平安回來。

何慧芳急得直跳腳，恨不得此時此刻就跳到江水中，游過去親自找到沈澤秋。

眼看碼頭上的人越擠越多了，安寧擔心何慧芳被擠到跌落江裡頭，她扶住何慧芳的胳膊，語氣中沒有絲毫慌亂。「娘，咱們往前走幾步，在人堆裡擠著也沒用。您心裡別太急了，澤秋哥說不準根本沒坐這艘船。」

何慧芳不甘心地往江面上又望了一眼，在安寧的安慰下，心裡好不容易放鬆了些，可就在這時候，人群中又響起一陣驚呼，原來是江面捲起了一陣大浪，把兩個好不容易抓住繩子往大船上爬的人給沖遠了！

哎喲，老天爺這還讓不讓人活了？何慧芳的心緊緊一揪，攥緊安寧纖細的手腕，哽著聲音。「走，我們往前走。」

「岸邊靠著幾條小船，我們雇一艘，去江心看……」安寧有條不紊地安排著，越是慌張緊急的時刻，越要有個頭腦清醒的人拿主意才好。

話音剛落，一道熟悉的聲音從人群中傳來——

「娘、安寧，我在這兒……妳們快過來！」

一開始何慧芳還以為自己聽錯了，額際旁邊突突直跳，正當她循聲茫然的四下張望時，身邊的安寧驚喜地踮起腳尖，指了指碼頭邊茶棚的方向，邊開心揮手邊歡快地說道——

「娘，是澤秋哥！他在叫咱們呢，他沒出事！」

老天保佑、老天保佑啊！何慧芳一顆懸著的心終於安穩地落回肚子裡，但還是感到一陣陣的心悸。

原來沈澤秋是回到了鋪子裡，一看安寧和何慧芳都不在，又聽幫忙看店的女工說清水口有船翻了，當下便猜測她們一定是擔心自己出了事，這才急急忙忙去清水口找她們。

「先回家。」何慧芳一陣後怕，連說話的力氣都沒有了。

回到鋪子中，幫忙的女工也很為他們高興。「沈掌櫃，你們都是好人，好人自有天人保佑，沒有出事，這可太好了！」她還要忙著去菜市場買菜，因此婉拒了沈澤秋留她坐坐喝杯茶的邀請，提著手邊的菜籃子走了。

「唉，可嚇死我了，現在心還怦怦跳個不停呢！」何慧芳撫著胸口，還有些心有餘悸，唇色也十分蒼白。

安寧給何慧芳揉著心口，沈澤秋則回內院燒了一壺熱水，沖了三碗糖水，一家人坐在一塊兒，小口地把熱糖水喝完。被冷風吹得冰涼的四肢緩和了不少，何慧芳蒼白的臉色也終於恢復了紅潤。

沈澤秋這才把今日的事情，一五一十的仔細道來。

「被撞爛的那艘船叫平順號，我今天下午本想坐這艘船回來的，就差一點兒……」說起來沈澤秋也有些後怕，臨上船的時候他發現身上的手帕不見了，許是落在進貨的布坊裡。一條帕子值不了幾個錢，但那是成親前安寧送給他的，在沈澤秋的心裡很有意義。無論如何，他也要回過頭去找，就這一來一回去找手帕的功夫，沈澤秋誤了平順號發船的時間，只好改坐下一艘。那艘船沒到清水口，是靠在一個離桃花鎮還有三、四里的小港口，所以他只好又雇了輛馬車，好趕在天黑前到家。

「娘，您忘了，我水性可好了，小時候我一躍就能紮好深好遠，就算今天真掉到了河裡頭，我也能游上來……」沈澤秋想安慰何慧芳，有些調侃地說道。

「呸呸呸，趕緊呸三聲！你怎麼回事，這話能亂說啊？」何慧芳坐在椅子上，精神頭已經完全被沈澤秋給氣恢復了，抬手就拍了沈澤秋兩下。「你不說我還忘了，小時候你貪玩，往後山那深潭裡跳，要不是澤玉把你撈上來，你啊你……」

安寧笑著揉揉何慧芳的肩膀。「原來澤秋哥小時候這麼皮。」

沈澤秋抓了抓頭髮，赧然一笑。

何慧芳站了起來，望了他一眼。「哎，平安就好，趁著天還沒黑，我去菜市場轉轉，今晚吃點好的安安神，也給祖先燒燒紙拜拜，保佑我們一家人平平安安的……」說完，何慧芳提著菜籃子，去市場買菜了。

現在天色已晚，肉攤子大多關了門，就算有開著，案頭上也只剩下些零碎、不好的肉塊，何慧芳瞅了瞅都不滿意，決定還是要尾魚，再買兩塊嫩豆腐煮湯吃好了。

這時候迎面走來個老和尚，看著何慧芳，驚訝地叫了聲。「這位施主印堂有黑霧，運道不佳，怕是家人近日有災禍纏身。」

何慧芳這人呢，逢年過節該燒香燒香、該拜佛拜佛，但街上遇見的能助人渡苦厄、解危機的道士和尚，她是一概不信的。為啥呢？很簡單，一開始總是說得高深莫測，還能把家裡的情況說得七七八八，可最後話鋒一轉，都要香火燈油錢！

要往外掏錢，何慧芳就不信了，得道的神仙還管她這凡人要錢？西天的佛祖保佑眾生還要貪圖香火？這做生意哩，還討價還價的，她不信。想要她往外掏錢，那更是沒門兒！

可今天何慧芳心裡本來就有些不踏實，被老和尚這麼一說，就更加不安了。她對老和尚點了點頭，搭了腔。「這話怎麼說？」這個老和尚鬍鬚和眉毛花白，生得面方庭闊，自帶一股世外高人的姿態，明明走在鬧市中，卻又和周遭的人不一樣。

「施主請往這邊來。」老和尚把何慧芳引到路邊。「讓貧僧看看手相。」

何慧芳伸出手，她常做家務活，每根手指都帶著厚繭，還有陳年的傷疤。

老和尚目光如炬，左右看了幾眼後搖頭蹙眉道：「怪哉、怪哉。」

這話何慧芳聽不大懂。「大師，啥意思啊？」

「妳的命數、妳丈夫還有兒子的命數，都犯了一個『孤』字忌，說白了便是天煞孤星，是孤獨終老之命數，可如今這命卻被改了。」

「啥？」何慧芳懵了。

老和尚繼續看何慧芳的面相，半晌後恍然大悟。「喔，原來是遇見了福星！不過，福氣是有定數的，這樣一直消耗下去，總有耗光的一天。」老和尚的神情有些嚴肅。

何慧芳心一顫抖，忙問道：「那可怎辦？」

「阿彌陀佛。」老和尚唸了幾聲佛號。「施主若想積福破解厄運，明日上鎮外的香山寺找貧僧，貧僧法號慧能。」說完，轉身離去。

何慧芳愣在原地，越琢磨越覺得這老和尚有點道行。他嘴裡說的福星，怕不就是安寧吧？是了，自從安寧來了家裡，家中的運道就好了許多，澤秋數次遇到危險，比如走夜路遇見野豬、這回碰上翻船，都能平平安安，怕是托了安寧的福氣。可聽這和尚的話，安寧的福氣就快用完了？何慧芳的心神又有些不安寧了，暗自把老和尚的話給記在了心裡頭。

她在旁邊的魚攤上買了一尾一斤半的鯉魚，又去豆腐攤上買了兩塊鮮嫩的豆腐，放在菜籃子裡，心不在焉地往家裡去。

沈澤秋這回要了一百多公尺足足十種不同的料子，有雲錦、素錦、織錦等不同的錦緞，還有軟緞綾羅，花色多鮮豔奪目，不過，和上次楊家母女做的來自江南的雲錦比不得，光澤和觸感都差了不少，但勝在價格便宜。

「這些錦緞都在一百文到三百文之間一公尺，做一身衣裳便宜的一兩銀子，貴的也只要二兩左右。」沈澤秋說道。

桃花鎮上富裕的人家不少，可真要拿出四、五兩銀子做衣裳，那畢竟只是少數。

安寧想想也在理，便和沈澤秋一塊兒把疊好的錦緞拿出來，掛在鋪子最顯眼的位置，花色由深到淺整齊地排在一塊兒，乍一看上去漂亮極了，就像冬日裡開了滿牆嬌豔的花朵。

見小倆口忙著收拾，何慧芳沒有多說啥，回到後院收拾魚去了。

到了天完全黑透，已經不會有客人上門，沈澤秋和安寧才把鋪門合上。沈澤秋現在已經認識了一、兩百字，他腦筋靈活學得快，也撿要緊用的字學，所以現在記帳、看帳完全沒問題。他記完今日進貨的成本，又拿出錢箱數裡面的錢。

他們每天都會把帳給記好，收入多少、支出多少，然後再用一個總帳本登記總數。

「入了臘月後生意一日好過一日了。」沈澤秋心裡高興極了，剛來鎮上開店的時候，流水銀才一天一兩，現在利潤都超過一天一兩了。

這也多虧了安寧會的衣裳款式多，總比別的店鋪新穎、不一樣，還會根據客人的身材和氣質改細節。加上他們講信用，從來不拖欠女工的工錢，所以大傢伙兒也愛幫他家裡做事，慶嫂、慧嬸子她們手腳索利，總能按時交貨，安寧在客人面前也好做。

「是啊，瞧著銀子嘩嘩地往裡進，我心裡就高興。」安寧微微一笑，完全不掩飾自己財迷的心態。

「就是辛苦妳了。」沈澤秋學會了做盤扣、熨燙衣裳、幫忙記帳，唯獨這裁剪衣裳學不會。依葫蘆畫瓢做出來，總是不如安寧裁出來的清透平整。

「澤秋哥。」安寧放下剪子，把手放在沈澤秋的掌心裡。「我心裡是甜的。」

沈澤秋揉著安寧的手腕，力度不輕不重剛剛好。「嗯，我也是。妳每天拿著尺子、剪子裁剪衣裳，手腕累著了，晚上我擰幾塊熱毛巾，妳敷一敷。」

安寧點點頭，恬靜柔和的眉眼在燭光下帶著一層光暈，沈澤秋有些看呆了，安寧真好看。

這時候，何慧芳已經把魚湯煮好了，在後院喊了聲，叫他們吃飯。

安寧把沈澤秋拉起來，嘴裡說道：「走吧，澤秋哥，咱去吃飯。」

「好。」沈澤秋應聲，走到拐角的時候，伸手摟住了安寧的腰。

安寧眨著水汪汪的眼睛看著他。「幹啥呀，澤秋哥？」

沈澤秋靠了過來，低頭認真地看著她。「我想親親妳。」

還以為他有什麼要緊事要同自己說呢，原來是這個。安寧臉皮發熱，面紅耳赤地嗔了句。「怎麼沒正經了呢！」

沈澤秋不放手，他就是想親親安寧，這個拐角是個視線死角，沒人能看見。

安寧噘了噘口水，眨了眨眼睛，忽然踮腳在沈澤秋的臉上親了親，臉上紅霞更添一層。

「行不行？去吃飯了好不好？」

「好。」沈澤秋笑起來。

灶房裡，何慧芳用抹布擦乾淨手，然後把身上的圍裙摘下，一家人圍在小桌旁坐下，桌上的魚湯蒸騰著水汽，一股又香又鮮的味道飄滿整個廚房，光聞一口就饞得人流口水。

灶上還煨著晚上洗漱用的熱水，木材燃燒著，時不時發出噼哩啪啦的細響。

沈澤秋一碗碗地盛著魚湯，把第一碗推給何慧芳。「娘，您先喝，今天讓您受驚嚇了。」

安寧把燭花剪了剪，灶房裡瞬間亮堂了不少。「娘，您明兒看看有啥喜歡的料子，我們一人做身新衣吧。」她喝一口魚湯後說道。眼看著除夕將近，這是他們仨一塊兒過的第一個除夕，也該做身新衣裳了。

「是呢，娘，您好幾年沒做冬衣了，安寧的衣裳也都穿舊了。」沈澤秋搭腔說道。

何慧芳看著他倆，心裡暖呼呼的，一個個都是孝順的孩子。她眼眶一熱，不免又想到了今天那老和尚的話，要是安寧真的是福星，他們把安寧的福氣給耗光了，那以後一家人豈不是要走下坡路？不行！何慧芳暗下決心，寧可信其有，不可信其無，這萬一真被老和尚說中了呢？「澤秋、安寧啊，」何慧芳放下湯勺，鄭重地看著他倆。「明兒一早咱們去鎮外的香山寺一趟。」接著把傍晚那番遭遇細細地說了一遭。

沈澤秋吃了塊嫩豆腐，蹙起眉道：「娘，您啥時候信這了？」接著又喝了口魚湯。「我明日一早還要去楊府告訴她們，貨進回來了，沒時間——」話沒說完，被何慧芳瞪了眼。

「我心裡不安！香山寺不遠，我們早去早回，耽誤不了多久！」

沈澤秋的心思到底不如安寧細膩，還要再說什麼，被安寧不動聲色地扯了扯袖子。

「澤秋哥，求個心安，我們明天就去一回吧。」安寧說道。

夜裡睡覺前，安寧坐在梳妝檯前，邊梳著髮梢，邊和沈澤秋解釋。「今天娘一直心神不寧，去寺裡一趟能讓娘心裡踏實就好。明早雇輛車，早些出發，一來一回也要不了多久的。」

沈澤秋在後頭鋪著床，後知後覺的明白過味來，一巴掌拍在自己的腦門上。「還是娘子心思聰慧！」

安寧少有地瞪了他一眼。「明兒還要早起呢，你才從縣裡回來，不累嗎？」

「累什麼？」沈澤秋佯裝聽不懂，從身後攬住安寧的腰，把下巴輕輕靠在她的頸窩上，溫熱的呼吸撲在安寧的耳後，染出一片粉紅。

「沈、澤、秋！哎呀——」

第二日一早，才到卯時初，天空還是一片漆黑，一家子就從溫暖的被窩裡鑽了出來。

安寧睏得眼皮都睜不開，捂著嘴直打呵欠。

沈澤秋先起了床，擰了塊熱巾子走過來。

「娘子辛苦了，為夫幫妳擦臉……妳多睡會兒。」

安寧被逗笑了，半坐起來，裡衣有些鬆垮，露出一截光潔白皙的脖子，濃密的烏髮垂下來，襯得臉越發小巧憐人。她接過沈澤秋手中的巾子，笑著下了床。

「澤秋哥，你從哪兒學來這些文謅謅的詞？」

沈澤秋眉毛一彎。「戲文裡都這樣唱。」

「我怎沒聽過嘞？肯定不是啥正經戲。」安寧道。說著她推開房門，一股凜冽的寒風夾雜刺骨的涼意，一股腦兒地湧入房中。可真冷！安寧打了個寒顫。

何慧芳起得稍微早些，已經把粥熱好了。

吃完了早飯，沈澤秋去早市上尋了輛馬車，天色依舊一片漆黑，車前還掛著燈籠照路。

車夫十分健談，一邊馭馬一邊問：「你們也是去香山寺進香的吧？哎喲，那寺廟靈驗呢，每到過年，就有不少人去進香拜佛，祈求來年順順利利，聽說啊，越早去越靈驗！」

馬車行駛在清晨空曠的街巷之間，一路暢通無阻，很快就駛出了鎮子，過了小半個時辰，就到了寺廟門前。

這時候天才稍微有些朦朦亮，寺廟門口有小和尚正在清掃落葉。

一陣寒風飄過，院子裡的樹上又落下一片枯葉，把小和尚才掃乾淨的那片地給弄髒了，於是小和尚拿著竹掃把，又回過頭繼續清掃。

「小師父，你這樣掃，可啥時候是個頭哇？」何慧芳說道。「掃了又落、落了又掃的。」

「阿彌陀佛。」小和尚雙手合十，彎了彎腰，他滿臉稚氣，不過十四、五歲，說起話來卻一本正經，很是老成。「施主只是見我掃落葉，這是眼前物，而我卻在修行，這是我心所見。」

「……」何慧芳嘶了嘶口水，這寺廟裡的和尚，一個個說話都聽不明白。

「小師父，你認得慧能和尚嗎？」何慧芳問道。

小和尚點了點頭，把竹掃把靠在樹上。「認得，那是我師父。請隨我到師父的禪房中來，師父已經在等你們了。」

何慧芳忙招呼沈澤秋和安寧跟上，一邊跟著小和尚走，一邊問：「你師父知道我們要來？」

小和尚頓住腳步，回身雙手合十，對何慧芳點點頭，面無表情但語氣和順。「我師父有神通，一早便算到你們會來，而且是一行三人。阿彌陀佛，施主還有什麼想問的嗎？」

「沒、沒了。」何慧芳越發對這位叫慧能的和尚好奇。

路過幾間正殿的時候，安寧看著殿中的佛像和羅漢，還有小和尚們敲著木魚誦經的聲音，忽然感到有些害怕，大冬天的寒風肆虐，她卻汗濕了衣裳，連掌心都沁出一層細汗。

經過了幾間正殿，到了院西的禪房門口，她才鬆了口氣，狠吸了幾口氣，對旁邊的沈澤秋小聲道：「我剛才好害怕。」

沈澤秋抹著掌心裡的冷汗，也有同感。「我剛才也一陣害怕，心怦怦跳個不停，出了一身汗。」他倆可是夜半三更有人叩門都不怕的。沈澤秋蹙起眉，道：「咱倆前世莫不是一對妖精，不然怎麼看見佛祖就和老鼠見了貓似的？」

「澤秋哥，別瞎說呀，你才是妖精呢！」安寧有些嗔怪地瞪他一眼。

禪房裡，昨日那個叫做慧能的老和尚正在打坐，旁邊一個更老的和尚顫巍巍地在房間裡踱來踱去，聲音低緩沙啞。

「慧能啊，大日如來、藥師如來的塑身都露出裡面的泥胎了，文殊菩薩身上的彩繪也脫色了……」

慧能睜開眼睛，起身拂了拂僧袍。「師父，弟子知道了。您放心，我能把修繕寺廟所需的銀子化來。」

老和尚欣慰地點點頭，慢慢地從後門出去了，嘴裡唸叨著。「阿彌陀佛，出家人不打誑語，待會兒人到了，誑語能少打就少打……阿彌陀佛，善哉善哉。」

等老和尚出去了，慧能把禪房的門推開，正好看見自己的徒兒把沈澤秋一家帶過來，他面露微笑，雙手合十，微微頷首。

「三位施主，請進。無須多言，你們的情況我都知道，你我相逢即是有緣，今日便為你們卜上一卦。」

安寧和沈澤秋剛剛平復下的心緒，在見到老和尚後又變得不舒服。

不過，既然到了，就是硬著頭皮也要往裡走。

慧能把何慧芳引入禪房中，坐在蒲團上，然後拿起小案上的籤筒，請何慧芳抽一支。

「呼呼！」何慧芳深吸了兩口氣，閉著眼睛，緊張地從筒中抽出一根，雙手遞給慧能。

「嘖嘖，嗯。」慧能接過籤，舉在手中看，沈吟片刻後道：「這是根中簽。」

何慧芳緊張地望著慧能。「這是不好的意思？」

「非也、非也。」慧能搖了搖頭。「此乃轉機，抽的是中簽籤，說明事情還有轉機，佛渡有緣人，施主，這是妳的造化啊！」

何慧芳蹙眉，這又說的是啥？老這般文謅謅的，她聽不明白！

安寧和沈澤秋站在門邊，沒有往屋裡走。

慧能瞇一瞇眼睛，看見他二人被汗濡濕的髮梢，不禁心思一動，以為他們是太過於緊張。

「二位施主，請走過來些。」慧能的眼睛裡露出慈愛的目光，就像老農民看著地裡茁壯成長的莊稼，漁夫望著魚網裡活蹦狂跳的鮮魚，慈愛下滿是豐收的喜悅。

沈澤秋和安寧只好往前走了幾步。

慧能輕輕點了點頭。「這位男施主面上還殘留著一抹隱約的凶煞之氣，想必剛剛死裡逃生，從一場危機中脫身吧？」

沈澤秋點點頭。

然後慧能又對安寧說：「這位女施主，妳的生辰八字是什麼？貧僧要幫妳卜卦。」

安寧只好一一道來。

一開始慧能面上還是一派霽月清風，捋著白鬍子，滿臉輕鬆怡然，等他把安寧的八字寫下來，掐指算了幾下後，忽然臉色一變，抓起案上的粗茶喝了幾口。

「咳咳咳、咳咳咳……」一不小心被茶水嗆得直咳嗽。

何慧芳被嚇了一跳。「大師，你慢點喝呀！」

慧能擺了擺手，神情古怪地打量著安寧和沈澤秋，接著站起身，臉上擠出微笑。「無妨、無妨。貧僧有幾個開過光的辟邪符，施主們拿回去後放在枕頭下即可破解，善哉善哉。」說罷，急匆匆的從後門出去了。

禪房裡留下沈澤秋他們三人面面相覷，這？

後院裡那個老和尚一看慧能出來了，急忙叫住他，問道：「好徒兒啊，施主們一共捐了多少香火錢？要在佛前供奉幾盞海燈啊？」

慧能搖了搖頭，神神秘秘地說：「師父，今日來的人似是不簡單，福運高照，若要誆騙他們，恐怕會厄運纏身，自損福蔭。依徒弟我看，應是前世有因，今生來解。」

老和尚瞇了瞇眼睛，面露疑惑，又低頭掐指算了算。「可我算出來，今日會有香客捐一大筆香火錢啊……」

慧能也奇怪地搖了搖頭，去取了三枚辟邪符給何慧芳。摸著黃色的符紙，何慧芳心安了，眉頭也舒展開來，尤其是這回大師根本就不問她要香火錢，可見以前遇到的都是騙子，眼前這位才是真大師。

「多謝多謝！」何慧芳笑得眼睛瞇成了兩條縫，這下她可算是放心啦！

走出了香山寺，沈澤秋和安寧也鬆了口氣。這時候天色才剛剛放亮，來寺廟上香的香客也多了起來。

何慧芳心定了，人的精氣神也上來了，坐著馬車回桃花鎮的時候，話明顯比來時多了不少。「咱們今年也幫毛毛做身衣裳吧，這娃兒也怪可憐的。」

安寧笑著點頭。「成，娘您說了算。」

路上透過車簾的縫隙，沈澤秋在路邊眼尖地看見了個熟悉面孔。

「那不是隔壁宋掌櫃嗎？」

何慧芳打從心眼裡厭惡他，從鼻腔裡哼哼一聲。「難道他也去燒香拜佛？佛祖才不保佑這樣的惡人嘞！」

馬車咕嚕咕嚕地駛回鎮上，沈澤秋要去楊府，先下了馬車。

回到鋪子門前，慶嫂正好來交做好的衣裳。安寧把鋪門打開，接過慶嫂遞來的包袱，又翻開記錄尺碼的本子，檢查著尺碼是否對了。

慶嫂斜倚著櫃檯，小聲說：「你們回來晚了，沒瞧見剛才的好戲。」

何慧芳立刻搭腔。「啥？什麼好戲？」

慶嫂的下巴往旁邊點了點，壓低了聲音，神秘地說：「今天一大早，隔壁那家又吵翻天啦！宋掌櫃吵不贏，扭頭就走了，他們還真是沒個消停！」

何慧芳一邊用抹布擦著櫃檯，一邊搖了搖頭。「一天到晚吵架，鋪子也不用開，生意也不用做了。」

「還開啥鋪子啊？」慶嫂嘖嘖兩聲。「宋掌櫃扭頭一走，雲嫂就帶著家裡的兩個孩子，提著幾個包袱，雇了輛馬車走啦！聽說她娘家在濱沅鎮，家底子還不錯，估摸著是回娘家去咯！」

過了會兒，安寧把新一套衣裳裁剪好，交給慶嫂拿走了，沈澤秋也從楊府回來了。

「澤秋哥，」安寧對他招了招手。「咱們仨今兒就把料子定下來，量好尺碼、定好款式，過年了，才好有新衣裳穿。」

沈澤秋的衣裳不是黑便是藍，剩下的就是灰色，來來回回就那幾個顏色，安寧便想著換個稍微鮮活些的，她指了指一塊橄欖棕的面料道：「那塊怎麼樣？」

何慧芳掃了幾眼，又上手摸了摸，點頭。「料子也緊實。」

「行，那就這塊吧。」沈澤秋點了點頭，反正只要安寧和何慧芳喜歡就成，款式跟顏色對他來說，根本沒差。

安寧取來軟尺，正準備給沈澤秋量尺寸，隔壁的宋掌櫃提溜著一個黃紙包著的燒雞回來了。

望著門前掛著的銅鎖，宋掌櫃愣了愣，隨後慌張地掏出鑰匙把門給打開，往內院裡奔去，進臥房一看，櫃門都大開著，裡頭的衣裳還有一些日用之物都不見了。

他心裡一驚，急忙跑到街上，踮著腳往街口看。

有人看不下去了，低聲和他說：「宋掌櫃，今天一大早，見到你家夫人帶著孩子，雇了輛車去清水口坐船走了。」

這話如兜頭一盆涼水，把宋掌櫃澆了個透心涼。

她真的帶著孩子回娘家去了？宋掌櫃低頭看著手裡的燒雞，狠狠往地上一擲，然後無力的蹲下。唉，急什麼呀？和她說過年後分紅就到了，怎麼就是不信？

宋掌櫃一咬牙。行，妳回妳的娘家去吧，我要是去接妳，我就不姓宋！

他心裡憋著一口悶氣無處發洩，站起來踹了大門一腳，而後重新鎖起大門。

不行，他要去香山寺找那個什麼慧能大師算帳！說好了他能做法保佑家宅和睦平安，怎麼剛捐完香火錢，老婆就領著孩子回了娘家？他得給自己一個說法！

宋掌櫃黑著臉，飛快地往花街外走去，心裡頭蒸騰的怒火都快把他氣暈過去了。今年還真是邪了門，萬事都不順！想著年前去香山寺在佛前燒幾炷香，祈求來年事事順心，結果又被個老和尚誆去二十兩香火錢！

哼，就算為了出心頭這口惡氣，他也要把那故弄玄虛的禿驢揪出來！

路邊上的街坊鄰居都望著宋掌櫃的背影，時不時的竊竊私語。

「宋掌櫃現在去清水口坐船追，應該還能追得上吧？」

「誰知道喲！反正聽說他把家裡的錢全都給揮霍沒了，雲嫂就算不走，也活不下去不是？」

「唉，我怎聽說宋掌櫃是把錢投到船隊去了？」

「沒錯，前些日子在茶樓裡喝茶，他可是逢人就說，過了新年他家就發達了，要買一所大院子，請好幾個僕人在家幫工呢！」

何慧芳一邊掃地，一邊聽著他們議論，扯起嘴角嘖嘖幾聲。幸好自家沒往商船隊裡投錢，瞧，這宋掌櫃就是個教訓，分紅還沒見到影子呢，先把自己的家給折騰散了！

香山寺裡，慧能撥弄著手裡的念珠，身揹一個小包袱，一邊唸著經，一邊往山下去，他的徒弟小和尚送他到了山腳。

「師父，您為何不等過了年再去化緣修佛？」

慧能呵呵一笑，頷下白鬍子抖了幾抖。「為師不得不走。」

再不走，到手的香火錢豈不又要吐出去？他可算到了，今早來祈求家宅平安的掌櫃，家裡頭還有得折騰。種瓜得瓜，種豆得豆，都是那人自己種的因，臨時抱佛腳一點用都沒有。

「師父慢走，徒兒會想您的。」一直一本正經的小和尚眼裡泛起點點淚光。

慧能伸出手摸了摸他光不溜秋的頭，慈愛地笑了笑。「好好聽師祖的話，師父不在的這些天，做功課不許偷懶，不准偷偷下山去玩，更不准偷偷捉弄師兄們……」

剛剛都快哭出聲來的小和尚瞬間愣了愣，突然就不想哭了。他雙手合十，對慧能鞠了個躬。「師父，時間不早了，您盡快出發吧，再不走，方才那位施主就要追來了。」

慧能乾咳幾聲，原來他這乖徒兒什麼都知道。「走了——」

楊筱玥和她表姊一聽說沈澤秋去縣城把錦緞買了回來，下午就套上車過去了。

今日已是臘月十五，離小年臘月二十四只有九天，生意人大多小年前一日關門，要到正月初七以後才會陸續開店營業，因此她們若想要在新年穿新衣，現在就得讓安寧加急幫她們裁剪縫製了。

「彥珍表姊，妳和姨媽吵架了嗎？」楊筱玥問道。

許彥珍隨手撥弄著車簾上的流蘇，有些心不在焉地「嗯」了聲。

「難怪姨媽拿了好幾疋衣料來，妳看都不想看。」楊筱玥握著許彥珍的手，輕輕捏了捏，聲音有些嬌。「彥珍表姊，是什麼事情呀？妳可以和我說嘛，我還能幫妳出出主意呢！」楊筱玥的性子隨她母親，灑脫又開朗，鬼主意還特別多，家裡的兄弟姊妹中，數她最機靈聰慧。

許彥珍輕嘆了口氣。「妳不懂。」

「妳不說我怎麼會懂呢？」楊筱玥歪頭望著她，一雙明媚的杏仁眼一眨又一眨的。

許彥珍今年十五，比楊筱玥大一歲，家裡已經在幫她說親了。原本她和隔壁一位姓張的人家中的長子是青梅竹馬，互相有意，可許父卻想把許彥珍嫁給縣衙裡新來的主簿。

父親的原話是「商人再有錢，地位也比不得讀書人高，那新來的主簿大人是舉人，有功名在身，年方二十五，未來能成為縣丞甚至縣令也未可知，妳還有何不知足？妳嫁過去，家裡會給妳很多嫁妝，妳也不會吃苦受累」。可是，這並不是她想要的呀！許彥珍低頭不語。

馬車駛得快，很快就到了布坊門前。

「楊小姐、許小姐，妳們來了呀！」安寧正送走一位客人，見到她們下馬車，淺笑著迎了上去。「進來看看吧，這次有好幾種花色，有鮮豔活潑的，也有素淨些的。」說著把她們迎進了鋪子中。

沈澤秋坐在櫃檯後對她二人輕點了點頭，繼續低頭做著盤扣。過了會兒，他用手背碰了碰安寧喝水的杯盞，覺得有些冷了，便拿起水壺往裡頭加了些熱水。

許彥珍有些心不在焉，剛好把這一幕看在眼中。

「彥珍表姊，我們做那塊櫻桃色的織錦吧？我們倆做一樣的，一塊兒穿出去一定和雙胞胎姊妹一樣！」楊筱玥有些雀躍。

許彥珍望著單純又開心的楊筱玥，不禁從心裡生出幾分豔羨，明明只相差一歲，她們的心境已然大不相同。「好，我也覺得那櫻桃紅的好看。」許彥珍點頭。

在回家的路上，許彥珍的眼前不禁又浮現起安寧與沈澤秋相處的畫面，安寧娘子接待客人，沈掌櫃就默默做盤扣，還記得幫她的茶杯中添熱水，這些細節透出二人滿滿的默契，還有互相扶持的愛意。

她與張陵甫自幼竹馬青梅，若能結為夫妻，也能這般琴瑟和鳴，可父親卻非說官貴商賤，要把她嫁給一個連面都沒見過的主簿……許彥珍面色一白。

「筱玥，我遇到大麻煩了……」許彥珍本有些認命的心思了，但她一想到今後幾年、幾十年，直至死去都要和一個沒有感情的人生活在一起，就產生了極大的抗拒，她不想就此認命。

「妳說。」楊筱玥把頭靠了過去。

眼瞅著除夕要到，鋪子裡的訂單積壓了不少，光靠慶嫂和慧嬸子她們幾個人根本做不過來，沈澤秋和安寧只好加了工錢，這才多招到幾位工人幫忙。

晚上安寧算了一筆帳，到了臘月二十，新接的單子就要排到年後去交貨了。

沈澤秋幫安寧捏著肩膀，感慨地說：「這一年過下來，我感覺像在作夢。」以前不敢奢想的日子，竟然都到了。

安寧笑著掐了掐沈澤秋的臉。「痛嗎？」

「痛。」沈澤秋蹙起眉。

安寧用手指點了點他的眉心。「痛就說明你不是在作夢呀！」

沈澤秋摸了摸她的頭髮，黑如稠墨的瞳中笑意點點。

今日終於下了大雪，院子裡已經鋪滿一寸厚的一層，傍晚的時候沈澤秋把雪掃到了角落，說今晚可以在院子裡堆雪人了。

何慧芳搖搖頭，嫌棄地說：「都成家了，怎還像個孩子似的？」不過她也沒攔著，沈澤秋愛玩就去玩吧，這還是前幾年身上的擔子太重，連性子都壓下來，現在釋放釋放也好。不過安寧可不能去，她身子弱，受不得寒涼氣。

灶房門口掛了盞燈籠，橘色的燈光照在沈澤秋的身上，他脫去最外面的棉袍，拿著一支小鏟子挖著院子裡的雪。

何慧芳在灶房裡準備著晚飯，他們今天晚上是吃暖鍋，不過家中沒有酒樓裡的那種銅鍋，何慧芳是用白菜、蘿蔔等蔬菜吊了一鍋清湯，待會兒大家坐在灶火邊上，一邊涮肉、豆腐、青菜吃。

吃這個要配蘸料，現在安寧就捧著一小碗蒜米在剁蒜呢。

不一會兒，灶火上熬的湯咕嘟咕嘟地冒泡了，何慧芳把鍋蓋一掀開，一陣蒸汽迫不及待地逸出來，香味滿屋。

「澤秋哥，咱先吃飯吧！」安寧把蒜米放下，走到院子裡看沈澤秋堆了一半的成品，只見地上有幾個大圓球，還啥都瞧不出來。

屋子裡，何慧芳已經把待會兒要涮的肉片、豆腐塊、小青菜一樣樣洗乾淨，放在竹箧子上整齊的排好了。

「好嘞！」沈澤秋直起腰，摸著早已經咕咕叫的肚子，走到灶房裡，用溫水洗著手。

「今晚咱們喝上一杯吧！好不容易吃一回暖鍋，也該慶祝慶祝。」何慧芳都不記得家裡有多久沒吃過暖鍋了，畢竟做這東西費時間、費柴禾，還要許多菜來配，以前哪裡吃得起？她心裡頭高興，把一罎子酸梅酒抱出來，倒了一碗。然後把碗放在熱水中泡著，這樣不一會兒酒就溫好了。暖鍋配酸甜的梅子酒，也是極開胃。

這天晚上，三人都喝得有些微醺。

安寧先去洗漱，然後上床睡覺了。

沈澤秋有精力沒處使，乾脆到院子裡把沒有堆完的雪人給弄好了。

一夜無夢，安寧睡了個踏實，清晨推開門望見院子中的場景時，忍不住笑出了聲音。原來沈澤秋昨夜做的雪球大大小小，全是雪人的頭、身子，還有下半身，一共三個，最高最大的想必是他自己，那個頭上有個髮髻的是娘，最小的那個便是自己了。

這時候何慧芳也推開了門，揉了揉惺忪睡眼，驚訝道：「喲呵，這雪人怎這麼醜呢？得虧小時候沒叫澤秋去學做木工，就這手藝，肯定討不到飯吃哩！」

剛從床上爬起來的沈澤秋抓了抓頭髮，透過窗戶看著院子裡的雪人……好吧，是有那麼一點點醜。

簡單洗漱後，何慧芳去做早飯了，安寧和沈澤秋則忙著去開鋪門，今日起得稍微有些晚了呢。

等過了會兒，他們重新回到院子裡時，那幾個醜雪人已經大大變了樣，何慧芳用黑豆給雪人做了眼睛，切片的胡蘿蔔是圓圓的鼻子，紅辣椒是咧開笑的嘴。

沈澤秋站在安寧背後低聲說：「我怎覺得這樣一裝飾，那雪人更醜了哩？」

安寧忍不住了，笑著輕捶他一下。「小心別被娘聽見了。」

醜，看久了也就順眼了。

臘月二十三很快就到了，徐秀才的私塾今天散學，學生們都要各自歸家，等過了元宵再來私塾上課。

一大早，劉春華就滿面春風的出發了。路過大榕樹下面時，有人問她。

「春華呀，去鎮上買年貨嗎？」

劉春華下巴一抬。「年貨早就備好哩！俺是要去鎮上接么兒回來過年，他們讀書人辛苦啊，只有過年了才有歇息的時候。」還有，么兒捎了口信回來，說他這次年前考，得了甲等哩！她就說嘛，這娃兒是塊讀書的料子，比其他孩子都聰明！劉春華心裡那個美呀，恨不得把全村人都叫出來，聽她好好誇讚她家么兒有多聰明能幹！甲乙丙丁，甲等可是排名最靠前的優等生呢！

因么兒在徐秀才那兒讀書的束脩還有紙墨書本錢，家裡過得很緊巴，走到渡口的時候，劉春華沒捨得坐馬車。入了臘月，連馬車錢都加價了，要四文錢一個人，她可捨不得。

走到半路上又開始下雪，這些日子雪下了融、融了下，把泥巴小路都給泡爛了，路面上坑坑窪窪，她深一腳、淺一腳地走到鎮上時，已經快到晌午了。

咚咚咚！劉春華拍打著私塾大門，門開後迫不及待地說道：「我是么兒他娘，我來接他回家過年！聽說這回考試他得了甲等，對不？」

門房劉大爺點了點頭，指了指院裡頭。「徐夫子和么兒都在裡頭，妳進去吧。」

劉春華看到劉大爺點了頭，心裡更高興，拍了拍褲腿子上的泥點兒，往屋子裡走去。其他學生的家人來得早，現在私塾中就只剩下么兒一個孩子。劉大爺目送劉春華的背影，伸手捶著自己有些彎曲的老腰，心想等最後這一個學生歸了家，他也能盡早回去，準備過年了。誰知舒服勁兒還沒到一炷香的時間，屋裡突然傳來「哇」的一聲爆哭，把劉大爺嚇得心肝亂跳。

劉春華捏著么兒的成績單子，上面的字她一個不認得，可徐夫子的話卻說得明明白白。

「么兒這回考試，是全私塾最末一名。」

徐夫子說話時不苟言笑，又有股子為師為長的威嚴，目光炯炯，嚴肅得叫劉春華心裡頭發虛。她看看么兒，但么兒只顧著低頭摳手指頭。「徐夫子，么兒這次考試不是得甲等了嗎？」她納悶地問了一嘴。

徐夫子喝了口茶，「嗯」了聲。「是有門課考了甲等，是跑步第一名。」

「啥？學堂裡還教人跑步?!」劉春華驚訝地瞪大眼睛，不禁有些著急。她花錢把么兒送到私塾裡是讀書認字，是將來要考功名做官的，在這兒學啥跑步？這不是瞎耽誤工夫嘛！

「咳咳、咳咳咳！」徐夫子用拳抵在嘴前，咳嗽了幾聲。「縣裡的教諭說，今年會試好多學子都暈倒在考場上，皆因考生體弱氣虛，受不起筋骨之勞苦，所以，本私塾特設置體課一門，早晚學生們都會在院子裡跑十圈，強身健體，么兒便是這門課的甲等。」

「……那其他呢？」劉春華問。

徐夫子掀起眼皮看了么兒一眼。「禮儀為啟蒙之本，言行舉止皆要沈著文雅，知禮守節，么兒是丁等末。讀書習字要求寫字工整，書本字句熟讀且能背誦，么兒也是丁等末。」

劉春華臉色一白，有些抹不開臉面，心裡的高興勁一下子就被澆熄了。她憋著口悶氣沒處發洩，忍不住拍了么兒一巴掌，手都還沒落下呢，么兒就「哇」地一聲哭得震天響。

「你哭啥呀？還有臉哭！」劉春華真是恨鐵不成鋼，平日裡捨不得真打，可今兒氣懵了，真下了手。

么兒哭得更大聲了，一邊哭還一邊打著哭嗝，眼睛像兔子一樣紅。

劉春華心一酸，又捨不得了。「別哭了，娘等會兒給你買糖吃。」

徐夫子嘆了口氣，么兒三天兩頭和同窗鬧矛盾打架，動不動就這樣嚎哭，看來也是有緣故的，因為哭了，就有糖吃，在家中是這樣，可外人才不會管你哭得慘不慘。

唉，慈母多敗兒啊！徐夫子嘆息道。

「你們回去吧。」他擺了擺手，心裡暗下了決心，不管來年劉春華再如何哀求，也不會收下么兒入院讀書了。

第十章

今日是臘月二十三，早上安寧給女工們結清工錢，客人們也拿完了衣裳，沈澤秋剪下幾條紅棉布條拴在貨架、門鎖，還有剪刀上，寓意吉祥順意，來年火紅。

接著，一家人便啟程回沈家村了。

何慧芳已經提前買好了過年的年貨，對聯、紅福、炮仗、香燭、豆腐、果子還有紅糖桂圓等零食。路過糖攤的時候她才猛然想起，糖塊忘了買。

往年都是自家做的麥芽糖，今年三人都忙，也就沒時間做，正好現在下車補上些。

小攤主笑咪咪地掰下幾小塊芝麻糖、花生糖、核桃酥給何慧芳嚐。「這幾種又香又甜，您嚐嚐。」接著又挑了兩粒水果糖給何慧芳。「這種小孩愛吃。」

何慧芳急著回村收拾院子，趕時間呢，所以一把將所有糖塊塞到嘴裡，砸吧幾下品了品滋味後，對攤主點點頭。「滋味是不錯，這些芝麻糖啥的一樣來一斤，水果糖給我幾樣口味混在一塊兒，要三斤。」接著想了想，又道：「不成，三是單數，要四斤好哩！」

攤主忙不迭地點頭，用油紙把糖塊包起來秤。

沈澤秋他們的馬車才剛剛進村，就有眼尖的人看見了。

有人瞇著眼睛往土路的盡頭張望。「喲，來了輛馬車哩，不知道誰回村了？」

邊上有人搭了句嘴。「還能有誰？肯定是澤秋家唄！自從他們去了鎮上，哪次回來不是坐馬車的？」

吳鳳英正帶著禾寶，還有禾寶的弟弟糖寶在旁邊玩，兩兄弟抱在一塊兒打架，她一邊把他倆扯開，一邊嘀咕了一句。「呵，裝神氣！」話音剛落，她兒媳婦就走了過來，吳鳳英脖子一縮，生怕剛才的話被兒媳婦給聽見，要是兒媳婦學舌告訴桂生，自己又要挨兒子說，因此急忙把爬在地上的糖寶抱起來，一邊拍娃身上的灰，一邊說：「哎喲，怎在地上爬來爬去，你狗生的呀？」才說完，兒媳婦就走到了她面前，剛好把這句話聽在耳朵裡，臉色一下子就變得很難看。

她婆婆這說的是個啥？哪有做奶奶的罵自家孫子是狗生的？這不是故意打她的臉嘛！

桂生媳婦張小柳一把抱過糖寶，然後騰出一隻手牽著禾寶，語氣有些衝。「娘，妳剛才那話啥意思？故意說給我聽的？」

吳鳳英後知後覺地癟了下嘴，天地良心哎，她是平日裡這樣說話慣了，根本沒細思裡頭的意思啊！這下好哩，搬起石頭砸了自個兒的腳。「小柳，我就隨口一說，妳怎還往心裡去了？」吳鳳英有心解釋，但又端著做婆婆的架子，聽上去倒像在責怪張小柳多心。

張小柳頭都沒回，眼眶有些微微發紅。她剛嫁過來那年，桂生還沒去縣城做工，吳鳳英的長輩排場可沒少擺，她心裡還記得清清楚楚的！

不成，她得要桂生給自己作主！她婆婆就是個順杆爬的主兒，慣會得寸進尺的，今日對她陰陽怪氣的要是沒人管，明天就會指著她的鼻子直接罵了。

吳鳳英焦急地追在張小柳屁股後頭走遠了。

旁邊瞧熱鬧的人交換著眼神，會心一笑。

「吳鳳英怎這麼怕她兒媳婦？在外頭挺橫的人，倒被兒媳婦治得服服貼貼的。」

「她哪裡是怕兒媳婦，這是怕兒子嘞！」

「不過小柳也是厲害，把桂生拿捏得死死的，桂生聽她的話，吳鳳英才不敢輕賤她！」

再說沈澤秋他們，終於到了家門口，三人心情都很好。天公做美，一路上不颳風、不下雪，車順順當當地走過柏樹林，到了家門前。

「多謝哩！」何慧芳把車錢給車夫，一邊笑著說吉祥話。「祝您來年萬事順遂，身體康健哈！」

「承您吉言啦！」

這車夫與他們相熟，是鎮上的人，已經打過好幾次交道了。他收好車錢，婉拒了何慧芳留他吃晚飯的邀請，看了看天色道：「時辰不早了，我趁天還光明，盡早回鎮上去。咱們新年見，大家都吉祥順利啊！」說完調轉了馬車身子，甩著馬鞭回程了。

這時候院門嘎吱一聲細響，原來是毛毛聽見了動靜，從裡面拉開了院門。

毛毛眼睛一亮，高興地喊道：「嬸娘、澤秋哥、安寧嫂，你們回來啦！」說完把兩扇院門都推開，幫他們把東西往堂屋裡面搬。

何慧芳原還想早些回來，家裡房前屋後及雞舍、鴨舍肯定都亂糟糟的，定要花大功夫收拾一遭，結果等進了屋一看，那心就放下不少，對毛毛這孩子的喜歡又添一層。

雞舍跟鴨舍看得出是勤掃過的，角落墊著的稻草都還挺乾淨，院子裡的落葉都掃成了一堆，雪融化成水後在院子裡留下幾個小泥坑也被毛毛用稻草墊上了。

毛毛從灶房中拿出幾個瓷碗，取出冬籃給他們倒溫水喝。就算坐馬車從鎮上回來也要一個多時辰，口渴是一定的。

「這二十來天，雞一共下了快三十個雞蛋，都抹了一層油，放在灶房裡呢！雜物房的屋頂破了個洞，有些漏雨，要修一修。有一、兩日天氣晴朗，我把被子又抱出去曬過了一回……」

沈澤秋他們坐著喝水，毛毛乖巧地坐在一邊說著家裡的情況，很認真也很有條理。

何慧芳滿意地點了點頭，從帶回來的包袱裡掏出些糖塊兒、花生、桂圓啥的塞到毛毛的衣兜裡。「毛毛你做的真好！嬸娘先去做飯，咱今天晚上吃雞蛋麵，等吃了飯，咱們再一塊兒收拾一下，貼對聯跟福字、掛紅燈籠。」

「好！」毛毛脆生生的應了。

灶房很久沒開火了，何慧芳先拜了拜灶王爺，然後才起鍋燒熱水。毛毛在旁邊幫忙燒火，在麵條就快起鍋的時候，他跑出院門，說要去和沈家大嫂說一聲，今晚不過去吃飯了。

毛毛到的時候沈家大嫂唐菊萍正在做菜，他們家人丁多，吃飯時足足十來張嘴，每回吃飯，粥都要熬上兩大鍋。唐菊萍知道何慧芳他們今天下午回來了，料想毛毛今晚會在那頭吃，也沒啥意外的，點了點頭。「去吧。」

這時候沈澤石的媳婦王桂香把剝了一半的蒜米放下，捂著嘴乾嘔幾聲。「哎喲，有些反胃想吐。」她的肚子已經六個月了，現在還常有孕吐的反應。

坐在她身邊一塊兒忙著擇菜、扒蒜、打下手的沈澤玉媳婦兒梅小鮮見了，忙說道：「那妳快去房裡歇歇，記得喝幾口溫水，等飯做好了，我叫妳。」

王桂香點了點頭，扶著腰，慢慢回了自己的屋。

灶房裡的唐菊萍忍不住嘆了口氣。「咱家就數她最金貴。」

梅小鮮把擇乾淨的小蔥放在水盆裡涮著，回頭寬慰婆婆唐菊萍。「她大著肚子嘛，也能理解。」

王桂香回到屋子裡，剛好沈澤石也在，她伸出胳膊說：「我手疼，你給我揉揉手。」

沈澤石忙走過去。「妳怎了？」

王桂香有些委屈，用手比劃出一個大圓。「我剛才剝了這麼大一碗蒜，手指甲都摳得發痛了。」

「我晚點就去和娘說，妳月分大了，讓她少給妳派活兒。」沈澤石一邊說，一邊給王桂香揉著手指頭。

「那你要好生說，別叫大嫂跟二嫂知道了，娘這樣偏愛我，我怕她們會不高興，我不想惹得家裡不安寧。」王桂香嘆了口氣。

沈澤石連連點頭。「我知道，妳就放心吧。」

躺了一會兒後，王桂香用胳膊肘推了推沈澤石，壓低聲音說：「你覺不覺得，毛毛這孩子，心思有些深？」

「這話怎說？」沈家三房這些兄弟感情都很好，沈澤石也很愛護毛毛這個又隔了一代的堂兄弟，那娃聰明懂事，和心思深沈怎麼能扯上關係呢？

王桂香用手指戳了戳沈澤石的臉，有些無奈。「你呀，人太好了，看啥都覺得好。你看毛毛，一來咱們家，就把娘哄得服服貼貼的。明明在咱家吃，卻成天和澤秋他們親近，現在他們日子過得好，毛毛估計想巴結人家，得些好處吧？今晚都不來幫忙做飯了，直接說要在澤秋他們那邊吃呢！他這一步一步的，感覺都在心裡頭打著算盤。」

沈澤石聽了，眉頭緊鎖。

王桂香見狀，急忙說：「澤石，這些話我也就和你說說。古話說嘛，防人之心不可無，我也就是隨便猜一猜罷了。你不會是生氣了吧？」

沈澤石搖搖頭。「我知道，我沒生氣。」

但王桂香這番話，還是讓他覺得心裡發寒。要是乖巧懂事都是毛毛裝出來的，那這娃兒的心思可不是一般的深啊！

「嬸娘，您多吃些，我人小，吃小份的就好了。」盛麵條的時候，毛毛蹲在一邊，嚥著口水說道。

純麵條都是用白麵做的，大部分莊稼人都是粗糧配精麵吃，毛毛以前和他爹相依為命，家裡窮得叮噹響，一年到頭也吃不著一回白麵條，而沈家大房人口多，吃飯也是細糧跟粗糧混著吃。所以，今天晚上這頓麵條，算是毛毛記憶中少有的好吃食了。但他還是強忍著饞蟲，說自己只要小碗的。

「放心吧，今晚的麵，管夠！」何慧芳的眼眶不禁有些發熱，看到毛毛這副年少老成的模樣，不知怎的，就想起沈澤秋這個年紀時，似乎也是這般品性。何慧芳挾了滿滿一碗麵，還在上頭蓋了個剛煎出來、還油汪汪、散發著香味的煎雞蛋，再舀幾勺油爆過的酸菜添上，然後遞給毛毛。「吃吧，別和嬸娘客氣。」

吃過了飯，何慧芳還要領著毛毛去沈家大房一趟呢！這不是到年關了嘛，舊帳該在舊年結，毛毛一天十文的工錢，該算好給沈家大伯拿著才是。

天完全黑透了，何慧芳提著一盞燈，帶著毛毛往村南邊去。

這時候劉春華才剛揹著么兒到家門口，么兒那鼻子特別尖，沈澤秋家飄蕩的麵條味已經很淡了，還是叫他嗅了出來，趴在劉春華的背上嚷嚷。「娘，麵條的香味呢！」

「……閉上你的嘴！」走了夜路，半路上么兒喊著走不動了，劉春華只好把他揹上往家走，現在累個半死，心情不大好，狼狽的模樣又被何慧芳給撞見了，更沒有好氣。

「哼！」何慧芳沒理會她，懶得理睬，牽著毛毛的手，直直往前走了。

王漢田從屋子裡出來，看見劉春華頭髮跟衣服上都是冰水，么兒趴在她背上也凍得瑟瑟發抖，不禁惱怒地瞪大眼睛。「妳不是一早就出發了嗎？怎這時候才回來？看看，么兒都凍成啥樣了！」

劉春華一聽，就和煤油桶遇見了火般，一點就炸。「成天就知道衝著我嚷嚷！就看見天黑，你也不知道去路上接一接我們娘倆？光會動嘴皮子！」

何慧芳和毛毛往沈家大伯家去的時候，大伯家也剛吃完晚飯，梅小鮮和唐菊萍還有沈澤鋼的媳婦兒周冬蘭在灶房裡洗碗，堂屋裡頭，沈澤石正在和他爹沈有福說話。

「爹，眼看桂香就要生了，我們那一間房根本不夠住，我們商量著，是不是要在我們那屋後頭再建一間屋，好給小的住？」

沈有福瞇著眼睛抽旱煙，吐出煙霧後連連咳嗽幾聲。「澤石啊，你這話有理，可家裡一時半會兒拿不出建房的錢，再等兩年吧。」

沈澤石蹙著眉頭，家中的條件他心裡清楚，三兄弟娶妻就把家底掏得差不多了，可是……他咬了咬牙，心裡有些不好意思說，開不了那個口，但一想只是借用一下毛毛的錢，又不是不還，心裡的那個坎就過了。「咱家不是還有好幾百文錢嗎？再說了——」

沈有福瞪大了眼睛。「你說啥？」

沈澤石訕訕的，還沒開口繼續說，院子外頭何慧芳的聲音就傳了進來。

「大哥、大嫂，我是慧芳啊，我來串門子啦！」

話音剛落，唐菊萍就笑著把院門拉開了，把他們迎進來。

「大哥呢？我找他把俺家給毛毛的工錢結清楚。」何慧芳一進門就直奔主題，把正事先給辦了，再和唐菊萍話家常。

「在堂屋裡頭呢！」唐菊萍正和梅小鮮在蒸一個老南瓜，到時候南瓜碾成泥，一半炸上次安寧做過的南瓜餅，一半和麵粉揉成一團，做些南瓜饅頭，所以唐菊萍用手指了指堂屋方向後，轉身便要朝灶房走去。

「哎，大嫂！」何慧芳趕緊叫住了她。「妳一塊兒進去吧，也好做個見證。」何慧芳就是這麼個人，再親的人，一旦涉及錢財銀兩，她就格外較真，親兄弟明算帳，那可不是鬧著玩的。「澤玉、澤鋼還有澤石也一塊兒叫過來。」

唐菊萍深深望了何慧芳一眼，無奈地嘆了句。「妳呀妳，我們還會貪一個娃的錢嗎？」

「大嫂，妳千萬別往心裡去，這樣做大家心裡都有數，亮堂，不好嗎？」何慧芳說道。

「好。」唐菊萍去把兒子們都叫來，再用溫水洗了把手，一塊兒去了堂屋。

大家站的站、坐的坐，一塊兒聽何慧芳理帳目。

「一共是五百多文錢，毛毛做事牢靠又盡心，我給湊個整，一共六百文錢。」說完，何慧芳從衣袖裡抓出個小布袋子，從裡頭拿出六吊銅錢，整齊地碼在桌上，然後瞅了瞅沈澤玉。「澤玉呀，你拿紙筆過來，咱們寫個字據。」緊接著她又圓了句場。「我這人就這麼個秉性，你們千萬別怪罪。」

沈澤玉點了點頭。「哪會呢？這樣做是應該的。」說完轉身去找紙筆了。

找到後，何慧芳讓沈澤玉寫好時間、錢數，然後自己還有毛毛，以及幫忙保管的沈有福一塊兒按下手印。

至此，何慧芳心安了，臉上笑意融融，把字據收了起來。「這不就妥了嘛！」

沈有福敲著煙灰，咳嗽幾聲後把銅錢收了起來，一邊收一邊說：「妳說的做的，都在理呢，放心吧！」

話剛落下，站在角落的沈澤石和他媳婦王桂香的臉色就有些不好看了，沈澤石更是覺得臉面發燙，不敢看何慧芳，更不敢看毛毛，順著堂屋後門悄悄走出去，直接回屋了。

何慧芳把正事給處理好後，便去灶房裡頭，一邊幫忙燒柴禾，一邊和唐菊萍、梅小鮮等人聊閒天。

「大嫂，今年我家攢了不少雞蛋，咱們今年過年，多做些蛋餃好哩！」她說道。

按照清源縣這邊的風俗，家裡父母在，兄弟們不管分沒分家，都會湊在一塊兒吃年飯，雖然沈家祖輩去世這麼多年了，但三房還是習慣聚在大哥家吃年夜飯。

往年何慧芳和沈澤秋的日子過得清苦，吃年夜飯的時候拿不出什麼好菜，基本上都是蹭吃蹭喝，今年日子好起來了，何慧芳決定多拿些東西吃食出來，鐵公雞也拔一回毛嘛！

「行呀！」唐菊萍也點頭。「等過了小年，妳過來一塊兒做年菜吧，今年我們家好好操辦一回。」

聊了會天，沈澤秋也冒黑到了，手裡還拿著以前做貨郎時用的扁擔還有籮筐。

「今年的日子是真過得美了，」唐菊萍拿著抹布擦手上的水漬，邊擦邊笑。「肉都要用擔子挑了呢！」

沈澤秋抓了抓頭髮，笑得兩眼彎彎。

另一邊，梅小鮮已經把掛在灶火上一直燻著、屬於沈澤秋他們家的臘肉及臘腸給取下來，放在沈澤秋的籮筐裡。

唐菊萍去把昨日才殺好、抹了層鹽保鮮的新鮮豬肉抱出來。「今年天寒，這肉能多放幾天，埋在雪堆裡，到元宵前都不會壞。」

「這可太好了！」何慧芳望著兩個籮筐裡滿滿的肉，心裡那個美呀，眼角都有些濕潤了，今年過年不愁鍋中無肉了。

回到家裡，安寧把帶回來的東西都安置好了，看見桌上放著裝衣裳的包袱，何慧芳一拍腦門。「哎喲，瞧我這記性！毛毛過來，試一試新衣裳合身不？」

安寧給毛毛選了深藍色的棉料，上面是對襟夾棉長襖，下身是束口棉褲，針腳縫得很細密，袖口、領子還有前襟也特意縫製了兩層，這樣既結實又耐磨。

「……謝謝嬸娘、安寧嫂、澤秋哥。」毛毛揪著身上破舊得瞧不出顏色的夾襖，一時間有些不敢相信這是真的。他從小就撿別人的舊衣裳穿，別人家也是老大穿新，老二穿舊，老三縫縫補補又穿一回，給到他的時候早已經破爛得不像樣子了，記憶裡，似乎沒有穿過這麼整潔乾淨的新衣。

何慧芳把他拉了過來，摸了摸他的頭。「別愣著了，上身試一試吧！你正是長個兒的時候，所以做大了一寸，等你明年穿，就剛剛好了。」

毛毛把衣裳套上身，整個人都精神了不少，乍一看上去，和鎮上的小娃娃都沒啥區別，眉眼長得勻稱，腰板挺得也直，尤其是那雙幽黑的眼睛，就像會說話似的有靈氣，一瞧就知道是個聰明孩子。

夜漸漸深了，月亮升到了半空中，安寧捶了捶有些發痠的腰。「娘，咱們歇吧，對聯、福字啥的，明天再弄吧？」

何慧芳點了點頭。「灶上煨著一大鍋熱水，咱們燙燙腳再歇。」

一家子剛躺下，對門的么兒又開始放聲大哭，似乎是吵著要吃芝麻糖，劉春華的聲音隱約地傳了進來——

「吃啥啊？還沒到過年，就要給你吃完了！從明天開始，你每天都要寫兩百個大字……」

第二日清晨，天色微亮，雞籠中的大母雞就咕咕地叫了起來，家裡的大黃狗搖著尾巴在雞舍、鴨舍前轉來轉去，跟著一塊兒汪汪叫。

何慧芳已經很久沒有從家禽的叫聲中醒來了，在鎮上的時候她想著買幾隻雞養，後來也因為太忙而耽擱了。

「牠們是餓了。」何慧芳掀開被子坐起來，攏了攏頭髮，見到毛毛已經起來了，正坐在床邊穿鞋。

「嬸娘，我去餵雞。」他仰著臉說。

「你再睡會兒吧！」何慧芳記得澤秋在他這個年紀時最貪睡了，晚上睡著了八頭牛都拉不醒，就算把人抱起來丟江裡，恐怕也要水漫過鼻子才有感覺。

毛毛搖了搖頭，小跑著推開門出去了。「我不睏。」

臘月二十四是小年，這一日會在家大清掃、貼窗花啥的。何慧芳想著今年乾脆叫毛毛在自家待著過年算了，多個人多份熱鬧。唐菊萍一想，這樣她還省下毛毛的一份口糧，自然也歡喜。

吃過早飯後，一家人開始貼對聯。

對面王漢田搬了張桌子在院子裡，劉春華得意地取出紅紙和筆墨。

原來徐夫子特意教了學生們寫對聯，么兒不懂是啥涵義，就照葫蘆畫瓢的臨摹上去，字跡雖然不好看，有些歪歪扭扭的，但也是那麼個吉祥的意思，劉春華心裡可美了。

尤其是她聽到路過的村民們誇讚，更是得意的不行。

「喲，這讀書認過字的就是不一樣，寫的真不賴！」

「么兒，幫大叔也寫一對唄？」

劉春華心疼筆墨錢，可架不住被拍馬屁的舒服勁，連連點頭。「行呀！來，么兒，給你叔寫上一副！」

毛毛站在門口幫正往大門上貼福字的沈澤秋遞米糊，鼻頭紅紅的，時不時往對面院子裡看。「么兒這麼厲害了？」

沈澤秋把福字背面抹上厚厚一層米糊，然後福字朝下，貼在門板上，一邊抹平上面的皺褶，一邊說：「這有啥——咦？毛毛，我教你認字吧？」反正在家過年也沒啥事，乾脆教毛毛認識幾個簡單的字和算數，他過兩年和沈澤玉學做木工，會認字可大有用處。

毛毛一聽，可興奮了，雀躍得直蹦。「那可太好了！」

中午，何慧芳用新鮮豬肉做了一碗肉丸熬白菜湯，又蒸了半截臘香腸，配上一鍋又稠又香的米粥，吃了暖身又有營養。

「下午咱們去和大伯娘她們一塊兒剪窗花吧！」何慧芳一邊盛粥，一邊說。

安寧點了點頭，她剛嫁過來沒多久，一家子就去了鎮上，和大伯、二伯家的嫂子們還沒怎麼交往過，剛好趁著過年，也親近親近。

除夕夜的前一日，何慧芳拿上家裡的雞蛋、白糖、豬肉、南瓜、蔬菜等物，一塊兒去大房家備菜，她們要做豆腐圓子、煎蛋餃、炸肉丸等葷菜，也有炸小麻花、炸糯米丁、炒花生等小零食。

安寧和幾個媳婦們坐在堂屋裡頭包餃子。

梅小鮮教安寧包花樣，她身量很高，加上有張滿月似的圓臉，瞧上去比一般女子高大壯些，其實身上沒多少肉。

王桂香愛開些小玩笑，一邊包餡一邊說：「大嫂站在安寧嫂子身邊，看著都快比澤秋哥還高呢！」

從小到大，梅小鮮不知道聽過多少這樣不懷好意的調侃，她勾唇笑了笑，沒有說話。

沈澤鋼的媳婦兒周冬蘭有些厭煩地看了王桂香一眼。「桂香，妳嘴倒是會忙，手怎麼閒著呢？餃子皮在妳手上都要被揪出花兒來了！」

王桂香有些訕訕的，和性子溫柔、不爭不搶的大嫂相比，她這位二嫂可是嘴上不饒人的。「哎喲，這不是娃在肚子裡亂踢嘛！不好意思，我包慢了，嫂嫂們別怪罪我嘛！」王桂香用手肘扶了扶肚子，有些吃力的樣子。

安寧微微勾了勾唇。「沒事，妳要是累，就去歇會兒吧。」接著望向梅小鮮。「大嫂這樣的身量穿衣裳才好看呢，尤其是穿長裙，鎮上好多小姑娘就羨慕這種身形。」

王桂香把手上的活計放下，拍拍手，正準備去臥房裡躺一會兒，聽見安寧這樣說，驀地來了興致，她對於鎮上人的生活還挺好奇的，很願意聽安寧講一講。「安寧嫂子，給俺們說說鎮上的故事吧？」

梅小鮮和周冬蘭的眼神也都望了過來，等著安寧說故事、長見識。

安寧是不太愛說人閒話的，想了想，揀了林府和楊府的事說了說，吃、穿、住，以及言行舉止，都細緻地說了一遭。

王桂香今兒聽得入迷，到了晚上睡覺的時候，還興奮得睡不著，旁邊的沈澤石已經均勻地打起了鼾。

「澤石！醒醒啊，澤石！」她伸手把身邊睡得正香的沈澤石搖醒。

「唔嗯……怎了？渴了？」沈澤石迷濛地睜開眼睛。

王桂香搖了搖頭，小聲地說：「你想不想和澤秋哥、安寧嫂子他們一樣，去鎮上過日子呀？聽安寧嫂子說，林府光下人就有好幾十個，那個姓楊的夫人做衣裳，幾兩銀子花出去都不眨眼的……」她說著今日聽安寧描繪的畫面。

「妳胡思亂想個啥……」沈澤石睡意昏沈，一閉眼又睡了過去。

王桂香無趣地癟了癟嘴，暗道沈澤石真是半點上進心都沒有！

除夕夜很快就要到了，女眷們一大清早就開始在灶房中忙前忙後。

臘月二十九日那天，沈澤秋和沈澤玉上山瞎轉悠，趕巧逮住一隻肥兔子，肥兔子足足有七、八斤，一半用來燉了，剩下一半用來和乾辣椒爆炒。

灶房裡的香味一陣陣飄蕩出來，傳了很遠很遠。

沈澤平領著毛毛在院子裡玩炮仗，他倆算是兄弟中年齡差距最小的，所以能玩到一塊兒，關係也最親近。

「唉，這個孩子吧，是家裡的老么，養得有些嬌氣，種田種地吃不了那個苦。」沈家二嫂吳小娟有些頭疼地說。「下半年讓他去澤玉的師傅那兒幫忙做了幾日工，師傅又嫌他沒個定性。這農活吃不了苦，手藝活又沒有耐心，以後可怎辦喔！」

何慧芳往院子裡瞅了眼，兄弟兩個把炮仗塞在一團軟泥中，炮仗一炸，泥點子四下亂飛，剛好外頭有個村民過路，崩了人家半身。

沈澤平忙笑著湊上去。「大爺，對不起了，俺們不是有意的！再說，這可是好兆頭呢，衣裳花了，預示來年發發發！您說，是這個理不？」

何慧芳沒忍住，笑了笑。「澤平的嘴倒是會說話。」

「那些都是油嘴滑舌，有啥用處啊？」沈家二嫂吳小娟又氣又好笑地看了兒子一眼。

何慧芳想了想，道：「去鎮上做夥計怎樣？要不我幫忙留意著？」

吳小娟想了想，點頭道：「行呀，那妳給留著點心。」

才到申時，年夜飯就準備開席了。這是有講究的，年夜飯吃得越早，寓意越順。

沈澤玉和沈澤秋把一張小桌子擺到了院子裡頭，上面供著肉、水果、糍粑，又倒上酒水，三房一大家人一塊兒燒香祭祀，祈求來年風調雨順、平平安安。

最後點燃一串長長的鞭炮，炮仗聲在村子裡此起彼伏，像海浪般翻騰，儀式結束了，終於可以正式開席。

家裡人多，擺了足足三桌才坐得下。毛毛坐在何慧芳身邊，何慧芳給他挾了個大雞腿，笑著說道：「快吃吧！」

安寧和沈澤秋坐在一塊兒，沈澤秋用勺子先給安寧盛了碗熬得又濃又香的雞湯。「先喝點熱湯養養胃。」

「嗯，你也喝。」安寧接過湯碗，笑得眉眼彎彎。

「可別不好意思挾菜，想吃啥跟我說，我幫妳挾。」沈澤秋傾身靠近安寧，用只有他倆才能聽見的聲音說道。

除夕有守歲的習俗，吃完了飯也就剛過申時，天剛黑。

女眷們吃完了，一塊兒坐到廂房裡，邊嗑著瓜子邊聊天；小孩們是愛跑愛鬧騰的，提著燈籠、拿著小鞭炮滿村的玩。

禾寶一隻手提燈，一隻手拿著根棍子，正堵在村裡的一條路邊上，瞅見有小孩路過，又是落單的，就衝上去搶人家兜裡的炮仗。

毛毛蹦著走在前，剛好就被禾寶拿著棍子敲了下腦袋。

「你幹啥啊？」毛毛齜牙摸了摸頭頂，一把將禾寶給推翻了。

禾寶要是早看清楚來的是毛毛，那鐵定是不敢上前打劫的，尤其是沈澤平還跟在後頭。

「略略略！」見碰到了硬茬，禾寶吐了吐舌頭，順著小路一溜煙地跑了。

說來也湊巧，么兒這些天一直被困在家裡寫大字，好不容易才剛吃完飯，兜裡塞滿糖塊和炮仗，樂顛顛的出來玩，結果沒走幾步，就被一個黑影一撲，滾到路邊的水溝裡頭。

毛毛剛追上禾寶，就見禾寶提著燈籠，正踮著腳往旁邊的溝子裡看。

「有人掉裡頭了？」毛毛瞪大眼睛問道。

這水溝說深不深，但有些陡，而且下雪後裡面積了很多淤泥和爛葉，雖淹不死人，但肯定要摔一身泥。

「咱下去看看吧！」沈澤平也追了上來，見狀提議道。

一開始，么兒滾下去時估計是摔懵了，這會才放聲大哭喊救命。

沈澤平提著燈籠，毛毛跟在背後，禾寶有些害怕，但還是咬著手指頭，一塊兒沿著旁邊比較和緩的地方往下爬。

么兒整個人躺在溝底又軟爛、又腥臭的泥巴裡，哭得唏哩嘩啦的。

「么兒，快別哭了，牽著我的手！」沈澤平最高，他把燈籠遞給毛毛拿著，兩腿撐在水溝的兩側，一手扶著旁邊的土坡，另一隻手伸向么兒，抓住他的胳膊，把人拽了起來。

接著三人接力，總算把摔成了泥人的么兒給救了上來。好在溝底比較鬆軟，么兒沒受啥傷。

么兒一癟嘴，繼續哇哇大哭。「俺要去告訴俺娘，你們推俺！」說完用滿是泥巴的手抹了把眼淚，轉身蹭蹭蹭地往家跑去。

沈澤平和毛毛面面相覷。「么兒，俺們是好心救你，推你的可是禾寶，別告錯了狀啊！」

禾寶一聽不幹了，對毛毛說：「都怪你追我！你要是不追，我怎會撞到他？」

「你要是不用棍子敲我，我追你幹啥？」毛毛反駁道。

現在是公說公有理、婆說婆有理，啥也講不清了。

沈澤平和毛毛都知道么兒他娘最護著么兒了，當下也不出去耍了，一陣風似地回了沈有福家的院子。

這時候男人們也喝完了酒，在堂屋擺了張桌子，正在玩葉子牌，分別是沈澤玉、沈澤石，還有沈澤武以及沈澤秋四個人一塊兒玩。他們玩的叫做跑得快，是計分制，誰出得越快越好，一旦有人把手裡的牌出完，那麼本局遊戲就結束，手裡牌少的少記分，手裡牌多的多計分。

「來來來，大家翻一下點數，誰的點數大，本輪就先出！」沈澤玉把葉子牌洗了洗，一邊說，一邊翻了點數，一瞧是五點。

第二個翻點的是沈澤武，他搓了搓手，還對著手心哈了口氣，結果翻出來只有三點。

「哈哈哈……」幾個兄弟間爆出一連串笑聲。

沈澤武蹙著眉道：「我就說嘛，我沒打牌的運道，就沒贏過。」

他的雙胞胎哥哥沈澤文站在背後，用手肘碰了碰他。「別瞎說，我給你做軍師，保管你這回贏到底！」

沈澤武聳了聳肩。「得了吧，你還不如我哩！」

在一陣調笑聲中，沈澤石擼了把袖子，翻起一摞牌。

坐在他身邊的王桂香驚喜地喊道：「呀，是十點！」

這種葉子牌，數字最大的就是十點了，而代表十一點的花牌在幾十張牌中只有兩張。

沈澤秋往年和兄弟們玩葉子牌，總是輸的那個，也不是說技術不行，就是運氣差點，比如明明可以連續出對子的牌，常因為少一個數，只能一張張出，最後就數他分數最高。

這次他扭頭對坐在他旁邊看他玩的安寧說：「妳幫我翻點吧？」

安寧的眼睛又亮又潤。「我不會。」

「沒事兒，妳直接拿起一摞牌翻過來看就成。」沈澤秋笑著說道。

安寧抿了抿唇，直接翻開了第一張葉子牌。

牌桌附近好幾雙眼睛都望了過去，竟然是點數最大的花！

「呦，安寧的手氣可真好！」梅小鮮笑著說道。

沈澤石原以為這把自己鐵定是第一個出，畢竟往年沈澤秋的水準就擺在那兒，手裡根本攥不上好牌。但見此情景，只好嘆了口氣。

毛毛和沈澤平回來了，也站在一邊看。

第一輪下來，沈澤秋出了好幾個連對，竟然把三家都打出了高分。

「呵，今晚澤秋哥發了，等著哈，先讓你贏一局！」

「是了，第一局就給我們下馬威，不成，咱們得扳回來呀！」

牌桌上幾個兄弟間插科打諢，時不時互相的調侃，一派其樂融融。

可沈澤秋今晚的運氣就有如開了光、有佛祖保佑般，牌一直好得不行，甚至好幾局是直接開局就把牌給出完了！牌桌上的其他三人都暗自咋舌，不免有些急躁，揚言要把沈澤秋的分數給提上來。

安寧笑著在一邊看，順便幫他們記分數。

又玩了幾局後，沈澤秋有些內急，要去趟茅房。「澤文哥，代我打幾局吧？」

沈澤石忙伸出手制止。「那怎麼成啊？澤文和澤武可是親兄弟，有靈犀的呢，不能上同張牌桌！」

沈澤武笑罵一聲。「你少胡說八道，那都是瞎說！」

「那怎辦？你們等我嗎？」沈澤秋大概能猜到沈澤石打的什麼算盤，不過是見他今晚手氣好，故意使絆子罷了。

果然，話音剛落，沈澤石就連連搖頭。「那不成！讓安寧嫂子代你不就成了？左右你們是一家的，誰玩都一樣。」

安寧瞪大眼睛。「我不會。」

「很簡單的，上手就會！」

「安寧嫂子，妳坐下打就好了。」

沈澤秋也不太介意今晚到底是誰輸誰贏，主要就是個消遣，大家玩得開心最重要，因此便對安寧說：「妳坐下玩吧，等我回來教妳打。」

外面飄飄灑灑的又落起小雪花，寒風呼呼吹著，吹散了沈澤秋身上的酒氣。

整個村莊都亮亮堂堂，時不時傳來孩子們嬉戲打鬧的聲音，還有炮仗噼哩啪啦的聲響，就連村裡的狗都比平時活泛，搖著尾巴東奔西跑。

瑞雪兆豐年，希望來年也是一派風調雨順。

從茅房裡出來，沈澤秋站在院子裡吹了吹風，等他再次回到堂屋裡，就見沈澤文、沈澤鋼他們已經驚訝得合不攏嘴了。

該怎麼說呢，安寧是真的不會玩這種葉子牌，只是剛才看他們打了幾輪，知道個大概的玩法罷了。這種牌看似簡單，可隱藏著很多小道道呢，啥時候用大牌頂上家、如何試探別人的牌，都要高手才拿捏得好。

可再厲害的人，都架不住安寧的牌好啊！她試探著出一串對子，沒人要得起，然後把牌插來插去，驚喜地發現手上剩下的牌剛好湊成兩個連對子，好嘛，一下子就把牌出完了。

一局如此也就罷了，接二連三後，沈澤石不禁後悔得差點捶自己的心口。哎呀，早知道就叫澤文上了！他這位新嫂嫂那可真如錦鯉轉世，奇了！

安寧剛坐下打牌時，王桂香還笑呢，到後來就怎麼都笑不出來了。玩牌玩的是個開心，可這麼輸下去，沈澤石也得往外掏個十幾二十文錢呢，她肉疼得緊！

「快，澤秋回來了，換澤秋上！」仰頭一見沈澤秋進屋，沈澤石急忙喊道。

「急啥啊？就讓安寧玩吧，左右我們是一家子，誰玩都一樣嘛！」沈澤秋笑得有些狡黠，一改往日的模樣。

又是連勝幾局，就算偶爾輸一把，安寧手上也只剩下幾張牌，計幾分而已。

毛毛和沈澤平往外瞅了會兒，沒見劉春華找上門來，彼此默契的一對視。

嘿嘿，逃過了一劫！

一整個夜晚，沈澤秋家一贏三，賺了個過癮。

何慧芳和兩位嫂嫂走進來，讓他們去端餃子吃。

離年夜飯過去兩個多時辰了，大家還真有些餓。

「娘，都包了啥餡呀？」沈澤秋問道。

「韭菜豬肉、玉米臘腸，還有香菇粉絲的。」何慧芳搭了一嘴。「知道你和安寧喜歡吃玉米的，過來吧，特意給你倆盛了碗只有這種口味的！今晚的餃子裡包了個銅錢，看看咱們誰能吃到嘍！」

小路上走來了幾個黑影子，有大人、有小孩，一塊兒往沈有福家的院子裡衝。

劉春華抱著么兒，心疼地摸著他摔破皮的手腕。「是毛毛和沈澤平欺負你了，對不？」

么兒啜泣著點頭，哭唧唧地道：「是……是嘞！」

沈桂生牽著禾寶走在後面，吳鳳英也在後頭亦步亦趨的跟著。

聽見么兒帶哭腔的聲音，禾寶翻了個白眼。「煩人精！」

沈家三房正一塊兒吃著香噴噴、新出鍋的餃子呢，大門就被拍響了。

劉春華氣得直哆嗦，么兒可是她的命根子，沈家這兩個小後生真是陰毒得很，大年夜的竟把人往水溝裡推，這不是要么兒的命嗎？她忍不了！

劉春華沒好氣地把門拍開，大門一開，兜頭就喊：「毛毛和沈澤平咧？把他倆給我叫出來！」

開門的是周冬蘭，一手還捧著碗餃子呢，一時沒明白過來，這大過年的，劉春華是著了哪門子的道道？她擠出笑問：「春華嬸，妳找他倆幹啥？」

劉春華不說話，黑著臉往前走了幾步，後面的禾寶他們也都走近了。

周冬蘭一瞧，暗道壞了！這是出了啥事了，這麼興師動眾？她急忙往院裡去喊人。

「娘、嬸娘，家裡來人啦！」

唐菊萍和何慧芳用帕子擦了擦手，一塊兒往外走。

上次劉春華和何慧芳因為母雞的事情吵過一架後，彼此間就再沒說過話了。和嘴巴縫不住、總愛說風涼話招人的吳鳳英不一樣，劉春華是那種有小心思愛憋在心裡頭的，若沒發生要緊事，她絕對不會在大年夜登門。

「啥事啊？剛煮了餃子，要吃上一碗不？」唐菊萍客客氣氣地說。

「呵，你們倒是悠閒自在，還有心思吃餃子！就在剛才，我家么兒差點就被你家兩個小的害死了！你們知道嗎？」

劉春華眉毛一豎，臉色黑沈得如暴雨前的天空，一看便是烏雲密佈，過不了一會兒定要狂風大作、電閃雷鳴的。

何慧芳蹙起眉，往前走了幾步。「這話怎說的？」

「妳把人叫出來問問不就知道了？」劉春華把么兒的手抓起來，擼起袖子，露出手腕上面紅腫破皮的傷口，又翻開衣裳下襬，露出腰上的幾塊瘀青，語氣越來越衝。「看到沒？這就是你們家毛毛和沈澤平幹的好事！為了搶別人兜裡的炮仗，下狠手把么兒推水溝裡去了！么兒摔得滿身泥，新衣裳才穿沒一天呢！那髒衣服我還扔在家呢，衣裳錢也得找你們算帳！」

這下何慧芳算是聽明白了，意思是說毛毛還有澤平為了搶東西，把人往水溝裡推啦？她不信這兩個孩子會幹這種事。「毛毛、澤平！過來，來！」

毛毛和沈澤平在灶房裡吃餃子，兩傢伙吃得腮幫子鼓鼓的，正在比賽誰吃得又多又快呢，聽見何慧芳在院子裡喊他們，急忙灌了幾口麵湯，一邊抹著嘴上的油，一邊往外跑。一看見院子裡的么兒、劉春華還有禾寶，兩人臉色都一變。得了，么兒果然亂告狀！

「毛毛、澤平，你倆說說，剛才發生啥事了？」沈澤秋對他們招了招手，傾身問道。

劉春華的眼睛狠狠瞪在他倆身上，恨不得將他們生生剜出兩個窟窿，薄唇一張，露出兩排玉米牙道：「剛才不是說了嗎？還問他倆——」

「春華嬸！」沈澤秋扭過臉。「妳讓他倆把話說完，我們不能光聽妳一家說。若真是他倆幹的，該賠禮、道歉，咱家絕對不含糊。」

「啥意思啊？」劉春華急眼了，印象裡沈澤秋是不大愛說話的一個人，小時候兩家關係還好時，她還抱過他呢！「我說的是假話是吧？我要是亂講，我口舌生瘡、我爛舌頭——」

沈澤秋感到額際突突跳，劉春華是個不講道理的人，順著她的話跟著吵，只會把自己給帶到溝裡去。他走到么兒面前，打斷了劉春華的話。「行了，春華嬸，咱先聽么兒怎麼說，妳別插話。」

話音剛落，一直在旁邊沈默地牽著禾寶的沈桂生也開口了。「對，讓么兒說。」

一直在暗處觀察的吳鳳英此時也走了出來，禾寶一般是她在帶的，每次撩了事鬧到桂生這裡她就心虛得狠，生怕桂生嫌棄她沒教好禾寶，因此她急急往前幾步，搭腔道：「就是！劉春華，妳嘴就不能歇片刻嗎？」

劉春華咬了咬牙，氣呼呼地把么兒放在地上。「么兒，你說。別怕啊，娘在這兒，雖然他們人多勢眾，咱們就娘倆在這兒，可是娘不怕，娘一定要為你討個公道不可！」

「……」

眾人聽了，都覺得有些無語。得了，她大年夜找上門來，倒成了沈家仗勢欺人。

么兒雙腳落了地，見被這麼多人望著，他有些怯場，一手抓著劉春華的衣襟，一手揉著鼻子。「俺出來玩，被他們一塊兒撲到溝裡頭去了。禾寶衝在最前頭，沈澤平還罵人……叫我不要告狀……嗚哇哇！」

說著說著，么兒嘴一癟，眼淚跟不要錢似的，嘩啦啦地往下流。

沈澤平和毛毛頓時感到一陣噁心，這可真是狗咬呂洞賓，不識好人心啊！早曉得要被倒打一耙，還不如讓么兒躺在爛泥裡睡到天明呢！

「不是這樣！」毛毛氣得拔高了聲音。

劉春華又是一瞪眼，她現在其實啥都聽不進去，只一門心思要這幾個心腸歹毒、害他們家么兒的人受教訓！「小兔崽子——」

話沒說完，何慧芳冷冷地瞅了她一眼，不冷不熱地說：「妳嘴巴給我放乾淨點。」

「毛毛，那你說，今晚的事是啥情況？」沈澤秋問道。

毛毛瞪了么兒一眼。「晚上我和澤平哥一塊兒出去玩，路上禾寶用棍子敲我，我就去追，然後么兒就被禾寶撲倒了，么兒滾到了水溝下面，俺們仨一塊兒把他拉了上來。」

這下子吳鳳英又跳了出來。「啥呀？全成俺家禾寶的錯了？」

沈桂生的神情很嚴肅，他扯了扯禾寶的手。「你說，今晚是怎麼回事？」

禾寶吸了吸鼻子，他天不怕、地不怕，最怕他這一年只回來幾次的爹，因此摳了摳手心，半晌都說不出話來。

「快說呀！」吳鳳英有些著急了。

「是俺撲倒了么兒。」禾寶咬著下唇。在沈桂生面前，他一丁點兒謊話都不敢說。「俺不是故意的！么兒掉下去喊救命，俺還和毛毛、澤平一塊兒拉他上來哩！我又不知道么兒在前頭……」

何慧芳抬了抬下巴，問劉春華。「妳聽懂了吧？跟俺家毛毛還有澤平沒關係！妳說妳，哪怕公堂上請青天大老爺斷案，也要給人說話的機會吧？么兒也是，這書怎讀的啊？話都說不清楚，平白往好心救他的人身上潑髒水，做人可不能這樣喲！呀，那古話怎說來著？三歲看大，七歲看老……」

何慧芳故意說得陰陽怪氣，把劉春華給氣得夠嗆。雖然禾寶和毛毛說的情況基本一樣，可她不信，於是推了推么兒問：「他們仨是不是故意的？是合夥欺負你，還是不小心的？」

么兒瞪著眼睛，不知道在想著啥，不過他知道，現在他娘被欺負了！「是故意的！嗚嗚嗚，俺喊了好久的救命，他們才下來的……」

毛毛一聽，氣呼呼地說：「胡說八道你！你這樣以後沒人和你一塊兒玩！」

禾寶也很氣，腮幫子氣得鼓囊囊的。「我要告訴其他人，王明亮最賴皮！」

眼看現在說不清楚了，沈桂生便站了出來，從兜裡掏出個紅紙包，裡面是六十文錢。不管怎說，這人確實是他家禾寶推下去的。「春華嬸，大過年的，這麼鬧騰不吉利。來，我給孩子一個大紅包，壓壓歲，別計較了。」

劉春華一把收下了。

何慧芳攤了攤手。「俺們毛毛和澤平是好心救人，妳該給他們壓歲！」反正想要從她這裡掏錢，那是門兒都沒有！

這時，去兄弟家玩了半宿牌的王漢田，回到家見沒有人影，急忙找了過來。

「春華、么兒，回家！」

和劉春華的小題大做相比，王漢田想的簡單多了，這就是小孩子們打打鬧鬧罷了。

劉春華拉著么兒，這才不情不願地回了家。

——未完，待續，請看文創風938《牛轉窮苦》2

2021年3月出版

無顏福妻

文創風 935～936

一個是名聲敗壞的醜媳婦，一個是命裡剋妻的粗漢子，
老天爺偏將他們湊成一對，搬演「負負得正」的逆轉人生！

在這人皆愛美的世道，醜妻也能出頭天！／柴可

在現世遇人不淑，穿越到古代農村卻成了聲名狼藉的醜女，
不僅未婚夫嫌棄她而毀婚，連後娘想強嫁她還得倒貼銀子，
活得人緣奇差無比，歸根究柢還不都是長相問題……
只不過，在這愛美惡醜的世道，偏偏就是有人逆著行，
好比眼下這個現成的丈夫，雖然是打獵維生的粗漢子，
但對著她這副「尊容」親得下去，同床共枕也睡得下去，
還百般許諾要對她好，把她當作寶來疼，這肯定是真愛了！
當她貌醜時，他都如此厚待，等她變美時，更是愛妻如命，
他曾為了從山匪手中救下她，孤身一人涉險就端掉整個山寨，
這般膽識放眼鄉野絕沒有第二人，可以說這個丈夫真沒得挑。
夫妻做些買賣低調地在山裡發家致富，小日子過得正愜意，
孰料，病情告急的太子登門認親，懇請丈夫從獵戶改行當儲君？
明明是羨煞旁人的榮華富貴，他們夫妻倆卻是千百個不願意啊……

為流浪貓狗加油 和貓寶貝 狗寶貝

廝守終生(一定要終生喔！)的幸福機會

對人來說，貓寶貝狗寶貝只是生活的一部分，但妳（你）對牠們來說，卻是生活的全部，領養前請一定要考慮清楚——

▲ 熟男爸爸 貝貝

性　　別：男生
品　　種：米克斯
年　　紀：7～8歲
個　　性：溫和親人
健康狀況：已結紮，已接受血檢、二合一、狂犬預防針、後全口拔牙（貓愛滋口炎療程）及後續觀察服藥
目前住所：台北市北投區 貓日子（中途）

本期資料來源：貓日子粉絲專頁 https://www.facebook.com/CatDayHouse/

第317期 推薦寵物情人

『貝貝』的故事：

貝貝是我前社區裡的資深浪貓，個性非常熱情親人，只要是餵過牠或喜歡貓的人經過牠的管區，牠都會熱情的跟大家打招呼，甚至個子大的牠，會常常在社區巷子裡巡邏，模樣真是很神氣威風！

大夥斷斷續續的餵貝貝跟牠的妻小，也有四、五年了，可去年開始看牠日漸消瘦，心裡覺得有點不安，納悶牠是老了還是病了？直到某個下雨又特別冷的晚上，去倒垃圾時發現原本放了兩個罐頭給牠們一家的，但牠不吃還叫得很大聲，於是用手電筒照車底下，發現牠嘴角一直流血、流口水，以致根本無法吞食……

帶去醫院檢查治療，最後經專科醫生建議進行拔牙，以絕後患。好在貝貝的身體狀況佳，除了口炎外沒有其他問題，術後在中途朋友家也恢復得很快，無奈朋友只能照顧兩個月，其他中途家又是多貓的環境，讓不親貓的牠，體重因此起起伏伏，深覺找新家才可以讓牠安穩一生。

貝貝親人不親貓，但牠跟其牠貓相處倒也相安無事，大部分時間都自己靜靜的躲在角落不會搭理其他貓，牠以前在社區跟人頻繁互動習慣了，聽得懂話也很聰明，雖然有點慢熟但抱牠不會抗拒，若是熟人還可以抱上三、四十分鐘都不亂動，是非常可人疼的小孩！連醫生、朋友都說貝貝餵藥乖、剪指甲也乖，是難得的極品貓咪，希望2021年能幫牠找到溫暖的家，有把拔馬麻來秀秀貝貝。若您有意願請連繫張小姐0939032351，或是Line ID：kc1612，甚至上貓日子粉專也行喔！

認養資格：

1. 認養人須25歲以上，有工作且經濟獨立者。
2. 能負責每天餵養、整理打掃貓沙盆、定期回診醫療等。
3. 須同意簽認養寵物切結書。
4. 須同意送養人日後之追蹤家訪，且必要時須做居家防護。
5. 將來不因結婚、懷孕，或有其他生活變動因素而棄養，對待貝貝不離不棄。
6. 願意於FB或其它方式，定時更新分享貝貝照片及近況。

來信請說明：

a. 個人基本資料：姓名、性別、年齡、家庭狀況、職業與經濟來源等。
b. 想認養貝貝的理由。
c. 過去養寵物的經驗，及簡介一下您的飼養環境。
d. 若未來有結婚、懷孕、出國或搬家等計劃，將如何安置貝貝？

牛轉窮苦 1

國家圖書館出版品預行編目資料

牛轉窮苦 / 一曲花絳著. --
初版. -- 臺北市 : 狗屋出版社有限公司, 2021.03
冊 ; 公分. --（文創風）
ISBN 978-986-509-194-1（第1冊 : 平裝）. --

857.7　　110001355

著作者　一曲花絳
編輯　黃淑珍
校對　周貝桂
發行所　狗屋出版社有限公司
地址　台北市104中山區龍江路71巷15號1樓
電話　02-2776-5889～0
發行字號　局版台業字845號
法律顧問　蕭雄淋律師
總經銷　知遠文化事業有限公司
電話　02-2664-8800
初版　2021年3月
國際書碼　ISBN-13　978-986-509-194-1

定價260元
狗屋劃撥帳號：19001626
網址：love.doghouse.com.tw　E-mail：love@doghouse.com.tw